喇叭的腔

LABADEQIANG

皇甫卫明 ◎ 著

国际文化出版公司

·北京·

图书在版编目（CIP）数据

喇叭的腔 / 皇甫卫明著. — 北京：国际文化出版公司，2020.4
 ISBN 978-7-5125-1197-2

Ⅰ. ①喇… Ⅱ. ①皇… Ⅲ. ①中篇小说－小说集－中国－当代②短篇小说－小说集－中国－当代 Ⅳ. ① I247.7

中国版本图书馆 CIP 数据核字（2020）第 027614 号

喇叭的腔

作　　者	皇甫卫明
责任编辑	汤万星
封面设计	鸿儒文轩
出版发行	国际文化出版公司
经　　销	全国新华书店
印　　刷	三河市华东印刷有限公司
开　　本	880 毫米 ×1230 毫米　32 开
8.125 印张　　　　167 千字
版　　次	2020 年 4 月第 1 版
2020 年 4 月第 1 次印刷
书　　号	ISBN 978-7-5125-1197-2
定　　价	42.00 元

国际文化出版公司
北京朝阳区东土城路乙 9 号　　邮编：100013
总编室：（010）64271551　　传真：（010）64271578
销售热线：（010）64271187
传真：（010）64271187-800
E-mail：icpc@95777.sina.net
http://www.sinoread.com

目 录

好好过日子	001
扫地出门	022
三角墩	038
喇叭的腔	061
接　风	081
遛　狗	100
秋　水	126
错　爱	143
等待"裴兰特"	154
那双眼睛	169
感叹号	183
大课间	206
退居四办	225
陪　考	245

好好过日子

一

窦雪梅远嫁到夫家后，基本上失去了姓名，有时候失去了姓，有时候连名带姓被一个鄙视的称呼所代替。

娘家那边，一村多半姓窦。老辈说：窦家祖上出过名人，叫窦娥的女子赫赫有名。窦雪梅撇嘴，窦娥是《窦娥冤》中戏角，尽管有一语成谶令六月飞雪的异术，毕竟是虚构人物，而且是个悲剧角色。怎么偏偏姓窦呢？姓窦又有什么好呢？

生产队开社员会，每天早晨派工，队长居高临下逐个点名。第一次读到窦雪梅，队长把窦读成卖，众人纳闷，窃笑，有这姓？会计提醒，姓窦，黄豆的豆，斗私批修的斗。第二次点名，队长卡壳，啥雪梅？众人又笑。方圆几十里，没听说谁姓这个，他娘的，真早由（蟑螂）。会计也就高小文化，转户口时，查过字典。会计现买现卖的记忆方法有缺陷，方言的豆和窦发音大不一样，有人这么叫，有人那么唤，窦雪梅听着差不多就应声，只要不唤她"江北人"。

窦雪梅第一次听到有人称她江北人时，村人背后早这么唤她了。言者避着她，鬼头鬼脑说话的样子，说明它绝不是好称呼。起初她一次次纠正，我也是江南人，纬度比这里还南一些。听的人"哦"一声，神情怪异瞟她一眼，心里嘀咕，你不是本地人，难道不是"江北人"？

夜郎式的排外心里作祟，本地人骨子里看不起异乡人，只要不是本地口音的，一律唤作"江北人"。无关纬度，无关地域。

本地男人不到万不得已是不会娶外地女人的。万不得已多指大龄单身。原因很多，多子女、贫穷、家庭成分高、残疾、口碑差，等等。男人到这个程度，捡到篮里都当菜，寡妇、残疾女人、丑女都当宝贝。依然狼多肉少。弄个"江北人"吧？亲友提议。不说娶或讨，说弄，连女字也省略了。

窦雪梅不是村上远嫁苏南的第一人。先行者貌似衣锦还乡的风光，让窦雪梅们知道，离家不太遥远的苏南是富庶之地，有白米饭吃，有瓦房住，这对处于吃玉米糊住草屋的同乡，对婚龄女子及父母无疑有着巨大的诱惑。而且，几百元彩礼，能迅速令一家人摆脱贫困，过一段富足的日子。

二十岁的窦雪梅迎来了人生重大转折。

那年腊月，瘸根陪苦根去相亲。苦根大名保根，娘生下他时难产而殁。这孩子苦哇！乡人慢慢叫他苦根了。瘸根大名根保，小时脚踝受伤落下病根，走路稍瘸。窦雪梅日后取笑，只会颠来倒去取名，可见江南人聪明不到哪里。三四百里路，苦根和瘸根轮流骑一辆借来的自行车，一来省些路费，二来装点派头。苦根带了200元钱，一半是全部家当，三亲六友凑了另一半。这钱将主宰后半辈子的幸福，苦根东塞西藏，鬼使神差把20张簇新的"大团结"一卷，塞在裤腰下表袋里。到达目的地，他发现钱丢了。

苦根蹲在路边大哭，说命里注定一辈子单身，不想啥了。

媒婆出于维护窦雪梅家的脸面，也为自己一点蝇头小利考量，让瘸根替代苦根相亲。窦雪梅及家人蒙在鼓里，好在此前连照片都没见过，只说：似乎年龄大了些。油嘴媒婆解释道，庄稼人勤恳吃苦，显老相。不仅年龄，真实情况媒婆都有所隐瞒。

瘸根糊里糊涂扮演了救场的角色，并无趁火打劫的意图。若说真是无备而去，也不尽然，否则他贴身口袋里怎么揣了120元钱呢？仗着农余的剃头手艺，瘸根攒了些活络钱，这钱本来准备买块上海牌手表，放家里不踏实。他陪苦根并不是纯粹的奉献，下意识间作为踩点。角色的逆转让瘸根的120元钱用在刀口，当彩礼固然不够，作首付绰绰有余。

窦雪梅第二次见到瘸根已接近年底。瘸根带足余下的彩礼，额外多给了两包礼金，一包属于她妈的"汏尿布钿"，一包给她弟弟的"抱舅利市"，还给她父亲带了烟酒。瘸根倾家荡产的大方赢得了窦雪梅一家的好感。

窦雪梅嫁给瘌根，不能说买卖，说赌博似更合适。比起扔下彩礼领着人就走的同类，窦雪梅与瘌根有一段缓冲期，看上去不像赤裸裸的买卖。两人才见过两次面，没说上几句话，就约定了婚期。

二

很长一段时间内，窦雪梅被歧视的目光包围着。村人纯粹出于对异乡人排挤，而家人另有复杂的因素。家庭连带受歧视，瘌根妈就此在村里讲不响话，而把怨怼迁延到窦雪梅身上。还有，窦雪梅基本没有橱柜等大件嫁妆，即使备了，那么远运过来也不现实。窦雪梅只带些随身小物件，一个梳妆盒，一对子孙桶（马桶），一对盘篮，一个摇篮，铜制脚炉、汤婆子各一只，还有两条被子。被子用红头绳捆成被囊，织锦缎被面，土布夹里，其中一条还是8斤重的蚕丝被。蚕丝被有什么稀罕？婆婆跟她吵架，出口粗鲁而刻薄，你赤条条来，连替换衣服都是到我门上后置办的。窦雪梅诚心搞好婆媳关系，一直报以沉默。婆婆得寸进尺，每有龃龉，即牵扯到嫁妆。窦雪梅回应道："鼻涕说鼻涕①，你新床都没打一张，想娶富婆？"

窦雪梅说的婚床，属于带踏板的六柱架子床，顶盖承尘，

---

① 鼻涕说鼻涕——吴方言常用乡间俚语，本义是自己拖着鼻涕还去管别人拖鼻涕，有不自量力，或者缺乏自知之明的意思。文中是女主角讥笑男人自家穷，还想嫌弃媳妇家穷。

三面有围栏，床口两边也有一小截围栏。床柱和围栏都开了凸凹有致的装饰纹线，牙板和上楣板镂空雕花。大概是瘸根父亲或者爷爷结婚时的木床，新刷了红漆和金粉，初看如新，细看，床沿磨损，大大小小的屁股摩挲出滑溜的凹痕，凹痕间有一两处结节凸起。瘸根解释过，老辈把老床让给儿孙结婚，是本地风俗，其中还有吉利的说辞，老床只让给长子长孙呢。婆婆说：江北人不讲理。窦雪梅回应道，江南人讲理，怎么还娶江北人？

婆媳间矛盾很简单，不外乎争夺对一个男人的依附和控制。婆婆年轻守寡与儿子几十年相依为命的血脉之情，是任何人无法扯断的。窦雪梅并不指望依仗夫妻的亲密让男人偏心于自己，竖正就行，哪怕瘸根外场让着母亲，私下心向着她，倒也是一种安慰。窦雪梅看出端倪，在强势的母亲面前，瘸根是有点怂，实际上放任母亲欺压她，借母亲制服她。他的不作为是另一种作为。

窦雪梅发现，瘸根的左小腿比右小腿明显细了一轮。夫妻同睡一个被窝，居然小半年没发现异常，有点不可思议。乡下夫妻都是关灯摸索着行事，开灯睁眼的时候，窦雪梅不敢看男人身体，觉得难为情。窦雪梅连哭带闹追问，瘸根道出原委。当初怎么那么粗心，娘家人也那么马虎，还是明明知道而有意瞒着她？瘸根平时走路很小心，脚步慢步幅小，如果不负重不快走，那点瘸几乎看不出来。窦雪梅哭过闹过，收拾衣服执意回娘家。瘸根自然不允，防贼一样看得紧，怕她一去不复返。窦雪梅几欲冲出家门，瘸根一次次将她拉回来。

"你拳头上种菜了?"瘌根妈怂恿儿子打老婆:"江北人么,哪个不是哭哭闹闹来,老拳收管得服服帖帖的!"瘌根妈列举前村后巷,忠告瘌根,"没屌用的货色!让着她,依着她,总有一天给你脚底看!"

夫妻时间不长,夫妻之情还是有的,真忍心对老婆出拳?老婆是花大钱娶来的,打跑了哪里找?不过,可以举起拳头吓唬一下。窦雪梅把菜刀架在脖子上,一副不要命的架势。瘌根说尽软话,收起菜刀。窦雪梅说:"别逼我走那条路,你看不住的。望虞河没盖盖子,一瓶盖乐果,再不,三尺裤腰带也能解决。"瘌根怕了。村人调侃瘌根窝囊,瘌根自我解嘲,"半拳我不过瘾,一拳她受不了,老婆娶回家不是练拳的。"

窦雪梅闹闹而已,回去又能怎样?还能太太平平赖在娘家,把花出去的彩礼钱还上?一哭一闹一玩命,她的日子开始宽舒。瘌根在两个女人之间保持中立。窦雪梅抓住瘌根软肋,每有口角,伸手拍拍小腿,"你只有一条半腿,哪来资格管教我!"后来,只需要拍拍腿,话免了,再后来,不拍腿,手指一戳,瘌根就蔫了。

三

第一次参加生产队劳动,婆婆带着窦雪梅清理麦田沟。半天下来,窦雪梅腰酸腿疼,手心打出几个血泡。她下午戴上手套,血泡磨破,血水渗出,干结,粘住手套,扯下手套,龇牙咧嘴地疼,次日没法下地了。婆婆颇有微词,是城里人,还是插青？娇里娇气，不干活儿，等天上掉下来？

腌灰潭，就是将河泥与柴草、杂草、红花草等，层层堆积在预先挖好的灰潭里，加水发酵，插秧时运送到水田作基肥。男劳力开灰潭罱河泥，活儿重。女劳力挑河泥，挑水，割红花草，活儿不轻且脏。

窦雪梅没干过稻区农活儿，更没挑过担子。由于路远，从河边运到田头，重担从第一档开始依次传给第二档，第二档传给第三档……直到田头灰潭，空担同时依次往回传。这种作业方式谓之"传担"。女人们欺生，嘻嘻哈哈间看似随意分组，把新媳妇窦雪梅挤到人高马大的那一组。装担的手不留情，有意刁难。固然这一组损人不利己，但从捉弄新媳妇的快感中获得了某种满足。窦雪梅的前档是妇女队长，女队长身量堪比男人，比她高出半头。她不是把河泥担缓缓地转过去，而是重重地砸向窦雪梅肩头。这帮女人故意放长畚箕绳，窦雪梅拖着担子在田埂上艰难挪步，汗水淌泪水流。晚上，窦雪梅肩头红肿，手都摸不得。癞根心疼老婆，愤恨那帮娘们，可又有什么办法呢。

癞根妈对此反应平静。新媳妇迟早得过这一关，熬过来年，村上再来新媳妇，成为新的捉弄对象。这帮女人一茬茬乐此不疲，说不定先前受欺压的对象也加入其间欺负后人。兄弟多的家庭，妯娌间撑着，新媳妇少吃点苦。癞根是独苗，谁护着新媳妇，只有当婆婆的。老寡妇年轻时称得上悍妇，不输现在的妇女队长。五十称老，队里一般不派重活儿。癞根妈在灰潭口打下手，儿媳那边的事看得明明白白。儿媳只由自己欺负，容不得别人欺负。擒贼先擒王，瘌根妈不想过多树敌。第二天，瘌根妈与窦雪梅换了个工种，算计好了，插在妇女队长前一档。瘌根妈憋着口气，使出狠劲蛮劲，一担比一担砸得重，妇女队长终于没接住，担子翻了，从田埂摔到麦地里，畚箕里的河泥倾倒在裤腿上脚上。妇女队长从老寡妇冷冷的眼光中读到了斗志，吃了个哑巴亏。

更繁重的农活儿在后头。五月割麦，插秧，正伏里"双抢"，农闲做土坯……若干年后，单薄、胆小的窦雪梅，被苏南繁重的农活儿锤炼成敦实、泼辣、能干的苏南村妇。

婆媳关系也发生微妙的演变。窦雪梅从劣势到势均力敌，渐渐占上风，与她在生产队的地位同步晋升。窦雪梅生下一双儿女后，家庭地位更巩固，可以随意吆喝男人，差遣婆婆干这干那。

四

窦雪梅属于天生丽质那一类的，毒日晒野风吹，略微变黑的脸，阴过几天又是白里透红，细皮嫩肉，与那些五大三粗终年黑糙的村妇比，自然高了一个档次。乡村审美与实用挂钩，注重脸蛋，修长苗条的女人不是干农活儿的料子。窦雪梅变得粗壮后，非常符合乡村审美。

有事无事"顺道"路过瘌根家的男人越来越多。而以前，是不大有人上门的。进入盛夏，窦雪梅从地里回来，吩咐男人打井水冲刷砖场降温，抬出长条桌。条桌一米宽两米长，既当餐桌,又当凉床。一家五口呼噜呼噜喝粥。米粥干稠合口,用钢精锅坐在井水中冷过,基本不需要菜,一块自家腌的萝卜足矣。一家人伸长舌头,舔净碗壁残留的粥糊,放下碗筷,各自顺手一洗,很简单。瘌根拖着一身水从水栈回来。窦雪梅不会游泳,不敢也不好意思去河里洗,关上门在浴盆里洗澡。

乘凉是一天中最享受的时光。换上干净的短衫短裤,窦雪梅可以坐,可以舒舒服服地躺在长桌上,轻摇芭蕉扇。队里种的西瓜按人头分到家,晚饭前吊在井里,一沾牙甜甜的凉意。即使没西瓜,屋后砍两根芦稷(甜高粱),嚼着,也很惬意。

不速之客接二连三。窦雪梅再四仰八叉躺着不妥,腾地给来者安放屁股。长桌上,凳子上坐满了人,纳凉,唠嗑。有没有其他目的,只有男人们自己知道。

芭蕉扇赶蚊子的啪啪声此起彼伏,抽烟的男人少有地慷慨,你撒一圈,他递一支。窦雪梅极其反感吧嗒吧嗒的火星子,呛人的烟雾。她折进房,屋里蒸笼一般,不一会儿一身汗水。窦雪梅几进几出,以烦躁和沉默表示反感。

苦根是常客,一天不落。"你媳妇本来是我的,给你瘌根捡了个便宜,这么好的女人,我苦根没福分,唉!"苦根每每以一声叹息结束唠叨。瘌根嘿嘿笑,说:"让雪梅回去帮你找一个。"苦根瞟着窦雪梅,苦笑着,又不是买猪仔。

队长来得最勤,逗留时间最长。一阵风吹得倒的半老男人,眼神不安分。队长嘴里黄段子最多。说有一回"双抢"时,一个农妇太累了,洗完澡赤身卷着床单在长桌上睡着了。凌晨,床单松开了。一个赶早卖茄子的老头使坏……农妇醒来，趿着鞋往街上狂奔，举着茄子问路人，见过挑茄担的老头没？路人惊异道，不就一个茄子么，何必追着还给他？农妇说："你知道什么，眼下有葫芦了，他这样弄，我受得了吗？"众人笑翻了。队长话头一转，雪梅喜欢吃茄子还是葫芦？瘌根妈怒喝道："老杀千刀，你生下来时你娘没给你用青布头抹嘴巴，满嘴出蛆！"

不是特定场景，瘌根妈不至于毒嘴毒舌骂队长。队长是地头蛇，这地盘他说了算。就说派工，有些女人用身体贿赂队长，以求获得干净、轻松、工分高的农活儿。说句良心话，队长蛮照顾这家的。瘌根干重活儿不得劲，安排他当管水员兼拖拉机手，工分比一般男劳力还多。给窦雪梅派活儿也手下留情。一家人心里有数，每有亲戚上门，把队长叫来喝一杯，祭祖过节从不忘记他。

队长常跟瘌根商量灌溉和机耕，免不了出入窦雪梅家。农家习俗，女人或男人打单在家时，异性不能进屋，有事只能站门口招呼。按辈分窦雪梅该唤队长叔，又差了二十来岁，对他不设防。队长从不隔门招呼，直冲冲进门，就像进自己家。那双不怀好意的小眼睛盯着窦雪梅，从她脸上移到胸部再下移，她感觉到他的目光逗留在哪里。队长平日里绷着脸，路遇窦雪梅便换了副嘴脸。队长对窦雪梅的觊觎，仅限于眼神。队长亲热地唤雪梅，不带姓氏。长辈这样唤小辈无所谓不妥。队长对辈分伦理有所顾忌，很长时间内不敢僭越。

队长和瘌根家隔着两户，屋后沿河有大片竹园。穿过竹径，几家合用一个水栈。石阶延伸到河里，靠近河面的大石头宽阔平整,可容三四个人一起洗濯。淘米、洗菜、洗衣、倒马桶属女人活儿,队长难得下水栈,偏偏喜欢跟窦雪梅挤在一起,瘪塌塌的屁股,麻秆似的腿,有意无意触碰窦雪梅翘起的臀部。窦雪梅让过些,队长挪过来。"叔要把我挤到河里吗?"窦雪梅直起身。队长在她屁股上一拍,一脸淫笑。窦雪梅多了个心眼,见队长下来,匆匆完事上岸。

窦雪梅在竹园上茅坑,茅坑后窸窸窣窣异响。风声?不像。鸡鸭猫狗?也不像。隐约有粗声气喘。女人这时候最私密最排他。窦雪梅凝神敛息,警惕地支起耳朵,不敢出声。提了裤子出来,探身看:"叔,你干什么?"窦雪梅沉下脸。"大白屁股,啧啧。"队长嬉皮笑脸道,"又不是黄花闺女,宝贝什么。"

瘌根听话,把茅坑角角落落塞紧。至于原因,窦雪说冬天风冷。窦雪梅再上茅坑,事前环顾茅坑周边,扫视一遍竹园。

五

窦雪梅变成了地道的苏南女人,一口本地话,只有极个别词眼舌头发僵。一起嫁过来的几个女人,依然满嘴"江北话"。村人说:这个江北女人很聪明。

下田、脱土坯、做花边、纳布鞋,凡是本地女人会干的活儿,她都会。这个江北女人不输本地人!村人又说。队里女人都不会骑车,窦雪梅会得不一般。她从娘家骑回一辆双脚撑的重型自行车,半新的长征牌。娘家那里穷屋不穷车,每家拥有有两三辆车不稀奇。窦雪梅本想早些骑一辆过来的，这里路不好，晴天坎坷雨天泥泞，有拖拉机后路况稍有改善。窦雪梅骑车飞驰在田间，三脚架上坐着孩子，书包架乘着瘌根，着实秀了一把，也让队里那帮男人眼睛发直。

端午节前，窦雪梅回娘家。回来时在运河边搭上一艘货船，省骑了不少路。上岸后，窦雪梅顺便带了两三百斤芦叶，骑行大半夜到达邻镇，恰值早市。这地家家包粽子，称苇叶为粽叶。窦雪梅摆了个摊，出售苇叶。叶片宽阔，青翠，用柴草扎了按把卖，每把一斤只多不少，卖一角钱。生意出奇的好。窦雪梅准备收摊，余下二三十把，带回去分送邻里亲戚。

戴红袖套的市场管理员过来，说整个市场数这粽叶最好，捞了两把就走。窦雪梅拉住苇叶说给钱。红袖套指指红袖套："瞎了眼，敢跟我要钱？"别人象征性交一角两角管理费，红袖套欺她脸生，收了她一元，正窝火呢。另一个红袖套说：投机倒把，没收，罚款！窦雪梅不惧，想抢劫？千人百眼看着呢。边上卖莴苣的老太轻声劝道，犟不过他们的，就当舍了叫花子。窦雪梅兀自不松手。红袖章本想吓唬一下，习惯性占点小便宜，不料大庭广众中失了脸面。两个男人恼羞成怒，一个推着自行车，一个揪住窦雪梅肉鼓鼓的胸脯，挣扎间，拉扯变成了厮打。窦雪梅不知哪来的力气，弓身撞过去，一把揪住那男人裆部。男人蹲在地上哎哟哎哟叫唤。

下午，队长带瘌根出面领人。队长开口就教训窦雪梅，掏人家卵蛋，不是要人命根子么。窦雪梅说："他们先要我命。"队长说："人家咋你了？再嘴硬，我不管啦。"队长帮着一个劲赔不是，说江北女人性烈，回去一定好好教育。

队长开出证明加盖公章，证明窦雪梅受队里派遣搞副业，回去交钱记工。那边说：投机倒把嫌疑可免，她弄伤了人家得意思意思。窦雪梅不肯掏钱，瘌根没带钱，最终队长垫了五元钱。

瘌根屁都没放一个，一路又是哑巴，跟屁虫般跟了一路。如果不出这码事，窦雪梅一定跟他分享这次收获，或许在他鼓励下再吃一趟苦。每斤苇叶赚七分，一夜辛苦得二十元，哪里去挣？起早摸黑脱一季土坯才挣四十元钱，苏南女人谁有我这本事？

队长这次出手援助，窦雪梅看到他的能耐，也心存感激。她嘴上不服软，心里觉着欠队长的，除了五元钱，还有人情，尽管心疼，不可能真让队长贴在暗处。几欲开口，队长打哈哈。窦雪梅口袋里揣着五元钱，藏了一包大前门香烟，终于逮到单独的机会。"不要你的钱，要什么你懂。"队长接过香烟，攥住窦雪梅的手，一脸色眯眯。窦雪梅说：不要拉倒。队长说："你欠我的，记着。"

剔除权力因素，作为男人，队长哄女人小有一套。也怪，队长对主动凑过来的女人萝卜不当菜，吃不到嘴里的念念不忘。有一回，队长跟一个妇人搭档种蚕豆，队长沿田埂踩铁锹，妇人在锹缝里播豆种。队长说："你男人一直不在家，谁知道在外头干些什么。如今妇女翻身，一辈子只守着一个男人，太亏了。"又说：如果没有男人招惹，说明这女人蹩脚，没有魅力。队长观察妇人反应。妇人起初还吱声，转而低头不语。队长本想开个玩笑,索性说:"要不,晚上给我留着门?"妇人红着脸点头。队长喝了酒,把这事当笑料抖出来。那妇人的男人再不敢外出寻活儿。

转眼又是"双抢"。排灌站水泵频出故障,生产队都等着轮流接水。如果不仔细把守,别的生产队偷偷把水引到他们的灌溉渠,没水无法翻耕,耽误插秧。人误地一时,地误人一年。队长对瘌根说:"你太累了,我帮你管几天水。"半夜两点,队长把瘌根叫醒,说哪几块稻田已上足水,快去耕地。

瘌根锁门出去,把钥匙塞在半墙布鞋底下。队长顺利地开了门,进到西房。以前瘌根妈住西房,老人过世后,夫妻俩搬过来,把东房让给俩孩子。队长伸手在她胸口捏了一把,窦雪梅依然睡得很死。队长弄出更大动静。窦雪梅半睡半醒间,本能地推了一下。队长只顾吭哧吭哧在她身上晃荡。窦雪梅知道咋回事了,挣扎着说:"我是你侄媳,你作啥孽。"队长咬着她耳根说:就这一次,快了快了。继续晃荡。都到半道上了,闭紧眼睛挺过这一次,不欠他了。窦雪梅放弃了挣扎。说也巧,瘌根驾驶拖拉机才耕了几垄,车轮陷入暗沟,只得跑回家扛木棍木板。

没锁门?瘌根进到屋里,房门口放着一盏桅灯,火苗子压得很小,透过昏暗的光线依稀瞅见床上晃动的影子。瘌根愣了片刻,情急之间,搬起墙边一个大南瓜,狠狠砸过去。

事后,瘌根骂:"老婆,你死人呢?"窦雪梅说:"你乱放钥匙,怪谁?我又没少块肉。"瘌根埋怨自己,应该把队长拉开,用南瓜砸他屁股,不是让他更占便宜了吗?

队长有几天走路怪怪的，他告诉别人自己是坐骨神经麻痹。这存在于三人之间的秘密，捂了若干年，到底还是他自己抖搂出来。队长没有报复瘸根，一如既往照顾这对夫妻，对窦雪梅，似乎斩断了非分之念。

厚此难免薄彼，受冷落的女人最敏感。女人奈何不了花心男人，往往迁怒于同类。烈日下，女人们一字排开在水田插秧。妇女队长骂骂咧咧，矛头直指窦雪梅。窦雪梅一忍再忍，妇女队长愈发得劲。

窦雪梅责问道："说谁呢？"

妇女队长说："说谁谁心里有数。"

窦雪梅说："你再说句试试？"

妇女队长挑衅道："怕你？江北人，江北×！"

窦雪梅丢下秧把，踩着泥水噌噌噌冲过去："江北×，你江南人没×？"

妇女队长说："没你贱。"

窦雪梅说："你金贵，脱出来让大家参观。"

窦雪梅突然揪住对方裤子。妇女队长顾不得两手泥水，本能地伸手拉，还是慢了一步。她顾不得狼狈，揪住窦雪梅头发往泥水里按。边上的拔脚逃离，远一点的大声劝说：都不敢近身拉架。两个人搅在一起，滚了一身泥水。刚插的秧糟蹋了一大片。

高出半头的妇女队长明显落了下风。她的损失还不止肉体和脸面，这一冲动，明摆着因为吃醋，等于昭告了她和队长之间的关系。所以，即使占了便宜，她还是精神上的失败者。队长对她说:"两个男人她都不怕,你呀……"妇女队长一声叹息:"没你护着,她敢?"

六

夫妻俩节衣缩食,今年搬几千砖,明年扛回几根木料,后年拖一堆黄沙……春燕衔泥般基本攒足了建材。

造房对于农户,是一辈子最大的事。附近最有名的"作头"当数洪兴师。洪兴师不空,委托徒弟"根师"代理作头。

看到"根师"就是多年不见的苦根,窦雪梅有些惊讶。窦雪梅只知道苦根入赘一户年长许多的寡妇,生了个儿子,好歹落了个种。苦根这边没亲人了,再没回过村。他居然学了木匠,摇身一变成为大师傅了。

"想不到是我吧?"苦根说。

苦根现在的脸上一点不苦,随意中透出自信。苦根屋里屋外巡视一遍,细看堆放的建材,说有数了。苦根指挥拆屋,放样,挖沟,第三天泥瓦工进门,第五天上好第一层楼板,第七天,立好山墙,上梁。每天用多少工匠,多少小工,苦根算计着派工,抓得很紧。

大师傅怠慢不得,伙食差了,工匠们怠工,拖延,本家反而得不偿失。窦雪梅天天买菜烧饭,伙食办得扎实。这帮工匠确有百家师傅的规矩,午饭不喝酒,每人只吃一块红烧肉,不碰鱼。刚放下碗筷,苦根即催促上工,吃点心歇晌只一支烟的工夫。帮工都说:自家亲戚才这么卖力,这么照顾本家的。

"我家瘌根和苦根以前不是村上小兄弟么？"窦雪梅嘴上这么应答，心里却有数。瘌根可能在潜意识间一直提防着什么。早在苦根入赘前，跟瘌根的关系就慢慢疏远了。这几年两人再无往来，瘌根从不提起苦根。

上梁，乡俗谓"穿龙"，得办酒席小庆。最粗的木头作堂屋正梁，先上到山墙。苦根从山墙顶踏上正梁走向中间，悬空八九米，在浑圆的木头上如履平地，没点胆识和技术，是没资格当作头的。苦根骑跨在梁上，一边抛馒头一边唱"抛梁歌"，都是即兴自编的吉祥语，巧妙嵌入本家名字。苦根是场子里的中心人物，所有人抬头望着他，伸手接他抛过来的馒头，盛赞他口才好。作为回报，苦根从梁下挂着的红布囊里掏到红蛋、香烟、红包。窦雪梅听不懂唱词，只觉得苦根嗓音好听。这个半道出家的木匠练就了一身本事，这是谁都想不到的。

屋架完工，泥瓦匠出门。做门装窗等后续工作，留给木匠。窦雪梅烧饭活儿轻松了，得空跟木匠们闲聊，偷偷观察苦根。苦根干活儿得法，大师傅的底气平添了他男人的豪气，与以前的那个苦根不可同日而语。木工活儿是细活，作业面小，今天仨明天俩，有几天就苦根一个人。瘌根一直催促苦根加紧。窦雪梅倒希望拖得长一些，提出还要打几口橱柜。

苦根不摆大师傅架子。是本来熟识摆不像，还是不想摆，还是天生没有架子？窦雪梅觉得他亲近，又带着几分神秘。苦根眨巴着眼睛对窦雪梅说："看来跟你缘分未尽。"面对窦雪梅放肆的眼神，苦根反倒有些羞涩。苦根告诉她，那边前夫也是木匠，大名鼎鼎的洪兴师，是他亲舅舅也是师傅。苦根过去后，拾起前任的家什，成为洪兴师关门弟子。常规三年才出师，这个老徒弟一年多就出师了，为此不知吃了多少苦。苦根伸手给窦雪梅看。窦雪梅抓过苦根粗粝而伤痕累累的手，摩挲着，心疼着。窦雪梅私下不唤根师，还唤苦根。

苦根一个人干了十来天扫尾活儿，连鸡舍猪圈都掭饬停当。立夏前后，队里所有劳力都在望虞河边坯场，家家关门锁窗，田里见不到一个人影。癞根闲着没事，被窦雪梅逼着，抱了家什走乡串村理发。窦雪梅跟苦根不发生点什么，太对不起这么好的机会。

"我们本该是一对。"气喘吁吁的窦雪梅对气喘吁吁的苦根说。

"我一直怀疑弄丢的那两百元钱，但无法确证。"苦根对窦雪梅说。

窦雪梅与苦根的雇佣关系结束了，彼此牵挂才开始。窦雪梅从没真正恋爱过，跟癞根只有婚姻，只是过日子。跟苦根在一起，才有脸红心跳的激情。两家相距很远，不沾亲不带故，窦雪梅不可能赶过去相会，苦根也没有理由再来。长村大巷，在别人眼皮底下幽会，又不被人觉察，神仙都做不到。

两人竟在上街途中相遇，彼此的眼神抑制不住渴望，遂相约外出。不是私奔。私奔，必作长远打算，预定落脚点，远走他乡一去不返。他们只是暂避家人，聊解相思。至于去哪里，去多久，下一步怎么办，都不曾计划过。

窦雪梅从没料想，自己能成为一个公众人物，且几乎在一夜之间。当然不是什么引以为荣的人物。

窦雪梅胸口挂着一块牌子，上书"女流氓窦雪梅"。跟她一起游街的男人，胸口也挂着一个牌子，"腐化堕落张保根"，牌子比她的大而重。苦根和窦雪梅现在被唤作狗男女。他们早就是一对狗男女了，只是以往的苟合借正当的理由掩盖而未曾被人察觉。

小满里的日头，晒开石头。苏南好像是没有春天的。冬衣还来不及洗藏，蝉声一噪，三两天工夫就跳进夏天了。窦雪梅的春装内穿着棉毛衫裤，气温落差的夜里用得着，而且她需要层层包裹赋予的安全感。而眼下，走在小满的毒日头下，内衣湿透，棉毛裤缠住了腿脚，迈不开步。窦雪梅低头移步，循着苦根拖动的双腿，看不见苦根的脸，看不见苦根的头部，只能从汗水糊成一块的额发间，瞅见苦根因负重驼起的后背，苦根洗得发白的藏青中山装，背部和腋下被汗水洇湿显现沉重的斑驳。

窦雪梅带苦根到过老家。带个野男人进村，如何应对村人，应对家人？窦雪梅远望娘家，终于在村口止步。

没有介绍信，不能住旅馆。带的钱不多，两人节省着花，买些议价干粮充饥，在野地里过夜。几天后，两人游荡到山脚下桃园。方圆几百亩的桃园阒无一人。两人钻进桃园深处，在水沟边坐定，摘了几颗半生不熟的桃子，充饥又解渴，在夜幕下的桃林里睡下。两人真把这里当世外桃源，太放松，太陶醉了。几支加长手电筒的强光同时罩住这一对赤裸的男女。两人第一反应是找衣裤遮羞，却早被巡夜的抢走。桃园是有主的，这时节，所属生产队开始安排男劳力巡夜。两人凭着本能龟缩身子，用手护着重要部位，在电筒光的追击中狼狈不堪，老老实实回答问题，以求摆脱尴尬。

巡夜的折腾够了，把两人交给大队部。审问一番，大队部又把他们交给这边公社保卫组，又是一番审问。只要对方想知道的，问得出口的，窦雪梅竹筒倒豆子爽爽快快。窦雪梅对保卫组说："是我勾引苦根的，与他无关。"

保卫组说：捉贼拿赃，捉奸拿双。一堆的桃核，两人裤衩都在人家手上，丢脸丢到林场，公社大队连带着坍台。保卫组通知大队生产队领人，前提是游街一天。队长为窦雪梅求情，游街就算了，眼下进入农忙，劳力紧，带回去一边教育一边劳动改造。保卫组说：逃避农忙搞腐化，性质严重！要不是农忙，至少开一个批斗大会。

两人被剃了"阴阳头"，从前额过头顶到后脑，发剪推出一道白生生的发沟，就像古代囚徒在额角烙印，只是没那么惨，待新发到一定长度就能遮掩过去。

说游街，实际从公社大院出来，只走了短短半条街。保卫组派两人押送，要求游遍全大队十六个生产队。

本生产队是游街的最后一站。灵通人士已发布消息。一田的人翘首以待，如过节一般盼望着，终于等到游街队伍出现在视野，沿着灌溉渠过来，在水闸拐弯，走向村庄。

"江北×，还有脸面回来！瘌根呢，看看自家婆娘！"妇女队长兴奋地大叫。

妇女队长第一个放下手头活儿，横插到路边。这一段路，对窦雪梅来说很漫长。田埂两边拥满了鄙夷的目光。押送人员命令两人止步，转身面向众人的一边，接受诛伐。两人的头发上，衣裤上沾了不少吐沫，苦根身上还被烂番茄、烂泥巴砸过。"唷，女流氓！省得队长读不清，以后干脆叫女流氓，响亮，光彩！"妇女队长猛啐一口。"被窝里那点事都差不多，有什么大惊小怪。"有人说。"破鞋！破鞋！"妇女队长突然从草丛拎出两只破鞋，挂到窦雪梅脖子上。

"干吗？"瘸根一瘸一拐跑过来，由于跑得急，身子随着脚步大幅度颠簸。妇女队长说："死瘸子，你老婆搞破鞋，还不扇她几个鞋皮耳光？"瞬间，所有目光聚焦到瘸根身上。瘸根瞥了一眼蓬头垢面的老婆，扫过低头无语、目光游移的苦根，最终转到一脸狞笑的妇女队长的身上。

苦根一把扯过破鞋，狠狠捏在手里，牙齿咬得咯咯响。

扫地出门

一

戴家开丧的第二天,八点过了,场子里仍不见兴生老汉,不要说人影,就连他的咳嗽声都没有。以往,总是先听到一声干咳,兴生才现真身,有时反背着手,有时抱一个双层茶杯,右手把着,左手托着,不疾不徐而至。

难道兴生睡觉睡过头了?千日难得。又有人说:这一阵老头累了,让他多睡一会儿。道士、厨师、纸作都准备开工,帮忙的亲友邻里各就各位。

九点,十点,十点半。姑妈忽然闹腾起来:"我二哥,二哥呢?不对劲啊,你们几个儿子,都不去看看。"大龙说:刚才去看过一回了，门还关着。姑妈对大龙说："不要看你阿爹不声不响，是气在心里，如今他瘦得风都吹得倒，再去看看吧。"

村上有过先例，一个老太过辈后，老头郁郁寡欢不吃不睡，一个星期后也随老太去了。村人说：是怕老太在那边寂寞。还说：像网船上夫妻一辈子形影不离，连死都要紧跟着。再说下去，听的人和说的人一起唏嘘感慨了。不可能兴生那么想不开。是啊，别瞎说。说是这么说：大龙还是叫上二龙小龙。兄弟仨放下手头活儿，直奔父亲住的老屋。

仨兄弟分家时，兄弟抓阄每人分得一间，四间老屋拆了三间。留下最西边的一间给父亲，前半间作厨房，后半间作卧室。门还是原来的门，关着，推不动。大龙用力敲门，"阿爹阿爹"地唤，二龙小龙跟着喊。三人转到前窗，踮起脚，把脸贴在窗玻璃上。窗户下方是两块浑浊的磨砂玻璃，看不清什么。小龙借哥俩肩搭把手，使劲往上一蹦，睁大眼睛向屋内张望，说太暗，看不见，估计不在。三人转到后窗。后窗变形严重，窗台上砸一摞旧砖，里边用报纸乱布三合板边角料遮得严严实实。拉了拉窗框，一动不动，看来从里边钉死了。

要不要破门而入？三人商量着回到门口。"阿爹出去了！"二龙突然肯定地指着门说。大龙小龙大眼瞪小眼。"怎么没注意到呢，扳钮加挂锁，只有从门外才能上锁。父亲肯定不在屋里。弹子门锁怎么换成了挂锁，什么时候的事？奇了怪了，去哪了呢？"大龙似在自言自语，又像询问兄弟。"随便他死到哪里去，还嫌我们不够忙，添乱！"二龙鼻孔里哼了一声。小龙说："可能上街了。"

兄弟仨希望老人已经在场子里，或者从哪个地方突然冒出来。三人不敢正视姑妈的目光。不要看姑妈佝偻着匍匐在地上，一抬头眼光仍让小辈们惧怕。大龙含糊其辞道："估计去街上茶馆了，我让儿子去接他回来。"二龙小龙机灵，早就从另一个场角窜到别处去了。

领头的道士招呼孝子孝媳孝孙都来门口，准备点香。

纸作问化库的地方定在哪里，快去打扫，来几个人帮忙抬库，搭库。

厨师也在指派活儿。

哪些活儿乡邻可以帮忙，哪些归亲戚干，哪些只能由死者子孙动手，乱虽乱，得依风俗。

二

大龙随口的话蒙对了，父亲真在街上老茶馆。大龙并非一点没准头，父亲会去哪里？不可能有心思去麻将室，逛菜市场毫无必要，商场从来不去，余下可能去的地方不多。

街上唯一的老茶馆里都是年长的茶客，彼此熟稔。老妻病后，兴生去茶馆越来越稀，最近好几个月没去了。老茶友知情，能猜到近况。他们并不意外兴生的现身，稍微劝导几句，自顾地天南海北乱侃。劝别人的话别往心里去，老头们对生老病死早不足为奇。兴生只听他们说：其实根本没听进什么。

"爷爷你果然在这里。"大孙子说："我爹让我叫你回家。"兴生叹口气，不说走也不说不走，木讷着不起身。大孙子又叫了一声,动手拉他说:"今天奶奶五七,你回去吧。""什么叫五七?不回去。"大孙子说:"我知道爷爷难过,我也难过。"

"知道我难过什么?扫地出门,干脆把我也早点扫进棺材里。"

大孙子听不大懂。茶友听出来了。

"兴生想开点,人死一蓬烟,五七庚饭,道场,统统是空的。"

"不要太为难儿孙,小辈也要面子的。"

"不要搞得太僵了,日后头疼脑热,谁给你端饭倒茶。"

兴生不吱声,聋了,哑了,傻了一般,呆滞的老眼慢慢湿润,两滴浊泪挂下来。大孙子扭着兴生胳膊,一时想不出说什么,抽泣起来。

兴生跟大孙子走,大孙子带着兴生直开到场角。

大龙家场院上很热闹。三个道士踩着节奏沿场边疾走,后边依次跟着三个儿子三个儿媳,各自手持一把燃香。打头的道士着大红道袍,高举拂尘,走台步疾行。后两位着暗红道袍,身法步法俨然一致,手里的法器不同,一个利剑,一个棒槌一样的东西,无以名状。道士走的是外围,孝子孝媳抄近道走,圈子越来越小,队伍最后胖胖的三媳妇几乎在原地打转,仍然气喘吁吁。走廊边站两位道士担任伴奏,一位手拿大镲,打出紧张的节奏,咣,咣,咣咣咣——,一位双手把着唢呐,调子凑在嘴边,隔一会儿吹一段,呜里哇啦呜里哇啦哇——那是大号唢呐,整个场子,半个村庄笼罩在悲凉中。

兴生和他妹妹也就是三个儿子的姑妈,背对场院坐在长条凳子上。妹妹一手搭着二哥的肩膀,轻声说话。兴生铁青着脸别向另一边,不理。任大镲、唢呐的热闹和妹子苦口婆心的劝说:兴生的脸始终没有转过去,也没表示。妹妹说了好一会儿,摇摇头,手撑着膝盖起身,移步到东房与一帮老太折纸元宝和锡箔锭。

柴垛边闪出桂花,大龙把手中燃香递给二龙,迎过去。

桂花哑着嗓叫声干爸,驻足,欲言又止,再唤一声干爸。兴生说:"不要劝我,谁的话都不听。"桂花抬头看去,大龙在不远处给她递眼色。桂花拉过一张小方凳,对着兴生坐下,身子矮了一截。兴生说:"刚才'大短'向你求助,我都看见了。"

"大短"即大儿子,是"大短棺材"的简称。"短棺材"是骂人话,略带诅咒。有趣的是有时作昵称。兴生可没那个意思。"为什么事前不征求我意见,只当没我这个老子,哼。"桂花说:"现在新法了,都是开丧连五七,你也为儿子想想,过28天,重新搭木屋,借台码凳,发锅动灶,多麻烦。"兴生说:"不是怕麻烦,是怕花他们钱!老太婆生病到现在,没花弟兄仨几个钱,就连……"

兴生哽咽着没说完。昨天入殓前,仵作告知先找几身死者随身衣服。一身穿在稻草人身上,其他的打成"衣裳包",一起烧了给死者带走。老妻生前就那么几身衣服,全在唯一的衣柜里。兴生发现柜底有一个藏青的土布包裹,打开,里边是叠得很平整的"寿衣",男式女式各一套,包括鞋袜。老妻什么时候置下这套身后行头,从来不曾透过口风。老妻把属于自己的女式"寿衣"放在上边,男式的放下边,似乎预知会先他而去。这么说：应该在她得病后尚能行动时瞒着他购置的。

送货上门的花圈寿衣店老板说："唷，上等丝绸寿衣，一两千呢。"说他的店里也进过，太贵，很少有人问。三龙说："好有屁用，都是一蓬火。"二龙说："老娘怕我们不给她穿新衣服，倒是省了我们一笔钱。"老板把退货的寿衣胡乱地塞进大塑料袋，有些不悦地说："开什么玩笑。"老板送来的一套寿衣已经抖开，依次摊在四方桌上，连衣袖都笼好了，只差穿到死人身上。如果兴生稍晚发现，不可能剥下来退货。

在东屋里折纸钱的老太们闻讯出来，眯着老眼传看绣花鞋，缎子的圆口鞋，鞋头鞋跟都有镶色的手绣。老太们掩饰不住羡慕的神情。一位还伸手去摸真丝寿衣，说真软，像缎子，不像刚才那套硬邦邦的。二龙说："口袋里有几个钱不要藏着，你们都预备好，到那一天子女给你穿什么，由不得你。"几个老太都不说话。"夜来干不多，老来活不多"①，兔死狐悲，谁知道下一个轮到谁？

"哼，我怕什么，今天死了明天没得死，到时候，我穿着老太婆帮我准备的寿衣，自己爬河里，不，自己爬到'归一苑'（当地的殡仪馆）。"

兴生说赌气话。桂花与老茶友说的意思差不多。

兴生没有亲闺女，桂花是兴生干女儿，代替亲闺女置办五七庚饭。所谓五七，死者落气后待四七廿八天，第五个七的

---

① 夜来干不多，老来活不多——吴方言。夜幕降临后干不多活，年纪大了活不了几岁了。类似于比兴手法，偏重后半句意思。也有说"夜来干不长，老来活不长"。

头一天举行五七仪式。五七前夜,讲经,接斗,闺女亲自动手摆五七饭。说是一桌,其实要占用十来个八仙桌,少则一百多,多则几百个菜,冷盘、热炒、大菜、点心、水果……从堂屋一直排到走廊,排到场院。五七饭从夜里摆到次日下午,接受亲友、邻里检阅。死者能否吃上这顿大餐,无法考证,而在外人与置办者看来,五七饭的丰盛与孝心画等号的。桂花特意弄了澳龙、野生甲鱼之类的稀罕物,而且出了加急费,忙了一夜,终于赶在日出前送到。

如今,兄弟仨将五七饭陈列时间大大缩短,等于把钱花在暗处了。桂花对仨兄弟擅自的决定也很有意见,可又不能说:说了岂不是给干爹火上浇油。桂花一肚子的气不得不憋着,反过来违心帮他们当说客。她最后说:事情已经到这个地步,该干吗干吗吧。

兴生心疼地对桂花说:"你又一夜没睡?前天还陪夜,去打个瞌睡吧。"

三

兴生过去不信这一套,这倒不是因为他的干部身份,而是确实不信。人慢慢老去,观念也慢慢改变了,如今他觉得不能动不动就把传统风俗当封建迷信,辛辛苦苦一辈子,葬礼风光一些,是子女的义务,也是对死者的告慰。他不要求子女弄得太繁复,比如天天端饭到灵台,逢七都搞小仪式,但办五七必须隆重。有的老人过世,白天送葬,连夜办五七,天亮打扫场院，竹扫帚哗哗哗，把所有痕迹连带晦气清扫干净。乡人谓之"扫地出门"。除非无儿无女，或者经济极度贫困，还有子女不和、不孝的家庭，否则这种对死者的大不敬是要被人戳脊梁骨的。

隔日就过五七，跟扫地出门有什么两样？刚才桂花说的那些道理，兴生如何不懂，至少盐比她吃得多。

昨天仵作重新笼好寿衣，发现少了一件衣服，行内话少一个领子。按规矩领子逢单，或三或五。兴生把包裹拿过来，一件件抖开，他那一套五个领子齐全。老太不会那么粗心，而且寿衣店整套出售。莫非，忙乱中被老板夹带在退货中带走了？大龙打电话询问，老板本就不开心，这下恼得双脚跳。大龙一个劲地赔不是，说："麻烦你送一件衬衣过来。"老板说：要买一套，单件不卖。

仵作催着本家作决定，说再犹豫就耽误出殡了。二龙说：不就缺件衣服么，衣裳包还没烧，找一件。三龙说：干脆穿三件。兴生狠狠横了他们几眼。

大龙问仵作："你一辈子干这行，碰到类似情况怎么处置，听你便是。"仵作说："用红布充当一个领子。"大龙向父亲投去征询的目光。兴生不依问："从我这套里拿一件行不行？"仵作说："这个也不是不可以，男女式样差不多，稍微大一点。可你这套……"兴生打断仵作的话："顾不上了，就这么办吧。"

冷衣服不能直接穿在死者身上，得由亲生儿子焐热了，当然，只是象征性套一下。大龙年前摔坏了胳膊，至今还打着钢钉，伸展不便，想让某个兄弟代替他。两兄弟低头不接话。大龙上身赤膊，平伸着手，仵作帮着把笼好的一摞寿衣套到大龙身上。大概衣袖弄缠了，折腾好一会儿，大龙伸手不通。仵作一层层卸下，再一层层重新套上去，捏住袖口，帮着脱下。

"戴家孝子听好了，给你们亲娘穿衣服时，长子抱头，老二托腰，小儿抱脚，其他人让开。"仵作职业性地拿腔拿调，朗声招呼。

盖尸布揭开，露出上半身。三兄弟同时发力，在死者悬空的一瞬间，仵作麻利地将寿衣塞到死者背部与门板夹缝中。看着母亲骨瘦如柴，大龙忍不住掉泪。由于搬动，母亲口中突然冲出一股腐气，直冲大龙的五脏六腑。大龙一阵恶心。大龙朦胧的余光里，兄弟俩扭转头，屏住呼吸。

四

道士稍事休息，抽支烟，喝几口水。道场继续。打镲的继续打镲，吹唢呐的敲起了小鼓，咣咣咣，咚咚咚，鼓点急促，七个道士全员出动，绕场疯跑。领头道士喊："来呀，怎么不跟我们跑了？"兄弟妯娌或站或坐，这里一个那里一对。众妯娌说："跑不动了。"二龙说："等我抽完这支烟。"昨天给母亲暖衣服，大龙拉疼了伤臂，疼痛从胳膊放射到肩部，不敢迈步。

昨日出殡。殡葬车停在大马路上，铜管乐队开道，大龙抱照片，二龙抱牌位随后，三龙提着装满"领路纸钱"的四角篮，拐弯或者过桥撒一把。棺材由特制的花轿盛放，八个与三龙平辈的亲属分两拨交替抬杠，后边是长长的送葬队伍。出丧走"上手",从村子南边绕过几条田埂,折返到村东头,穿过附近两个村庄,行进半个小时到达马路。管乐断断续续响了一路,越来越稀薄。

按俗,死者配偶回避送葬,兴生执意要去,红着眼连哭带嚷:"你们就让我再送送她吧!"瘦弱的躯体爆发出惊人力气,谁都拉不住。桂花与另一女子搀扶着,攀吊着,后来几乎拖着兴生走。

车到归一苑。二龙自告奋勇去办手续,买骨灰盒。9号告别室哀乐低回沉闷,亲友绕行三周,与戴家老太作最后告别。里三层外三层,淡亲在外圈,至亲在里圈扶棺绕行。生死两茫茫的最后时刻,哭声此起彼伏。兴生一直伏在棺材上,隔着盖子上一方透明塑料膜凝望相伴几十年的妻子。

白大褂白口罩白手套的工作人员站在里门口喊:"告别结束,最多派三人随我进去,各位亲友到大厅等候。"人群里又是一阵呼天抢地的哭喊。工作人员拉住停棺床扶手,众人反方向拉着不松手。似一场以众对寡的拔河,似乎力量的优势能将死者拉回人间。工作人员眼神凌厉,大声呵斥驱散众人。"好了,放手吧。"大龙插到尸床边扳开一只只手。二龙半抱着父亲,连抱带拽。脱手的瞬间,兴生瘫坐在地上,突然晕厥。众人手忙脚乱地把兴生抬出了告别室。

一身白褂的工作人员拉着棺材,车身斜入里门,拐了半个弯,马上就消失在门后。"妈呀!"小龙突然哭喊着冲出人群,拉住停棺床。从母亲断气到现在,小龙没哭过一声,他媳妇和两个嫂子都没哭过。哭丧是女人活儿,没生养女儿的老人往往被说没福气，担心死后无人哭丧。儿媳能做做样子，拉腔拉调干号几声就不错了。也有"会哭"的，但很稀少。戴家请了一位专职哭丧的，那女人对着话筒，断断续续表演了半天，有腔有调，有泪有声，总算没怎么冷场。

工作人员索性放手，暴怒道："到底要不要烧啦？"

小龙一声迟来的号啕，尔后窒息般地抽泣。众亲友驻足回头，不知道发生了什么，纳闷于小龙怪异的举动。刚才大龙让小龙跟进去，小龙说："我怕，我不敢。"桂花狠狠地说："我进去，我一个女人都不怕啥，亲娘哪。"

从告别室到火化间，往东走一条长长的甬道，拐个弯向北，又是一条长廊，这是人间通往地狱的入口。长廊一侧十几具棺材头尾相接，都是那种大红色、花纹华丽的卫生棺。每拉走一具，后边的依次挪动一步，直至叫到号，推往火化炉。

戴老太留下遗言"单烧"，行话"拣灰炉"。所谓单烧就是一人一炉，烧尽之后家属可以亲自在炉前收拾死者骨灰，但要多出七百元钱。而普通炉子是几个人一起焚烧的，据说出炉后工作人员会胡乱铲些骨灰，不一定是自己亲人的。肉身已矣，骨头渣子缺一块少一截，或者多一块不属于自己的零件，确实让人死不瞑目。这几百块钱是万万不能省的。仅一门之隔，大龙在等待的间歇好奇地推开普通间大门，那里一字排开十来个炉子，炉冷人空，没一单生意。普通间的焚化炉大小式样与这边完全相同，是以讹传讹，还是火葬场为了多收几个钱玩的猫腻？

唯一的区别是亲人能目睹火化全过程，能亲自动手拣骨灰。这也算是孝心的最后表达吧。

出炉的骨架依然保持人形，三维坍成二维，红通通的，仿佛余烬忽闪的炭火。冷却，成灰白。大龙和桂花仿照别人，用铁夹子把骨灰夹进铁皮畚箕。大块的骨头拣完，手指骨、脚趾骨一类的小部件，需要在棺材、衣裳、随葬物品残骸堆积的灰烬中耐心翻找。工作人员过来，手持鼓风机一吹，剔除异物，清扫残余骨灰，全部倒入铁皮畚箕。工作人员麻利地操起木槌，把所有骨灰捣碎，倒入红色布袋，放进骨灰盒，压实，盖好，说可以走了，又说：老太骨骼小，装得下。

殡葬车从马路拐入村道，直到无法前行。

除了花轿留在车上，回丧阵容依旧。乐队开道，大龙抱着盖一块红布的骨灰盒，二龙小龙依次抱照片抱牌位，亲友随后，沿原路返回。戏剧的一幕出现了。妯娌三个突然越出队伍，跑到前边。她们每人抓着一团织物，就是亲友送来盖在棺材上的缎子被面，撒腿往村庄方向跑。高大的大媳妇，瘦小的二媳妇，矮胖的三媳妇，在田埂上展开了一场旷世未有的赛跑，目的地是各自的家。

三媳妇年龄最小，扭动着肥硕的屁股，不出半条田埂即被两个嫂子甩开一大段。大媳妇人高马大，气势威猛，领跑大半程，最终被精干的二媳妇越过。

乐手忘了吹奏，亲友成了观众。

不知哪一辈留下的说法，谁先跑回家，把被面盖到自家米窠上，则这家祖宗庇荫，兴旺发达。独子家庭无人争夺，多兄弟家庭延续着承载某种信念的游戏式角逐，承担这个信念的主角是媳妇。二龙家赢了。

五

午后,库撑起来了。

扎库工匠称纸作。以前,纸作当在五七前一个星期,拖着"建材"进门。如今制作能力和运输能力非比往昔。就像钢结构替代传统建筑,纸作在家里做好半成品构件,只须到现场拼装。

库,是活人为死人准备的阴宅,彩纸为墙体,芦苇和竹片撑起屋架,间数、式样,就连门窗等细节,都按死者生前住宅缩小复制。阴阳一体,否则祖先节节坎坎回家吃庚饭摸不着家门。

纸作到老屋一看,有些犯难,就扎一间屋吗?要不照大儿子的房子扎?纸作举出几家例子,远的近的。大龙说跟媳妇通个气。大龙小耳朵使舵——吮主张。果然,老婆一跳三丈高:"哦,八辈子祖宗都拥到我门上吃庚饭,这不诚心把我家吃穷了?"大龙说摆摆样子,一粒饭都带不走的,兄弟也家家祭祖。老婆说傻大头,道理不对!

纸作这么建议,夹带着私心。三龙都住楼房,一单活儿能带来最大利润,无论眼前,或潜在的生意。大龙不允,轮到二龙为父亲主丧,扎的库自然不能升格。最后商定按老屋原来的规格,扎四间平房。没有实物参照,凭经验凭想象,凭兴生描述。

库搭在原生产队打谷场。帮工忙了一上午，移动柴垛，拖走乱砖，给周边清理出一段隔离带。

库内陈设齐全：土灶、碗柜、餐桌凳，老式木床、马桶、衣柜、冰箱、彩电、洗衣机……一样都不少。纸作别出心裁，还给老太扎了一辆轿车，停放屋前。小龙说："唷，宝马X5呢，可惜老娘不会开车呀。"二龙对纸作说："再给她弄个驾驶证呢。"纸作说："那边有专职司机的。"

道士让兴生去库内清点钱箱。一共39个箱子，箱子里叠满"钱"，上了"锁"，贴着名字签。钱箱是库中特别重要的财物，所以，要造预算。新亡人肯定要多带几个箱子，一路过去，保不准要花费些买路钱，给祖宗一点孝敬，自己留足储备。如果某一天关亡婆说：谁谁在那边没钱花，这边送过去都来不及。兴生的父母给几箱，祖父母也要给一点，再往上就不管了。

半日过去，兴生心里的疙瘩缩小了。不依，又怎样？儿子死了老娘，怎么弄是他们的事，悲伤不悲伤是他们的事。自己活不了几年了，做个"下棺材冤家"，亲亲眷眷多少人向着他兴生呢。

九九八十一，老伴死在"重九"上，讨饭命。报过土地神回家，子女需避开本村庄挨家挨户为老娘讨饭，讨得七七四十九家米，为老娘赎身。当然是演戏。三个儿子，戴着破草帽，左手挽笤箕，右手提打狗棒，在亲友目送中，嘻嘻哈哈出村。半个多小时，三人回来了。他们的妻子迎上去问："这么快？"大龙不说话。小龙说："家家关门，哪里去讨。"二龙说:"做做样子么,四十九粒米是有的。"

道士说:"要不要给你先带几箱过去,存在银行里?"活人到阴间存钱,闻所未闻。兴生说:不急。钱箱、火纸、锡箔都是纸作提供的,吃死人饭的这些人狼狈为奸,互相打掩护,借死人获得最大利润。

道士再次倾巢出动,把压轴戏移到库场。笛子、唢呐、笙、镲、鼓齐上阵。道士们忽而绕着库转,忽而在低矮的库里穿进穿出。是驱鬼,是招魂,还是超度亡灵呢?业外人士看不懂,只当看一出大戏。道士的念白介于说与唱之间,带有明显的昆腔。夹着方言的昆腔吐字,其中有一段排比式念白,每句均以"奈何桥"打头。

奈何桥是阴阳分界,是转世投胎的起点。这一带,新亡人灵台前都要放一角"白席"(灯芯草凉席),新亡人游魂处于混沌状态,直到第二十八天摸到白席角,才意识到自己肉身已死,灵魂抽离,无奈走向奈何桥。还不到时间点,老妻能否顺利走过奈何桥,走上望乡台,喝到孟婆汤?还有她前世未了的意愿,如何托梦给兴生。兴生最难过的还有这个,但这不能成为公开理由示以儿子儿媳,告之于亲友。

厨师过来问本家,能不能把五七庚饭撤了?大龙跟桂花打过招呼,吩咐厨师,糖果点心任由老人小孩拿去,变质菜扔掉,能吃的菜重新蒸煮,加到晚餐桌上。

道士终于歇工,脱道袍,收拾工具。

亲友集结在库周围,等待最神圣的一刻。纸作高呼,吉时已到,高声(爆竹)准备——

呼——啪——高声响了。与此同时，库内钱箱被点燃。随着噼噼啪啪的声响，火迅速蔓延，从左右前后各个方向窜出。整栋库，所有的东西都是易燃物，火势愈发威猛，呼呼有声，窜过屋顶，热浪一次次将屋顶掀起。带火的屋顶一旦失控飞到周围柴垛，将引发一场火灾。纸作跺脚狂喊，用毛竹压住屋顶！纸作有预见，早让人准备了几根毛竹。几个身强力壮的帮工操起毛竹，压住屋顶，库轰然塌陷，火势顷刻间被抑制。

兴生站得太近，脸上身上有强烈的烧灼感。刚才火势最旺时，亲友都往后退，不知谁顺手拉了他一把。

明火已灭，打谷场弥漫着呛人的烟雾。五七仪式全部结束。那边的木屋里，冷盘已经摆开。众人卸去孝服、白拖布，准备吃晚饭。纸作吩咐留一位亲属看守，以防死灰复燃。忽然间，热气裹着一团团灰白的纸灰从地上飞起，游荡在打谷场上空，似被什么力量托举着，久久不肯散去。

三角墩

一

二坤捧着茶杯，一脚踏进小商店，半个身子冷不丁地被三愣子挡在门外。二坤老远就发现在小店门口探头探脑的三愣子，只是故意视他不见，更懒得主动招呼。二坤这一阵子莫名地烦躁，烦自己，烦任何人。三愣子神秘兮兮地凑上来说话，很轻，语焉不详。乡间谓口吃为"愣子"，三愣子不太严重，只是越急愣，第一个字上肯定打疙瘩。三愣子见二坤毫无反应，加大了嗓门："大……大根的事你……你知道……啊……不？"

"大……大根啥……啥事？"二坤学着三愣子的腔调说。

"他要弄个老太婆！"三愣子把二坤拉到门外，迫不及待地告诉二坤。

"哦，他弄他的，关你啥鸟事？"

"这……么大年纪了，还不安逸，动……动歪脑筋，听说那女的比他小一截呢。"

"人家82岁的还娶28岁的呢，你情我愿，碍着谁了？"

"老婆才死半年，就熬不住，你……不知道三角墩上嚼得多难听？"

二坤对三愣子说："各开门头各开户，大根他碍着谁啦？我去打麻将啦，晚了轮不上了。"二坤及时岔开话题，是不想跟三愣子在这里谈大根的事。闲人说闲话，一起光屁股长大的村巷兄弟，多少有些袒着他的。三愣子说："还有一桌好像是三缺一，我让给你打。"二坤说："风格恁好？你口袋里又干瘪了吧？"三愣子说："我这阵子，手气不好，还赊欠老板娘烟钱。能不能……"二坤说："跟你说过多少回，开赌前不可借钱，等我赢一把，帮你结清。"三愣子说："不赢呢？"二坤说："你个乌鸦嘴。"伸手去拧三愣子耳朵。三愣子反射性把头一偏，可怜巴巴道："一个忙着弄女人，一个不知道忙点什么，你们哥俩多久没来三角墩了，再不来救我，裤子都快给人扒了。"

以前李巷作为独立行政村时，三角墩是村委所在地，有商店、理发店、小饭店、粮饲加工厂，还有一个半死不活的五金厂。北边靠河的是小学，东、南、西各有一条拖拉机路通向附近村寨。并村后，这里从过去的行政中心变成了娱乐中心。小商店从一家变成三家，多条癞虫少棵菜，就那么点小生意惨淡经营，可谁都不愿关门。记不起哪家脑子活络，率先开辟麻将室，另外两家跟着效仿，东搭一间，西辟一点，三家竟能容纳二十桌麻将。商店功能弱化，麻将室成了主业。

二坤弄不懂，如今哪有那么多闲人呢。论实力，二坤比三角墩上绝大部分玩客有钱有闲。二坤来得不多，来了不怎么赌，赌了也不玩太大的。

似见到了救命恩人，三个干等的麻友几乎同声招呼二坤。二坤落座，不忙着转骰子开庄，先给三个人派了"小苏烟"，顺手给跟在身后的三愣子也递了一支。

二坤开局很顺，要什么牌有什么牌。就算起牌不好，边张、嵌张都能摸到，一"将"四圈下来，进账近两百。第二、第三"将"无大起大落，基本持平。这桌开始得比较晚，打过第三"将"，接近四点了，时间有点尴尬。输大的那一位坚持加一"将"，言辞恳切。二坤作为赢家，不便发表意见，坐等另两位定夺。三愣子忍不住插嘴："二哥差……不多该回家烧晚饭了，要打晚饭后继续。"三愣子一直搭角坐在二坤身边看牌，二坤移到哪方，三愣子搬着长凳跟到哪里。三愣子看赌吃"白烟"，二坤新开包的"小苏烟"放在台角，三愣子毫不客气"自摸"。三愣子想让二坤保住胜利果实，当然也有自己的小九九。

"多嘴！"二坤横了一眼三愣子，对那位说："你开庄。"

本来只想陪完一"将"，谁知石头船往山里摇。加的这一"将"，成了二坤的单打表演。三五圈就等张，而且都和大牌，一会儿自摸，一会儿杠开花。三方连连冲他都不和。有一把等嵌八万，最后一张八万冲过来，三愣子踢他脚，二坤不动声色只当没看见。手好挡不住，隔圈换了张子儿，结果又是自摸。

那几桌已经结束了，听说二坤"一捉三""扫堂腿"，不着急回家，都过来围观。二坤如有神助，战果不断扩大。几位唉声叹气，输得最多的那位开始还贼牌鬼牌屌牌地骂，到这会输得没了脾气，额头出汗，捏着牌的手哆哆嗦嗦的既像打出去又像收回来，最终兜里掏不出了，欠了二坤八十，欠另两位五十。那两位会算计，把欠账统统划过来，一共欠二坤一百三。这种麻将还能打下去？围观的议论着，意思是劝他们尽早歇手。

二坤又自摸一把，把牌一推，说声："立直清"，放下四十元"台费"。实际上，离打完还有三把牌。"立直清"就是不追缴欠款。

二

老板娘黑妹招呼二坤，回去也是灶头镬子冷冰冰，就在这里吃个便饭夜里继续你的好手气。二坤说下回吧。二坤从小商店带了一瓶"金六福"酒，两包小苏烟，顺带给三愣子付清赊款，招呼对面熟食摊称了鸡杂、猪耳朵、豆腐干、蒜泥海带，花费一百二。这些钞票，几个小时前还在别人口袋里。三愣子抢过装着酒菜的马甲袋，两人一前一后直奔二坤家。没一句客套，什么都很默契。就像在自家，三愣子淘米，按亮电饭煲。二坤去菜园里弄菜蔬，在井台上收拾。二坤回到屋里时候，三愣子早摆开四个碗碟，倒好了酒。

"咋回事，听谁说的？"二坤不等坐停当便问。三愣子呷口酒，故意卖关子："啥……啥……咋回事，请我喝酒就……为从我嘴里掏点……新闻。"二坤说："你吃我喝我还少？不说滚。"三愣子嚼着猪耳朵，口齿含糊，说："二哥啊，全李巷的人尽不拿我当人，就你哥俩把我当人看。大哥他，好几天没来三角墩了，也没在家，好像失踪了。"

"弄老太婆是怎么回事？"

"子女不同意。两儿一女都不同意，坚决反对，强烈反对。说什么骨灰盒还没冷就……"

"尸骨未寒？"

"对对，说他就想自己快活，弄一个年轻女人，老屄发骚，还有……"仗着酒菜的滋润，三愣子说话顺溜，要不是看着二坤脸色渐渐不爽而打住，一点都不犯愣。

"亲生子女怎么能这样泼老子恶水？少年夫妻老来伴，子女都不在身边，弄个老太婆伴伴热闹，子女也省点心。大根退休工资蛮高，养个老太婆绰绰有余，不可能向子女伸手。养儿育女一场空，唉。"二坤摇头。

"问……问题就出……在退休工资……高。如果跟我一样靠失地农民一年万把块补贴，才……才懒得管他。"

"我当然懂。怕被野女人卷了包，老骨头里榨不到油了。话说回来，大根这事欠周全，好好征求儿女意见，至少跟我们商量商量。这事弄得……哦，给他打个电话。"

大根关机。再打，仍是关机。

"你说这会儿,大根会在哪里?"三愣子自言自语,又像是问二坤。

"他娘的,管他在哪里快活,不说他了,喝酒。"

三愣子在灶台上切韭菜,切完,转身开冰箱,拿出三个鸡蛋,说道:"好久没吃韭菜炒鸡蛋了,大根最喜欢吃,说是壮阳菜,我们哥俩也壮……壮。秋韭老了点,但不碍壮阳。"

二坤说:"你壮你的阳,我还壮个屁。"

三愣子说:"二哥你今天忽冷忽热有点不对劲。"

二坤把台脚边上回喝剩的半瓶白酒拎起来。以往三愣子毫无节制,总是二坤踩刹车。今天三愣子反过来劝阻,看看二坤一脸阴沉,不敢说什么,只得小心翼翼陪着。

秋夜已显出浓重的寒意,两人还穿着单衣,冷菜冷酒,两个老男人对酌变得少滋寡味,渐渐放慢了节奏,到后来,基本变成呆坐了。

二坤不知道三愣子什么时候走的,连有没有关门,怎么上床的都记不清了。衣裤未脱,没有刷牙洗脸洗脚洗屁股,不过就是有那也是好久以前的事了。乡下人不怎么讲究,二坤从小就没养成习惯,以前,老婆经常提醒他"汰汰清爽",否则绝不让他碰,因为那事主动权在老婆那里。而他主动"汰汰清爽"时,多半是他有那方面的企图,多年来,基本形成一种心里暗示,也基本养成了良好的习惯。老婆去城里后,没人管他,"汰汰清爽"也白汰,他又回到了婚前的邋遢状。

三

大根是次日天擦黑的时候回村上的。二坤在井台洗蔬菜时，场角路过的一个村妇无意间说起，似乎看见大根了，村妇特意强调大根孤身一人，说前一阵子跟在屁股后头的女人没跟他回来。

二坤打大根手机，语音提示还是关机状。这有点反常。以前吧，大根出门或回家，拐个道，有事没事跟二坤聊几句，你来我往抽几支烟。就算后来大根老婆躺床上快咽气那阵，大根还是朝这边走，只是言谈和抽烟少了些从容。

大根家在村庄末端，一向比较冷清，这几年边上邻居陆续搬迁，断垣残壁未经清理，大根等于生活在废墟中的孤岛。不见灯光，门也关着，二坤高呼几声，大根从楼上窗口探出头，冷冷地问："什么事？"二坤说："看看你，看你是不是被狐狸精吸干了身子。"二坤不乱开玩笑的，大根冷冰冰的态度惹毛了他。二坤马上缓言道："从昨天起我打了你多少电话，怎么回事？"大根说："屁手机，我现在是聋子瞎子。"

二坤软硬兼施拽着大根往回走，一路上都在轻声责骂，不吃不喝躺床上，明天吃喝不，后天呢，接下去的日子呢，绝食给谁看，想死死外头，坍什么台！

大根烧火，二坤上灶，两个男人临时营造出家庭氛围，怪异而粗糙的温情。二坤脑子里闪过又很快放弃到三角墩买些熟菜的念头。翻缸挖罋，咸货总有一点。煤气灶上高压锅哧哧响,四散喷吐的水汽中,弥漫着略带哈喇味的咸肉香。剁成块的咸鱼焐在柴灶上。二坤剥了四个皮蛋,装好花生米,两个蔬菜一炒,随即摆上酒碗。二坤去房间拿出春节时从儿子家带回的"天之蓝",这种52度的"天之蓝"在江南很少见,儿子特地关照他自己享用,不值得与人分享。再好的酒独斟独饮也体现不出价值。换了往日,大根至少咋呼几句,啃,好酒,有吃福!可这会儿,大根只瞥了一眼酒瓶,眼底一星光芒很快就黯淡下去。

就哥俩喝酒的时候不是很多,一般不漏掉三愣子的。今天特殊,大根不提起,二坤没有叫三愣子的意愿。那狗东西嘴巴臭烘烘,不便让他在场。来日他知道了一定眼红脚跳,嚷嚷哥俩没良心,忘了小时候水花生里的救命之恩。

"来,喝!"二坤端起茶盏跟大根一撞。二坤有意不提什么,不问什么。如果大根不想说:问了也白问。大根兀自唉声叹气,几次欲言又止,二坤不试探不接茬,似乎对大根的唉声叹气毫无兴趣。

二坤只管吃喝劝酒。酒过半碗,咸鱼起锅,咸肉也差不多焖透了。乘着热烫,大根一边切肉,一边呼呼往手里吹气散热。肉切得很大,半肥半瘦,瘦肉炫红,肥肉半透润泽,一口咬下,嘴角边滋出油,二坤叫声过瘾,招呼道,吃肉。

夹着一大块肉的筷子停在半道,老泪从大根眼睑滴落。二坤扭头不看他,冷冷地说:"像什么腔调?你要娶年轻女人,你要快活,早该有思想准备。得准备花大铜钿,被人家戳背皮,做通子女工作,所有一切弄顺当了,再把女人领回家。半年没女人就花痴,和尚投胎?"

"你晓得什么!"

"我不晓得什么。"

大根说:"长村大巷,被人指指戳戳倒也无所谓,那女人么,从未提过什么要求,只说不能天天过来陪伴。她女儿在医院当护士,她周一到周五要照顾外孙,只能等周末女儿女婿休息了才来李巷。"

"她没提钱,不要你负担什么?"

"说暂时不需要,她当护工一年能挣四五万。我有能力就贴补她一些。"

"你真没花费什么?"

"嗯……给她买了一辆电瓶车。这里离街上远,开始几次来,她乘公交到街上,我用电瓶车接她,第二天又要送她去乘车,很麻烦。是我主动给她买的。抓个鸡还要撒把米呢,三千多块钱算什么。"

"子女什么态度?"

"黄眼鸟,白眼狼,养儿子不如养兔子。说半路夫妻最终不牢靠的,怕我上当受骗,人财两空。嘴上漂亮,其实就是惦记我那点儿'棺材底'。"

"孩子的话貌似有道理。手指缝么紧一些,细水长流。"二坤转移话题,"凭这一阵交往,感觉那女人怎么样?"

"好,真的好,实在。愿意跟一个大十几岁的老头,她毫不隐瞒有所企图,但不图眼前,图将来干不动活儿了有个依靠。"大根艰难道出这几天的行踪。儿子把他骗到城里,没收了他的手机、身份证、银行卡,不许他出门,等于被儿子软禁了一个星期。

"拿你身份证干吗?"

"怕我领结婚证。我是逃出来的。她的号码存在手机里。我去她家,不在,去医院也没找到。不知道是不是去乡下老家了,还是家里有什么事?唉,一个多星期没见面,连话都没听见一句,心里不是滋味。"

四

大根再次踏上三角墩,尽量装得若无其事。三角墩的闲人脸上掠过片刻的惊讶,对大根表现出超乎寻常的热情,从大根故作平静的脸上看不出什么,该闲聊的还是闲聊,该玩牌的还是玩牌。其实,进入公众视野为众矢之的的第一瞬间,大根就觉得老脸有些难于招架,但绝不能扭头离开,也不能失了态往里屋钻,那种虚挺的定力来自二坤的支撑。二坤说过,你我后半辈子都得在三角墩混,怕谁,怕个屌。

大半天,大根一直觉得身后贴着目光,回头看没啥异样,但气氛怪怪的。二坤戏言大根做贼心虚。大根对二坤戳着他又开涮他的言行最无奈。按三兄弟平日的气度与主见,二坤该当老大的,事实上,他们仨的排名仅仅是叫惯了的称呼而已。"说我心虚就心虚呗。"大根心里还有隐痛不便说。

大根觉察的异样首先来自黑妹,老板娘以前的热情不再。大根玩牌时的心不在焉,直接导致了惨败。大根一反以往输钱后的懊丧，木木的，结束了还干坐着。黑妹今天对二坤表现出过度的热乎，盛情挽留二坤喝酒，邀三愣子作陪，唯独冷落了大根。三愣子有奶便是娘，对黑妹一向的爱理不理，对自己一次次蹭饭被赶走，对半夜里吃过的闭门羹，似乎瞬间忘得一干二净。三愣子抹台端菜摆酒，喜滋滋屁颠颠忙开了。二坤迟疑着，自作主张请大根不合适，不招呼么又不地道，咂着嘴给黑妹眼色，黑妹说："今儿看你二坤面子，你请谁都可以。"说着眼角扫向大根。

  黑妹的主动示好不是一次两次了。黑妹属于"黑里俏"，眉眼含春，圆脸上一对酒窝，尽管皮色不白身条不细，仍算得上乡村美妇。黑妹男人长年在荡丬烧小窑，她的小店，不乏男人光顾。男人与她打情骂俏，吃吃豆腐什么的。但据说：闻过黑妹腥味的男人，一面的说她的好，睡过她如吃了鸦片上瘾；另一面的却对她多有诋毁，说她只认钱不认人，又说连三愣子这样的"脱底棺材"（好吃懒做的二流子）她都不拒。二坤老婆去城里这十几年，黑妹时不时递媚眼给他，暗示，挑逗。黑妹说真正入她眼的男人不多，老娘不图钱只图快活，还请你吃酒。有一回黑妹问二坤武功是不是废了？二坤说老了，不想了。二坤从电视上知道男人那方面本事能持续到临死，但不用则废，他是不是真废了？前半夜吃力咻咻的没感觉，后半夜有点反应，起身撒泡尿好受了些。老婆刚去城里带孙子那会儿，节假日还能回来小住一两日。孙子渐渐长大，老婆衣着举止说话腔调越来越像城里人，越来越让他觉得陌生。难得儿孙一起回来，吃过晚饭，车屁股装满鸡鸭蔬菜，老婆随汽车一溜烟走了。二坤偶尔去趟城里，就两个房间明摆着，老婆跟孙子住一间，他住哪里？有几次二坤好不容易逮到机会，老婆说大白天干那事，像什么话，如果孩子突然回家，还怎么有脸当长辈。

说来男人有那种事不算事，二坤倒没有守身如玉的意思，就是迈不出那一步。而且，跟这种烂女人有一腿毕竟有失身份。那时二坤已经发现大根一些蛛丝马迹，大根拒不承认跟黑妹有染。二坤说：咱兄弟不能变成"连襟"，被人笑话。

三愣子趁黑妹端着大海碗上菜，偷偷在黑妹大屁股上捏了一把。黑妹叫道，作死，再不规矩赶你走！三愣子舌头打着弯，又……又不是……没摸过，竖……竖什么牌坊。黑妹放下碗，一手狠命扯住三愣子耳朵，一手拧三愣子那张臭嘴。

"三愣子，老板娘给你喝的是酒，不是露天粪坑里的粪。"二坤骂完不解气，恨不得动手打人。

黑妹劝道："算了。哎，大根呢？"

刚才大根离席，估计出去方便了。等了几支烟的工夫，大根再没进来。事实上，大根落座后，几乎没说过一句话，几乎没动过筷子，杯里还剩半杯酒。

五

大根自酒桌上不辞而别，次日又一次玩起了失踪。大根的女儿女婿却在三角墩出现了。

三角墩人来人往，人多人杂不假，熟人熟脸无所谓，出现陌生面孔往往让人揣度、警觉。侦查的公安便衣，设大赌局踩点的小喽啰，过路的，近村过来的潜在客户，店主能从来者的衣着、神情、言语猜出大概。

那对男女踏进剃头根兴理发室，黑妹只见到背影。剃头根兴老得剃不动头了，屋内很脏，只有附近街上跑不动的老头尚能光顾。不多久两人退出来，驻足向小店张望，走过来。

黑妹早认出是谁了，打招呼。女人说：回娘家看父亲，父亲不在家，才找到这里。黑妹心里嘀咕，明明从西边大路直接过来的，干吗这么说。黑妹从门里拖出条长凳让坐。两人不表示什么，并不坐下，站着嘀嘀咕咕。黑妹随口说："大根哪，几天没来了，还以为去你们哪个子女家了。"

女人叹口气道："按理说长辈的事轮不上我管，可父亲实在太不着调，做囝的也不怕出丑，你们评评理。"说着就坐下了，看样子，不是三言两语地说道几句。门口慢慢拢了一圈人，过路止步的，没轮到打麻将门口转悠的，里屋循声出来的，听听梆声。来自家人口中的消息分量足，可信度高，将很快在麻将桌上传播，晚饭时将在各家饭桌上传开，要不了明天，就出李巷了。

女人说从小时候起，父母关系一直不好。为什么？父亲花心不改，母亲的病就是被父亲气出来的。本来母亲不会死得那么快，父亲劣性不改，在医院陪护时又在病妻眼皮底下勾搭女人。

"不会吧，还有心情想这事？"有人插话。

"做囝的会冤枉老子？就是那个护工。她在陪护隔壁床一个退休干部，眉来眼去，不知怎么跟我父亲勾搭上的，等我老

050

娘一死，找上门了。"

黑妹说："听说是你父亲找了人撮合的，进出不一样，道道也不一样。"

有人反驳："说不定女人摆架子，跟大根演了一出双簧，做给别人看的。"

"还有哦……真说不出口，他竟然吃伟哥。要不在他床头发现药片，原以为他就为了伴个热闹。谁知道，唉，不要老命了。我也是为他身体着想。"

伟哥？乡下人未必见过，更别说用过那玩意儿，但应该听说过。再婚也好，姘居也罢，没有共同孩子共同利益的男女，靠什么维系关系，无法回避又遮遮掩掩。而一旦有具象的支点，局外人的揣度就变成联想了。青壮年可以理解，发生在年近古稀的老人身上，的确老不正经。儿女为老人身体着想，干涉得对，干涉得有道理。

一个说：那女人身体结实，那方面的需求还很旺盛，大根力不从心，只好吃药硬撑；另一个说：身边躺着白白胖胖的女人，上身有想法，下身没办法，才偷偷地吃药，硬撑。黑妹插嘴了，毕竟半路夫妻，结发老婆哪忍心让老头子舍命。

"李大根赤佬不是东西！"大根的女婿冷灰里爆出个热栗子。这个男人始终一言不发站在他女人身边，此前听众只顾着听他女人说话，忽视了他的存在。谁都不好接茬，只是神情怪异地打量他。

"李大根也是你叫的？赤佬是你骂的？他是你丈人，千错万错轮不到你来教训！"不知什么时候，二坤站在身后，边上站着同样一脸怒气的三愣子。"脱……脱了下巴说话,满……满嘴喷粪!"三愣子帮腔。

"老不正经,发骚劲……"男人涨红脸继续发飙。不知过于愤激还是内心发虚,声音尖细成了雌鸡声。

"小子哎,大根不发骚劲,哪来儿女,你哪来的老婆发骚劲?"

二坤话落地,众人忍不住大笑。这节骨眼儿上,大根女儿及时应对,臭骂几句男人,拨转话题。女人说母亲跟了父亲四十年,没吃过一天好饭,福给别人享了,她替娘难过。

六

大根在城里找不到女护工,从她住地到第一人民医院来回几次,又去其他医院找,公园、菜市场,走在街上多带只眼睛。大根知道女护工躲着他,失落得近乎崩溃。

记得女护工说过,乡下房子出租给收破烂的,即使回去探视也不可能住下。大根去敲门,隐约觉得里边有小心翼翼地挪脚声,似有眼睛抵在猫眼察看。大根给小区门卫塞了两包"中华",门卫念他来去辛苦动了恻隐之心,偷偷告诉他,女护工特地关照过,有人找就说出门去了。大根返回去,敲门变成了拍门,一遍一遍叫着女护工的名字,哀求开门。

大根一站几个小时,无果。回到楼底,绕着那幢楼仰望502室,试图从前后窗户发现女护工身影。转了几圈,仰得脖子发僵,又折回门卫处。门卫说不能说你是幻觉,也百分之百认定她在家，你自己想法子。大根说不可能报110，叫人开锁，破门而入。门卫意味深长笑笑，蹲守，说着指了指垃圾桶。大根似醍醐灌顶，对啊，她不一定天天出去买菜，却免不了下楼扔垃圾。

女护工在楼梯口一露脸，大根就发现了她。女护工警惕地探头张望，提着黑色袋子，快步走向垃圾桶，丢下袋子，转身。大根从大树后闪出，大步追上。女护工显得很慌张，说："你走吧，我们没缘分。"大根不说话，伸手拉住女护工。路灯下的小区人来人往，已经有人向这边观望。女护工竭力挣脱，无奈大根不松手，有如攫住后半生的幸福一样狠命抓着她手。女护工大概觉得在这里跟一个男人拉拉扯扯不合适，轻声说：放手吧，上楼再说。

大根一进门"小菊小菊"一阵低唤，老泪纵横。女护工叫菊英，以前娘家人都昵称她小菊，前夫倒是习惯连名带姓叫她的。大根一哭，小菊也跟着哭，只差抱头痛哭了。女人如果对着男人不哭，多半是铁了心。果然，小菊说："念你一片诚心，只是……唉……"

小菊告诉大根，他儿子一次次打电话辱骂威胁，很狂躁很难听。男人死的时候小菊还不到四十岁，开始几年照顾女儿感受，挨到女儿成家生子，总以为女儿当了母亲能体谅她，谁知道……长辈对儿孙尽义务也该，无休无止当保姆，太亏欠自己。大根在医院陪护，任凭病妻态度恶劣百般挑剔，依然笑脸相对，依然细心悉心耐心，这样的男人差不到哪里。小菊好不容易下决心跨出这一步，投入了真感情，日子才开始就弄得鸡犬不宁，以后呢，她不敢想。

大根说："能猜到那狗东西干了什么。供他读书，帮他买房成亲，两口子收入挺高，还算计我每年该积多少钱，有多少存款，明里暗里讨要，说我的钱早晚传给孙子的，晚给不如早给。"小菊说："你儿子到银行查过，说你没一分存款，怀疑钱都给我骗走了。"

大根说："都怪女儿女婿不争气，市里买个小户型学区房，连首付都付不起，总不能见死不救吧。看样子，女儿根本不打算还钱，也没有能力还钱。唉，为难的是我，说出来吧，女儿毒我，瞒着吧，儿子误解，让你背黑锅。现在我下决心，还你清白。"

小菊说："算命瞎子说我命里克夫，你怕不怕也被我克死？"大根说："瞎子的胡言乱语怎能当真。"小菊说："心里有阴影，碰到什么事，老是疑心，说实话不想害你。"

大根怀疑小菊拿这个来考验他，说："老婆病了以后女儿也去帮母亲算过命，也说我命硬克妻。没几年活头了，我们好好过日子。论年龄我无疑会先走，那时还有点补贴，每个月……"小菊示意打住，似突然想起什么："你睡觉前到底吃的什么药？"大根说："进口降压片，医嘱晚间服用，怎么啦？"

七

大根在家里弄了几桌酒水，低调宣布再婚。

大根郑重拟定邀请对象：同辈至亲，昔日要好的老同事，往来热络的老友，一起玩牌的牌友，以电话一一告知。二坤和三愣子自然在必请之列。

大根只安排一顿晚饭,只请了一个厨子。二坤和三愣子上午就去帮忙,杀鸡宰鱼生炉子。花车、爆竹之类的排场就免了,酒席规格不马虎,冷盘热菜点心荤荤素素,还弄了扫把大的波斯龙。

设定五点开席的时间早过了,厨子让三愣子传话大根,大根无语,二坤说再等等。二坤知道大根在等谁。大根早早告知儿子,再三要求儿子带妻儿回来,走到这步,指望儿女祝福万万不可能,至少给父亲一次面子。别人不管,儿子一家不回来,大根觉得酸涩。至于女儿,大根不曾告知,女儿这一次着实让他寒心。她瞒着他去给他重办工资卡,目的是捏住父亲的钱。幸好原单位会计不允,坚持要大根本人办理。她跟她哥反目,娘家路也断了,嘴巴依然不饶人。

二坤说:队长吹叫子了,开吃。

大根特地到街上理了发,焗了油。大根着新西服、新皮鞋,容光焕发,与一身喜气的老新娘坐在一起,不像结婚,倒像庆寿,或像宝石婚之类的宴请。

客人稀稀拉拉坐了四桌。正吃着,有人说:突然发现在座都是老头老太,最小的也过了六十。于是,众人开始比年龄,同龄的比月份。女客本来少,不在比对之列。比完年龄比头发,哪位秃得厉害,白发谁多谁少。喝一阵,吃几口,再比身体,再比谁看上去年轻。身体好不好,不像头发多少一目了然,表面能看出大概,骨子里怎么样只有自己知道。一个说吃得下睡得着拉得出就是身体好,三愣子说:不……不对,还……还有一条。众人一愣，笑："三愣子你有也是白有。"三愣子借着酒劲，说："你……知道还……是我自己知道，那……那边二三十岁的女人一百元摆平。""哪边？你去过？"三愣子说："你白……白有钱，不如我。"

老头老太们吃着扯着，扯到大根身上。大根你现在是无证驾驶？大根说：领证了，合法夫妻。大根，你重操旧业，老当益壮。三愣子坏笑，大哥是……是老店新开。小菊一脸漠然，刚才出去接了电话回来，神情有些异样，心细的大根觉察到了。

汽车灯光划过稻田，树木、断墙、瓜棚的影子依次投到场院。大根迎出门，汽车已停在场角，车里走出一个年轻女人。女人毫不理会大根的招呼，直冲到门口。这就嫁人了？吃得好开心啊。女人一脸怒气，目光和话语让客人猜到了她的身份。大根笑脸以对，轻声说着什么。二坤也走到门口，说有话吃了饭再说。"孙子哭一天了要找奶奶，你有没有想过我们娘俩，有没想过将来，如果今天不跟我们回去，以后就不要回来了。"女人语速很快，质问带着威胁。二坤三愣子几个劝说：无奈女人愈发激动，竟呜呜哭开了。小菊的孙子哭着闹着从车里跑过来。小菊呜咽着："你让我怎么办，你让我怎么是好？我前世作孽哪……"

小菊还是跟她女儿走了，她架不住孙子的哭闹。

大根倒像没事一样，说不要受影响，就当我大根还还昔日牙齿债。客人顿时少言寡趣，不多会儿匆匆散去。大根招呼剩下几个凑到一桌，二坤三愣子等几个又开了一瓶白酒。一次次撞杯劝酒，每个菜碗都泼进了酒味。杯盘狼藉，三愣子前面酱油盆中落满菜汁烟灰。大家不怎么喝酒吃菜说话了，还不肯散去。二坤起身撒尿，三愣子踉踉跄跄跟出去，刚出大门就在场角吱吱撒开了。屋里有人骂，三愣子，像啥腔调？三愣子移步暗处却不收尿，暗处的二坤接过去骂。三愣子嘀嘀咕咕回应，本来两个手把着"夜壶嘴"，说着放了一个手，再说着双手离把，浇湿了鞋子。

三愣子醉了，二坤醉了，大根醉了，最后一桌人都醉了。

八

转眼进入秋收秋播，三角墩门庭冷落车马稀，三家麻将馆，仅黑妹这里还能白天凑一桌，晚上凑两桌。农忙时节，干得动活儿的在地里，干不动的在家帮衬煮个饭什么的。大根没有田，每天第一个报到，最后一个离开。大根又换上了二十年前土裁缝做的老西装，松松垮垮，那身藏青的新西服再没穿过。

二坤已经好一阵没踏到三角墩了，喝过大根喜酒的第二天，即不知所踪。他告诉大根，在停车场看车的远亲最近病了，让他代管几天，时日未知。二坤家大田小田近两亩，零零碎碎的小田收割机到不了，这一带大田收割机已走过，独留二坤的稻子还竖在地里。往年二坤即使人工收割也总抢在别人前头。二坤说早出晚归，实在没时间。电话里大根想跟三愣子帮他收割，二坤说养老稻呢，不急。

二坤田里的立直稻慢慢躺倒,归功于他挑灯夜战。早出晚归,早到什么程度晚到什么程度?大根天天关注二坤的稻子,发现进展缓慢,二坤干农活儿可是一把好手,一连几日居然毫无进展。大根意念间闪过一丝不祥之兆,屡次拨不通电话,不祥感渐渐放大。大根跟二坤不一样,从不主动找三愣子,骨子里瞧不起这种脱底棺材。那小子猢狲不留宝,怀里揣一千元即上城玩,一百元能上街,老老实实待在三角墩时无疑囊中羞涩。

黑妹小店打烊好几天了,玩客临时易主,大根三愣子投奔另一家长田螺眼的老板娘。田螺眼殷勤相待,试图将其笼络为固定客源。田螺眼瞅个机会问大根:"听说黑妹的事了?"

"没。"

"被男人打了!"

"为什么?"

"嗯……我只是听说。"

田螺眼神神道道嘴里含着半句话,"农忙那会儿,黑妹跟野男人……她男人碰上……"

田螺眼强调听说:并非怀疑消息的真实性,而是刻意隐藏消息发布源。她的欲言又止并没延缓私下议论发酵为麻将桌上公开话题的进程。

"大白天的,门都不插上,忒胆大了。"

"趴在麻将桌上翘起屁股,像牲口一样,弄就弄呗,躺床上多舒坦!"

"早就不是正经货,她男人以前睁一眼闭一眼的,这次……弄不懂。"

"听说下手很重,眼睛皮蛋青,鼻梁骨断了。"

……………

众人调转话头,猜测那野男人是谁,眼前的不可胡猜乱疑,以前来得勤这阵突然销声匿迹的能缩小排查范围。有人提到二坤,三愣子瞪圆眼睛只差与他拼命。大根出来打圆场:"问黑妹去吧,省得瞎琢磨。肚子上按住听打,房间里按住对打,走出房门反打,老话不错,提起裤子像个人,我看三角墩上个个可疑。"

不过,二坤真出事了,而且远比搞黑妹的事严重。大根再次见到二坤时,二坤已经从拘留所回家三天了,据说本该拘留一星期,二坤儿子动用关系出来。二坤潜回家,反锁在家里不吃不喝。二坤被大根和三愣子送进医院,已经处于昏迷。医生以为饥饿所致,一查,晚了。

"二哥得的是一个字的病,怎……怎么这般恁惰呢?"三愣子跟人说起二坤,泪眼婆娑,却绝口不提其他事,三角墩上谁拿话套他,他都守口如瓶。纸包不住火,后来,病床上的二坤被开除党籍,处分书中把他犯的事写得明明白白。二坤所在的停车场,场角连着一条幽深的小街,满街什么房什么店,浓妆艳抹袒胸露腿的女人来去飘悠。可是,可是,二坤没有可是。

病床上的二坤拒绝治疗,老婆儿子拒绝去医院探望。

那些割剩一半的稻子仍然竖在地里,割倒的稻子顺溜地摊在稻茬上。大根下田察看,站着的,穗头拦腰折断,谷粒脱落；躺倒的，谷子发芽足有半寸长。等于颗粒无收。有这么个说法，养老稻能延长灌浆期获得高产，五天十天是养，养一个多月，养得老掉牙了。

眼看秋天就要翻过门槛，这天夜里，第一波寒潮到了。

原载 2018 年第 2 期《常熟田》

喇叭的腔

老蒯在桥坡下将一辆摩托车截住。陡坡连着一个急弯，车子下坡须提前减速，兜过弯道再提速。选择这个地点打伏击，老蒯是经过深思熟虑的。

老蒯从路边小商店晃动着门板似的身躯挡在路中央。发动机的轰鸣中夹着尖厉的刹车声，车子被逼停前晃动了几下。车子很沉，阿忠心里有鬼，与车后乘坐的女子有关。

阿忠骑跨在未熄火的摩托车上，一脸惶遽，坐等老蒯发话。身后女子一时吓蒙了，身背的羊皮鼓碍手碍脚，她不能下车也不敢下车，脚尖踮地帮阿忠支撑车子。老蒯对女子说："邵师傅，今天风头刺刺，到南湖地盘做大师傅，我脸上有光啊！"女子不敢正眼看老蒯的脸，对老蒯酸溜溜的言语毫无反应。老蒯接着道："工资加小费，还有专职司机接送，啧啧，不得了！师傅也算吹了几年喇叭，今天南边有生意，西边有活计，我呢，被人干瘪，跟眼镜孵在小酒店吃闷酒。"

女子别过脸，不说话。"把喇叭给我！"老蒯暴大了嗓门。女子本能地把挂在身边的小号抱到胸前。

"别……别……蒯师傅，有话好说嘛。"阿忠从衣袋里摸出一包香烟，递过去。老蒯斜了他一眼，并不伸手，眼睛狠狠盯着那个叫邵丽花的女子。阿忠用手中的香烟揉了揉老蒯的腰，示意接着。老蒯用力一掸，"干吗，当我叫花子？"

老蒯的大嗓门引得小商店里的人探头张望，有几个走过来，围着摩托车看热闹，想从这几个人的对话中打探点信息。三个乐手，两男一女，而且女乐手颇有姿色。很有现场感的故事，无须添油加醋，足够嚼一阵舌头的。在来龙去脉不明时，观众选择静观，希望故事向着更精彩的章节演绎。"出什么事了，老蒯？"有人认识老蒯，故作关心打问着。

"眼镜，过来，怎么缩在后面？"老蒯无心理会观众的打问，手按住阿忠的车把，向人群后招呼。看客这才发现老蒯还有个同伙，戴眼镜的斯文小伙。"拿她喇叭！"老蒯命令道。眼镜犹豫着。"拿呀，客气啥？"老蒯很不满眼镜的缩手缩脚，一脸怒气。

邵丽花躬身护住小号，目光无助。眼镜没有使劲，只象征性把手一伸，回头看着老蒯，似乎很无奈。邵丽花把胸腹紧靠在阿忠后背，一手护住小号，一手扳着阿忠肩膀，那张好看的脸因难掩的惶恐而失色扭曲。老蒯一把捏住她的手臂，硬生生一扯，邵丽花在一声惊叫中栽到地上。邵丽花的挣扎，羊皮鼓的牵扯，阿忠的摩托车如慢镜头般缓缓侧翻在地。

变了形的羊皮鼓被抛在路边，本不结实的皮子哪禁得住老蒯二百多斤体重的踩踏。皮子上有红漆广告，一面是"鞋东军乐队"，扇面形的美术字，另一面是阿忠的大名、联系地址及手机号。有看客蹲下身，撩起破损的鼓面读着文字。是乐队间的摩擦？他们若有所悟般窃窃私语。不就这么简单吧？一个女人夹在两个男人间，看客觉得还有更多看点。

被解除武装的邵丽花蹲在一边嘤嘤哭，从背影能感受她微微耸动的肩膀，和用衣袖抹泪的可怜相。阿忠早已失去了从桥上冲下来时的风光，裤腿、膝盖处粘满泥巴，手指滴着血，头上职业象征的白色平顶帽也歪了。一个百家师傅在大众场合丢丑，论体力远不是老蒯对手，何况在老蒯的地盘。他狠狠地将熄火的"幸福250"扶起，一踩启动杆，突然上车挂挡，突突一溜烟遁去。

眼镜接老蒯电话时，以为老蒯闲着没事敲他竹杠。他不喜欢跟老蒯喝酒，更不愿意无休无止地挨宰，借故推脱。老蒯说："阿三大弟都在，放心好了，今天不吃你！"酒桌上的老蒯闷头喝酒，其他两人也酒多话少，气氛有点不对。老蒯上厕所的当口，眼镜从阿三嘴里得知，今天两单生意都给外地乐队抢了，阿忠的乐队只叫了邵丽花一人，老蒯能不火大么。

老蒯喝了一斤烧酒后，脸色酡红，骂骂咧咧："小赤佬，抢我生意，还单吊我徒弟，爬到我头发梢哉！羽毛硬了，单飞了？黄眼鸟，骚鞑子！"他没有指名道姓，内容却极具针对

063

性。老蒯僵着舌头还要喝。几个人劝阻。老蒯红着眼，又骂开了："你们几个，只会吃现成饭，接生意缩在后面，有生意了伸头引颈，一次轮不上就嘀嘀咕咕。"阿三回应道："昨天夜里我去南浜，人家在阿忠店里买寿衣时就挂好了钩，西尤巷那家，是无锡亲戚送的乐队，直接从那边叫过来的。"老蒯说："干吗不早点去？"阿三说："人什么时候死的我咋知道，总不能守在医院里等人断气！"老蒯说："好好好，你有理，以后我的生意别管我叫谁。"阿三涨红了脸一步不让："饿不死我的，就你本事大，以后一个人去吹吧。"

阿三也是元老，乐队只有他敢顶撞老蒯。大弟连声制止。老蒯今儿吵架寻不到对手，正被阿三噎得难受，把话头指向大弟："就你充好人？小乖人一个。南湖乐队名声臭，就是因为你们吹喇叭捣糨糊。"大弟其实挺瘦弱，长相与外号不符，抱个大号，鼓着腮帮咕噜咕噜，表现确实不佳。"拿我出气干啥？谁……谁不捣糨糊？就你水平高。"大弟低声道。他有自知之明，对老蒯像训斥孩子一样的话总报以沉默，本想说就你那小号水平也敢带徒弟，还带女徒弟呢，出口时切换了不太激烈的言辞。老蒯希望大弟站在他的一边，而不是保持中立，哪怕骂几声阿忠，骂几句邵丽花，心里也舒服些，谁知他话中有话，不甘示弱。老蒯里外都失了颜面，更是窝火。

眼镜夹在三个元老中间，不便表态，只好机警地转换话题，招呼道："别吵了，喝酒吧。"老蒯说："你吃得下？"眼镜说："窝里斗没意思，现在要一致对外，商量对策。"老蒯语气稍变缓和说："叫你们来就是这意思。"

四个人终究议不出个对策。砸阿忠的寿衣店似乎太过分，把阿忠教训一顿？怕出什么乱子。关键是借教训邵丽花震慑阿忠，见机行事，谅他不敢嚣张。老蒯要在座的一起去蹲守，拦截，造大声势。阿三和大弟说："师傅教训徒弟，我们不便掺和。"两人太了解老蒯了，过后小酒一请，屁股扭几扭，师徒俩又热热乎乎，他们倒变成了罪人。他俩心里还有小九九，去木场照应生意，一上午没卖一根木头，老婆不称心。

老蒯差不动两个老百脚，对眼镜说："你跟我去！"

平心而论，老蒯该负首责。接纳邵丽花，与阿忠暗度陈仓暗度陈仓，到此地步才向众人求助，而且冠冕堂皇以团队的名义。眼镜心知肚明，相信他们几个不笨，只是没说透。大家都给自己留一段退路。

眼镜入队晚，乐队按先来后到论资排辈，与本事无关。他白净帅气，举止酷似书生，与乡村乐手普遍性的粗野反差鲜明。他运气不太好，复习了几年与大学无缘。母亲说书包没翻身，唯一的收获是鼻梁上的眼镜。眼镜体力活儿干不了，权以电鱼为业。亲戚家奔丧时，眼镜迷上军乐队，觉得这个工作有趣，也适合自己。所谓军乐队不过是乡村自发组织的铜管乐队，一色白制服，名目繁多的西洋乐器，远看足以以假乱真。他专程去无锡买了一支小号，早晚在屋后破窑里练习，能吹好多歌曲。眼镜小学里参加过鼓号队，有童子功。

一日，老蒯带着阿三和大弟到眼镜家，说是跟眼镜切磋技艺。言谈间，流露出南湖乐队的窘况。乐队组建时，有一套完整的班子，号子齐全，当时不懂什么，队员随意认领了号子。锡界有好几班乐队，他们随便找了个师傅，师傅的大号水平不错，长号也能对付，但不会小号。辅导如隔靴抓痒，再加练习不勤，小号手是聋子的耳朵，难于独当一面，每有生意即向师傅求援。单请小号不妥，起码搭上师傅，这边名额被挤占。师傅那边有生意时，派来的小号手有良有莠，难于默契。靠别人支撑的乐队，似被牵着鼻子的牛。眼下最紧迫的任务就是要培养自己的小号手。

那你们谁改吹小号？三人面面相觑，眼镜的话戳到他们软肋。小号难学，眼镜无意间选择了最吃功夫的乐器，没有比较，体会不到其中的难易。老蒯曾练过小号，侍弄不了，早没了信心。动员其他几位，都摇头。吃惯了省心饭，犯不着重裹馒头重发酵，自讨苦吃。

眼镜若有所悟，老蒯绝非随便来转转，实际是考察他小号水平。还有一点他有所不知，外界传言他跟近邻的北塘乐队有联系。"多个喇虫少棵菜"，老蒯常把这话挂嘴边。他想把眼镜收在麾下，早早断了他舍近求远的念想，免得日后抢了这边生意。

老蒯郑重许诺，扔下几张曲谱，吩咐眼镜好好练习。

眼镜第一次正式担纲小号，有赶鸭子上架的窘况。敬老院走了一个五保户老头，院里请南湖乐队去送葬，也算给孤寂一辈子的老人最后一次风光。时近十点，师傅那边来不及赶过来，老蒯急得双脚跳。院领导说：闹闹就可以了，有几人凑几人。

眼镜肚子里空空的，十几个曲子翻来覆去应付了半天。《葬礼曲》《哀乐》的高音，开始能上去，几曲下来力不从心。阿三和老蒯分外卖力，挺出高音，弥补了眼镜的漏洞。眼镜第一次拿到百元工资，享受老师傅的礼遇，心里蛮滋润。他小号一起音，老师傅的中号长号缠绕着，帮衬着，领奏的感觉更是好极了。他躺在床上睡不着，起身背新曲子，折腾到半夜。

眼镜终于见到了南湖乐队的师傅，这个被老蒯挂在嘴边的老头，与眼镜想象中的形象相去甚远，嘴唇肥厚，脸面浮肿，眼袋耷拉，从身躯到脸部，没有一处不是虚胖的。眼镜呼他老师公，也就是说：连带乐队几位都升级为师傅辈，老师公很受用，老蒯他们也很受用。他们不知道，眼镜由发自内心的尊称贬为戏称，仅历时一天。他从老师公的脸上读出了轻漫，还有几分不易觉察的敌视。

老师公执大号，音高和节拍拿捏准确，紧要关头訇訇有声，对小号辅助得舒舒服服。吹了几十年大号，上下唇终日凑在叫子里凸起为疙瘩，成为职业标志。吹奏间歇，老师公不忘吹嘘，任何话题都能拐到他自己身上，自己乐队，自己家族。老蒯精辟总结为"大江南北、京城内外"，老师公说带乐队从苏南吹到苏北，他家族里有好几位混得一官半职，近到镇子上，远到无锡、南京，还有远亲在京城里当大官。拿别人装点自己的人在潜意识里往往是自卑的，但这个行业的人不可能有多少内涵，有什么潜意识，他们的潜意识与自我感觉一样良好。眼镜对老师公的话题不感兴趣，虚与委蛇附和几句，真正的目的是从他那里掏点门道。老师公眯着眼，努努嘴，意思是让他请教小号手。

老师公带来的小号手理所当然担纲主号，眼镜当副手。遇到陌生曲子，眼镜只能根据旋律送几个尾音。小号手挺牛，专挑高难度曲子，表演性盖过实用性。眼镜赔着笑脸敬烟，央他多吹些熟悉的曲子。小号手哼哼哈哈，对眼镜的要求与虚心求教反应漠然。

眼镜从老师公的言行里品出端倪，南湖乐队小号手不过硬，他们巴不得。何况，眼镜非嫡系，连庶出都不是。从拜师至今，老蒯他们少不了孝敬。眼镜敬几支烟，赔一副笑脸就想撇汤油，没门。言不传身不教，眼镜靠"偷"，时时留意小号手的指法、口型、运气，回家细细琢磨。

眼镜慢慢觉得，一天下来基本能对付，只是"开礼"时连吹半个多小时有些吃力。他也摸索到"偷懒"的窍门，每个乐句的前半句不能含糊，后半句让给其他号子，也就是说每一句能腾出一两秒时间小憩。嘴唇、脸部、脖子这些部位练出了肌肉。所谓功力，与身体某些特定部位的肌肉力量有关，是练出来的。由于用力不均，眼镜右脸明显大于左脸，用手摸摸就能感觉到，两瓣嘴唇上也像所有乐手一样凸起了疙瘩。

火葬场是乐队经常会面的地方，乐手在这里有一两个小时的休息。有些乐手伺机"串门"，多混些熟脸，扩大合作圈子。有些不肯安分坐着，吹些古怪的曲子，或是吊吊高音，玩玩滑音，卖弄技艺。眼镜听多了各班乐队的演奏，能从远远飘过来的乐声中听辨出这班乐队的水准，比如什么号子过硬，什么号子差劲，到后来，甚至能听出是哪一班乐队，谁执掌小号。鉴赏力往往与演奏能力同步，眼镜不再逗留在吹得动，挺得高音的初、中级阶段，开始更高层次的追求，即音色的清脆、结实、细腻、纯净。同时，他也看到了南湖乐队的差距，中音号首先是软档。吹中音号的两人，一个病歪歪的老头，一个老蒯。老蒯常常走音，抢拍，弄乱小号阵脚。他提议老蒯跟大弟对调，而且老蒯的个头与大号协调。

清早，乐队成员在菜市场面店集中，面浇头下酒，吃完开发。老蒯突然骂开了："就你本事大，用得着你来安排我？老子吹了五六年，还没人嫌弃过呢！"眼镜一听声音不对，知道老蒯"隔壁打碎水缸"，影射自己。眼镜跟阿三几个说过对调的事，入情入理，完全为了整个乐队考虑。老蒯误解了。

眼镜低声下气解释一番，老蒯扭头哼哼。

自有毛病自得知，阿三他们何尝不明白呢，只是不敢说。这个松散的团体，前身是木场里毫无乐理及乐器基础的生意人，起初没有明确的头儿。老蒯有一个手机，家离镇子近，方便联系，所以在羊皮鼓上写了他的联系方式，乡下小商店、唢呐手那里都留了他的电话。时间长了，外人把老蒯尊为队长，他自己也舒舒服服笑纳了这个官衔。出去同行一捧，老蒯俨然以队长自居，眼里的同事都贬为下级，今天寻这个开心，明天敲那个竹杠，吹中号的老头一直是他训斥的对象，阿三和大弟也逐渐处于下风，默认了这个事实。

老蒯"后门"动了小手术，众员相约去探望。眼镜买了两条鲫鱼，一只老母鸡。老蒯留他们吃饭，席间有意无意历数访客,谁谁谁来过,都送了些什么,特别提到阿忠。阿忠是无锡鞋桥那边的,刚在南湖镇开了个花圈寿衣店。听音辨意,众人吃着不自在,老蒯嫌他们小气。

眼镜隔日又去老蒯家,干脆奉上"干货",说:"也不知道买些啥,你好好补补身子。"老蒯表现出久违的热情,主动跟眼镜重提那天的事,说是受阿三一干人挑唆,他们爱背后捣鬼,以后不要老是跟他们凑在一起。眼镜一时很感动,说:"我打心眼儿里认你这个师傅了。"

老蒯休养时段,接过几宗上门生意,自己无法去,提议让他老婆敲鼓。这个文盲女人,毫无章法乱敲一气,乐手坐着吹还好说:行进时踩不准步子。半天下来,阿三实在受不了,关照她轻些敲。她上厕所的当口,眼镜兼带敲鼓,乐队少了个人反倒顺当。能一手执号一手敲鼓的乐手全市找不出几个。老蒯妻乐得清闲,钻进人堆看热闹。一会儿工夫,回头发布消息。死者几岁,得什么病,跪在边上哭的几个分别是谁,婆媳关系是否紧张。以往,乐手只管吹号,从不关心这些问题的。

后来几次生意,老蒯妻没去。眼镜让阿三提议凡老蒯的生意,从众人头上刨下一份工资给他。老蒯很敏感,问眼镜:"说实话,是不是嫌我老婆不会敲鼓?"眼镜说:不是不是,师母还得照顾木场的生意呢。可能觉得在理,老蒯不再深究。

人员稳定后,乐队有六个基本队员,一个替补。替补是个年老失业的唢呐手,浑身没有二两肉,人称"野鸡"。野鸡这一行做了几十年,人脉广,吸收进来后,稀稀落落有些生意。

丧家请乐手讲究单双数，夫妻一方先殒的请五人或七人，夫妻圆坟请六人，乐队规模与需求相当，不请外援，恰好能自我消化。

一支小号领奏，小号手最吃重。眼镜嘴皮薄，牙齿整齐，是个天生的小号手。这话是外援告诉他的。眼镜读书未修得正果，从另一面开发了潜能。他乐感好，听过的陌生曲子，跟几遍能记在脑子里，一字不落记下谱子。但凭这点本事，即为同行中的翘楚，包括难得过来的老师公，也不得不承认。今非昔比，眼镜在火葬场坐着抽烟，听人闲聊时，不少人主动过来招呼他，递烟点火套近乎。

大寒时，乐队接到北塘一处远生意。地方很偏僻，离南湖镇百十里。自行车、小轻骑凌晨四点上路，眼镜用摩托驮着老蒯稍晚出发，弯来拐去走了两个小时，老蒯的大块头压得"重庆80"避震失效，车把轻飘飘的，眼镜有些心疼。那地方首次请到铜管乐队，看客很稀奇。这个摸摸号子，那个揿揿按键，号子闲着时把嘴凑过来吹吹。嘻嘻哈哈，本来是"老喜事"，全无丧事气氛。

眼镜举起号子试音，多——索——，众队员严阵以待，但等他第一声号音。眼镜听众人在议论，核心问题是这么多号子，哪个号最难吹，哪个人最厉害。有人说：是弯喇叭（中大号），有人说是那个拉来拉去的（长号），最终，众识达成一致，鸟小声音大，眼镜手里的小喇叭才是号子的头！少见多怪的看客，为了求证他们的猜测，问阿三，阿三笑而不语。问老蒯，老蒯说哪个省力？都难的！

眼镜从余光里觉察到老蒯渐渐阴沉的脸色，如芒在背。他小心翼翼应付着围着他追捧的看客，隆重地推出老蒯，"这是我们的队长，吹了好多年了……"

五六月是乐队的淡季，一连几日白板，天天泡酒店。总不能到马路上拉客吧？酒后的老蒯难得幽默一声。阿三说：人家不死，有什么办法？

老蒯开始说好话，对眼镜表现出前所未有的热乎。受宠若惊的眼镜反倒不太自在。元老们对眼镜的技艺和为人，由认可到赏识，与他号子所担当的角色一样，逐渐成为乐队灵魂。从进入乐队，眼镜从没受过老蒯像模像样的夸赞，哪怕附和一声也没有。眼镜始终以感恩之心待他，如师傅一样敬重他。阿三几个背后常常议论老蒯，发点牢骚，眼镜从不附和。他没有野心，对老蒯的防范一无所知。只求做好每一单生意，乐队口碑好，大家有活儿干、有钱挣。

老蒯向眼镜借小号，说是得空练练。眼镜很为难。一天不练自己知道，两天不练内行知道，三天不练外行知道。老蒯听不进眼镜的解释，瞪眼道："怎么，不肯借？怕我弄坏？"

小号是细活儿，老蒯根本不是这块料，粗大的手指僵硬笨拙，口风把不准，起音"吱拉"一声如猫叫春，中途跑调，失声。眼镜婉言道："你嘴唇厚，吹小号吃力。"老蒯不服，谁生下来就会吹小号？

接着一单八人生意，老蒯请了老师公，特别关照带小号手。刚刚到场子里，老蒯对眼镜说："今天与你交换，你吹中号。"眼镜面有难色,小号手改吹中号,放粗口风,三分钟就学会。问题是,口风破坏了,两三天都收不拢,所以小号手绝对不可碰其他号子。老蒯说:什么歪理,有本事的人哪个号子不行?

老蒯执小号,不知天高地厚抢了首席。乐队以小号起音,第一句是独奏,要让大家听清旋律才能跟上。他几次起音失败,弄得满头大汗。总算憋出一句完整的,调子却走到了西伯利亚,其他号子听不清无法跟进。吃素饭的亲友向这边张望。阿三用肘子捣他,让他跟眼镜换过来。老蒯让出首席,却不肯换中号,这是他自知之明的极限。

结账时,本家毫不客气地说:南湖乐队坍了他台,早知他们不会吹,不如舍近求远叫无锡的。老蒯指着老师公,说:"我师傅就是无锡的,在无锡地界最有名气了。"本家意味深长地摇摇头。

出了洋相的老蒯没一句软话,反说众人不撑他,弄他好看。阿三忍无可忍:"你长着耳朵,听不出自己吹的什么东西,也不听听眼镜是怎么吹的!"老蒯说:"我又不进中央乐团,全国只有一个欧翠峰。"乐手口口相传,民间艺人地位与水准的卑微并不影响对中国首席的膜拜。老蒯不是膜拜。

有一个月,乐队在一个庄上做了三次,冒出一位女粉丝。女子三十左右,面目清秀,身材玲珑,说得上漂亮,美中不足鼻翼两侧有几点淡淡的雀斑。她像个忠实的观众盯着乐队,与乐队搭话,兴味远超出普通看客。她认识阿三和大弟,问他们乐队要女的么？学这个难不难？阿三知道女子一些底细。她是留守女人，丈夫常年在外地卖模特。她家有台横机，给人加工羊毛衫，三天打鱼两天晒网，不怎么安分。

一日，眼镜与女子在镇上不期而遇，女子主动与眼镜攀谈，表明学吹号的意向。眼镜说他不是队长，做不了主，得找老蒯。女子说："我要跟你学小号。"眼镜说："我也是野路子，做不了师傅的。"

女子找上门，自报家门叫邵丽花。她说："这个乐队数你水平最好，名师出高徒，我就信你。"眼镜说："我在队里只是个小角色，没资格带你做生意。"邵丽花不信："你怕我笨教不会，还是不带女徒弟？"眼镜说："这行绝非好饭碗，天天看哭脸，听哭声，吃饭都没胃口，你不是家里有横机么？"邵丽花说：待在家里没劲。邵丽花摆出烟酒，纠缠了半天。眼镜推辞不过，佯装给她出主意："名义上拜老蒯为师，私下我可以教你，这样可好？"

邵丽花真去了老蒯家。有人上门拜师，况且还是个姿色不错的女子呢。相谈间，老蒯妻撞回家，见家里坐一陌生女子，不问东西南北，脸色难看。老蒯做解释。妻骂道，一帮男人吹吹喇叭不好，偏要弄个女徒弟，吃了羹饭动啥歪脑筋？反正不许。邵丽花走后，老婆跟他闹了半天。老蒯把老婆那里受的气发泄给眼镜："你出什么馊点子？"眼镜把对邵丽花的话复述了一遍，又是谦虚又是奉承。老蒯脸上阴转大晴天。他故作君子而已，不会真心恼眼镜的。

老蒯通知乐队所有人员去邵丽花家吃晚饭，相当于拜师宴。眼镜本想应付一下邵丽花,想不到假戏真唱。老蒯是如何让老婆认可这个女徒弟的?版本很多。其时阿忠不再循规蹈矩卖花圈,已亮出乐队接生意。老蒯开导妻子:"如果我们不收,邵丽花说去跟阿忠学,南湖乐队又多一个竞争对手。"老蒯用这话说服了老婆,也算冠冕堂皇给大伙作解释。老蒯妻是个草包,直心直肚肠,好哄。以前,看别的乐队女乐手,火葬场休息时跟男人打情骂俏,老蒯愤愤道,搅乱天朝,像什么汤水!乐队不乏潜规则,女乐手不是头儿的家属,就是与某位领军人物有理不清的关系。甚有明目张胆的男女,大屁股圆屁股老是黏糊着,从不避人耳目。老蒯指指戳戳,眼睛发直,一脸鄙夷。

邵丽花的小号很漂亮,周身银白色,音色纯,吹着轻松。她以敲鼓为主,与老蒯轮番跟眼镜吹。眼镜是邵丽花事实上的师傅,不客气地说:老蒯只算她师兄。

眼镜在菜市场撞见野鸡,邵丽花进来后,野鸡的替补位置已经被彻底替代。老头对乐队情况已有耳闻,对眼镜说:"傻小子,你尽心尽力干吗?不留一手简直是自掘坟墓,我的下场就是你眼镜明天的下场。"

眼镜觉得邵丽花挺稳重,别的女乐手搔首弄姿,浪声浪气,而她,任男人们玩笑豁边,不浮不狂,掩口而笑。阿三说:会捉老鼠的猫不叫。

邵丽花一直乘阿三的小"玉河",一来顺路,二来老蒯特意吩咐过。阿三带了她两次,对老蒯说:车太小带不动人。老蒯安排眼镜带她,宁可自己骑自行车。阿三问眼镜,邵丽花坐在后面，有什么感受？眼镜说没啥啊。阿三说："这女人抱着我腰，软乎乎的胸脯贴着我后背，嘴凑到我耳朵边，呼出的热气弄得我痒丝丝的。羊肉没吃到惹一身臊气，离她远点。"

这算什么，还有更过分的呢。眼镜有所警觉。有时她的双手伸到眼镜裤兜里，颠簸中她的手指几乎触碰到他的有关部位。眼镜以为，她因摩托车太快而害怕，或者因手冷，并非故意挑逗。世界上只有男人揩女人油，哪有反过来的？阿三说："你年纪最轻，讨人喜欢。"眼镜说："她找我一丁点好处都没有，应该吃师傅的豆腐，或者让师傅吃豆腐才是。"阿三哼了一声，这老蒯，贼心、贼胆、贼力一样不缺，但是，胃口再粗的女人也看不上他的。

老蒯买了辆崭新的"幸福250"摩托，那么大的块头铁定要这么个大家伙。邵丽花自然转到他后座，省得他眼红气不顺。老蒯洞察秋毫，以前几次以酸溜溜的口吻调戏眼镜。眼镜对他说："现在女徒弟抱你的腰，胸脯贴你的背，手插你的裤兜，舒心了吧？"眼镜以牙还牙，想起野鸡的一番话，以往的敬重和顾忌在渐渐消减。

老蒯把眼镜放在桌上的小号撞到地上，号嘴卡在了地上，怎么都拔不出来。他自作聪明拿老虎钳拧，弄得号嘴上伤痕累累，号管的焊接处脱开。老蒯扔给眼镜六百元钱，对眼镜说："这个我吃进，你买个新号。"眼镜爱乐器，吹了几年的号子锃亮簇新，不像老蒯的中号铜锈斑驳，七瘪八凹。号子变成这样，不影响吹奏，但影响心情。眼镜只拿了三百，他真不想要这个破号了。

失去了吃饭家伙,老蒯暂时把中号借给眼镜。眼镜乐得轻松,出风头,出丑,与他无关。只要工钱一文不少,指派他敲鼓都没意见。

学师傅,像师傅。邵丽花离了眼镜的指点,号音愈发难听。起音如猫叫春,中途走调,熄火。阿三和大弟愤得咬牙,低着头臊得不敢看外人,摇头叹气。

阿忠高调进入南湖乐队作外援,除了老蒯,什么人都不在他眼里。他刚来时很低调,见谁都点头哈腰,如今巴结上老蒯站稳脚跟,便露出本相。老师公告诫过老蒯,说阿忠贼眉鼠眼,非善辈,在那边失势才来南湖的,要小心提防。阿三告诉眼镜,老蒯"出门办事"那几天,阿忠偷偷载着他出去做生意,他们都蒙在鼓里。阿三懊恼在那场风波后才知道此事,否则那天受气该砸重磅炸弹了。

老蒯不是时刻提防阿忠么?怎么跟他搅在一起了?面对众人的质疑,老蒯轻描淡写说:今天老师公几单生意,实在找不到人。老蒯隐瞒了阿忠请他喝酒,带他做生意的事。如果没有投桃报李的事实,那么老蒯的解释又在理,他是千有理,百不错。

阿忠很没资格,说其他号子不会,只吹小号。换了别人,老蒯早就给他脸色瞧了,而对阿忠却表现出少有的忍让。

阿忠偷偷发名片,给件作、道士、附近的小店,并许诺代他接生意的有报酬。引起老蒯警觉时,阿忠下的苍蝇屎差不多生蛆了。

老蒯最怨阿忠拐走了邵丽花。

…………

邵丽花被老蒯拿走小号后，隐身了一周。她再次现身时，好像什么事都没发生过。

阿三告诉眼镜，邵丽花邻居传言，这几日，老蒯一直到邵丽花家喝酒到半夜。半夜以后的事就不得而知了，她儿子睡了，公婆不住一起，邻居不管闲事。据说邵丽花终年在外的男人也不是好东西，与雇用的女伙计有一腿。年底回家拍拍手，一个春节夫妻俩天天吵。

这女人，真有那么好的胃口？眼镜记得阿三的原话，实在高看她了。眼镜觉得很有必要故意难为老蒯几句，不指望他说真话，看他用什么词搪塞。听他狡辩，如看滑稽戏中小丑的表演。老蒯果然振振有词：大领导也会犯错误，不要揪她小辫子。老蒯不愧走过三关六码头，大道理小道理信手拈来，脸不红，气不粗。

邵丽花接了一单牵亲带眷的生意，老蒯反复强调邵丽花的功绩。彼时粗口辱骂的厚嘴唇，倏尔蹦跶出好词好句。邵丽花照例不言不语，脸色红润。

阿三偷偷告诉眼镜，这次生意，邵丽花点名不让眼镜去，老蒯居然依了她，最终没请到外援才通知眼镜的。

回忆那天场景，眼镜缩在一边，丝毫没有过激的言行。唯一的解释是那天不该在场。眼镜太天真了，表面看是两个乐队间的事，实际是两个男人间的事。阿三和大弟也是老江湖，溜得快。老蒯如今与女弟子不但冰释前嫌，而且如胶似漆。眼镜与邵丽花结怨，遭老蒯排挤，两头不讨巧。他酒请得再多，技术再好，尾巴夹得再紧，都无法与邵丽花抗衡。在男人主宰的世界里，女人有女人的优势。

眼镜已被逼到悬崖边，处境微妙，与老蒯的决绝是迟早的事。他设想过几个决绝的方案，迟迟未付诸行动。眼镜能在这个行业立足，老蒯滴水之恩在先，捉弄排挤在后。任何努力都于事无补，他最大的错，就是本事太大，威胁到老蒯至高无上的地位。

眼镜准备与老蒯掏心掏肺长谈一次，春风得意的他还听得进一个落魄乐手的诤言么？最终作罢。

阿忠与老蒯再次建立关系的过程复杂些，时值也长些。

换了常人，到那地步了，这辈子断然不会眉来眼去，勾勾搭搭，还有什么脸坐一个镲子里吃饭。但阿忠就是阿忠，老蒯就是老蒯。龙门要跳，狗洞要钻。

阿忠的鞋东乐队与老蒯的南湖乐队联手，哪方接的生意就用哪方的鼓，哪方小号为首席。老蒯又带了个吹中号的徒弟，病老头早靠边，阿三大弟被边缘化。邵丽花如今是种子选手，背着鼓，挂着号，全副武装，坐着老蒯的摩托招摇过市。

南湖的地盘逐渐被阿忠和周边乐队蚕食，南湖乐队生意渐稀。半年后，阿忠和老蒯决裂，邵丽花倒向阿忠。一年后，新徒弟另立山头，阿三大弟跟过去。老蒯成了光杆司令，收藏一个字迹模糊的旧羊皮鼓，两支破号。

眼镜组建、领军的另一班乐队驰骋北塘、南湖以及周边乡镇。乐队增加了圆号、黑管、萨克斯，架子鼓取代了羊皮鼓。

眼镜如今吹萨克斯。

接　风

一

　　手机铃锲而不舍，持续响了几个回合，看来不接不消停了。阿四拿乱纱团胡乱擦了擦手，伸手掏裤兜。

　　"干吗呢，连我的电话都不接了？"电话那端口气不悦。

　　阿四说："老大啊，两手油污呢，绣花机坏了，半屋子开片布料，等着绣花。"

　　老大口气缓和了些，道："钱是赚不完的，不要太玩命。"

　　阿四说："没办法，服装户连夜赶出成衣，明天一早得发货呢，那边批发商也催得紧。"

　　知道阿四忙，老大马上切入正题："老二回来两个星期了，兄弟几个还没像模像样地给他接风。等会儿他从城里过来，哦，说不定已经在路上了，咱们在'山水农庄'聚聚，叫上老三，再叫几个……反正凑满一桌。"

阿四语塞，似有难处。阿大觉察到阿四的犹豫说："上次我们哥仨小范围给他接风洗尘，你迟到又早退，酒也没喝，老二很不高兴，这次你做东，11点准时开席。"

阿四说："11点半吧。"阿四想给自己留些余地，万一到时候修不好呢，耽误了活儿，影响以后的生意。

老大说："11点，说定了，老二的脾气你知道。"

阿四火急火燎地赶到农庄，一帮人在水边凉亭喝茶。阿四一一招呼，说："咋不先入座啊？"老大调侃道："主人不到，先吃不礼貌。"老二抢过话头说："已经不礼貌了，迟到了11分钟。"阿四赔笑脸道："这一阵子忙，还请二哥多包涵。"阿四先前叫惯了老二，这么叫，放低姿态显得亲热、恭敬。

众人起身赴席。进后门，左拐，过一段走廊，再左拐，进入一号包厢。包厢比较宽敞，东边窗外是一片果园，不怎么大，葡萄架、水蜜桃、梨子之类应有尽有。后窗临水，说河也行，说池也是。这间最雅致、最抢手。今天本有人预订了，人家看老大面子，愿意出让。走廊两边包厢客满，大多关着门，隔着门瓮声瓮气听不真切，但能听出热闹。一间门开着，还没开席，一个在打电话，三两个人坐着似在等人。一间门半掩着，狭隘的视野中，阿四看到几张熟脸。

冷菜已布好，四荤四素。没有谁招呼，没有谁谦让，众人有序入座，似作过演习。老大老二坐后窗位，其他几位随意，靠门空位当然是留给阿四的。

酒是阿四自带的，一箱张裕解百纳特选级红酒，一提袋两瓶装的"海之蓝"。阿四先开两瓶红酒，递往里边，老大接住，老二却不接。

"老二要我斟第一杯酒吧？"阿四伸手取老二的酒杯。

老二按住酒杯说："不问一声喝什么酒，着急什么！"

阿四说："你以前一直喝红酒。"

老二说："今天偏要喝白的。"

阿四约略记得老大说过，老二出来后，改喝白酒了。老大分析过原因，四年没沾酒，身体里的酒细胞太饥渴了，红的黄的不过瘾。阿四拆开包装，拧开白酒瓶，再次示意斟酒，老二依然按住酒杯不让。阿四以为老二计较自己的疏忽，故意摆架子，漾起一脸的诚恳，说："二哥，来，我给你满上。"

老二转身侧对着老四，两手护着酒杯。阿四不上不下，伸出的手僵在半道。其他人尴尬地默坐着，不便插嘴。老大反应快，说："老二，今天阿四特意为你接风，我们兄弟一个不缺，还叫了其他小兄弟来陪你，给我一个面子，好吧？"老大伸手抢过杯子，递给阿四。老二摇手示意不让倒，慢条斯理道："不是给不给面子，而是这酒……喝不惯，又苦又冲。"阿四说："刚才去批发部买的，我只带了这些酒。"阿四家里一直喝12元一瓶的"金六福"，又不是吃公款，一五一十地自掏腰包，138元一瓶的"海之蓝"算得上奢侈了。阿四说："二哥将就一下吧，下回依你。"老二起身说："请不起是吧？我走。"

还是老大反应快，一把按住老二说："老四咋那么死脑筋，饭店里没酒吗？快去拿瓶'国缘'！"说着使劲给阿四使眼色。老大抢先定位于"国缘"的档次，生怕老二提过分要求，如果他说喝茅台喝五粮液，依还是不依？阿四对老大暗示毫无觉察，迟疑着。恰好服务员进来，询问要不要上热菜。老三接过话说：热菜稍等，去拿瓶"柔雅国缘"。

四个喝红，四个喝白，大致分配停当。老大说："队长吹叫子。"即让做东的阿四发话开吃。阿四起身说："今天弟兄们给二哥接风洗尘，红的见底，白的深深一口，来！"一桌人起身举杯，一阵乒乒乓乓。

二

阿四忝列四兄弟，实在有些高攀。在他之前，三兄弟圈子稳定了多年。那个时候，老大老二正在任上，是南湖镇上风头喇喇的人物，像样些的饭店都是常客。阿四一家因陪读租住在日后称作老大的对门。阿四时常见到对门男人拖着大包小包东西进出。逢年过节，少不了有人提着东西上门，有时客人敲错门，一看不对，转身敲对门。老婆告诉阿四，人家称呼对门这个男的"某所"。

一天夜里，对门水管爆了，水漫金山，一时束手无策。夫妻俩主动进屋帮助，忙活了半夜。阿四是水电工，家里有工具有配件。过了几天，对门非要请阿四夫妻吃顿晚饭致谢。老小区电路水路经常出问题，阿四勤快手巧，有呼必应，时间一长，两家关系密切。"某所"把阿四介绍给另外两兄弟，那两家小修小补阿四统统包了,给他钱,阿四总是说一点小活儿,不用给。几兄弟相聚多,顺便叫上阿四,多个人添双筷子,顺便还了人情。

阿四进入老板行列,全仗大哥襄助。阿四所在的村办企业,有个小五金厂,一直半死不活,村里设想外包。大哥一句话,让村里把厂子承包给阿四,大哥动用人脉,给阿四接了不少生意。阿四有了钱,与三兄弟平起平坐成为一种可能。每次有客,阿四不忘三兄弟。原来三兄弟扩展为四兄弟成为固定圈子,阿四入圈最晚,年龄最小,自然成了老四。

酒桌上你敬我敬,喝白的很快一杯见底。老二这会光儿顾着吃菜不怎么说话,只说海蜇太嫩。老大道:"如今像样的海蜇上百元一斤,你让店家进好货,一盆卖五十八十都亏了。"老三也说:现在高档饭店一般不上海蜇。两人听似随口,暗中婉言提醒老二。

过道两边有六个包厢,开始关着门,可能狭小的空间架不住一把把烟枪,需要开门透气,可能有人上厕所,有人"出访",有人进来敬酒,进进出出人多了,关不住门。他们的热闹与这一桌的安静反差迥然。酒过三巡,一桌人还是不太兴奋。首先当然是老二。以前老二喝酒,一桌子的话他至少占半桌子,敬人酒或人敬他酒,他拉长了尾音一声号叫"干——",然后,不管杯中多少酒,一口到底。这种喝法,白酒不合适,所以跟他喝酒的人都临时改喝红酒、啤酒。他那一声行酒令"干——"气壮山河,成为他存在的个性符号,隔几垛墙都真真切切,第一回跟他喝酒的人,不吓着,也能记忆一辈子。还有四位作陪的，两个是小老板，两个带点"干气"，排得进小镇江湖。此时，他们也正襟危坐，少有的斯文。

气氛有些沉闷。老二的事肯定不能提，不管是他伤还是自伤，都是伤口。挣钱多少，生意好坏也不能说。老二退休工资毫无分文，一撸到底，儿子野鸡大学毕业后，一直宅在家里，爷俩靠着一个女人生活。说些什么呢，说说鬼天气，说说规划中的沿江铁路，说说朝鲜核武试验。总之不痛不痒。自然说到这家饭店，吃喝风刹住后，很多饭店生意清淡，这里照常天天爆满。有人归结于停车方便，有说菜价合理，有说菜肴新鲜，还有一位说：关键是老板娘会做生意。

老二静心当听众，仿佛这些话题离他很遥远。与外面隔绝三年十一个月零二十天，他的精神世界盖过肉身与尘世的隔绝。老二突然问进来上菜的服务员，老板娘在吗？叫她来敬酒！

"山水农庄"原是苏虞张路边一处民居。规划筑路时，这个村寨所有农户均在拆迁之列。这户地处东端，不影响施工，只有一间房子在绿化带内。他们不想拆迁，倒不是因为恋旧，而是主人预见到商机。当年的老二，人称"某某所"，这事也归他管。在可拆可不拆之间，眼开眼闭成全了他们。饭店开张后，以田园式环境，便宜的菜价，很快获得固定的回头客。主人会动脑子，懂得开发现成资源。取土填路时，小河挖出一个二十多亩的池塘，他们租下这块水面，搭建亲水木屋，水里养殖鱼虾，河边放养鸡鸭。"山水农庄"一年年拓展，在绿化带边浇筑了水泥停车场，饭店周边种植果树，寓垂钓休闲、采摘、品尝土鸡的农家乐模式迎合了城市化时代的乡村情结，生意风生水起。"山水农庄"能有今天，老二功不可没。水面的租赁，涉边地的蚕食，违章建筑的扩张，都没怎么花钱。至于在老二身上有没有投入，投入了什么，外人有所猜测，也有猜到另一面去的。老板娘是美人坯子，凤眼，圆脸，小巧。老二缺乏情调，女人缘不行，关键是不敢，是怕家里如花似玉的年轻老婆。

服务员进门上另一个菜，告知老板娘正忙。没说来不来，也没说什么时候来。

"他娘的！"老二爆了句粗口。那时候老二身居要职，有吃不完的请。做东的往往征求主客意见，有时他不是主客，也会变着法子让饭局移到这里。他自己做东，就更甭说了。当然他请别人客的次数不多，即使有，也总有人提前帮他买了单。这么些年，直接的间接的，老二不知带来多少效益。那几年，这间一号包厢几乎被老二垄断。中午11点和晚上5点之前，老板娘是不敢擅自答应订桌的。老二从不走前门，每次由后门直达包厢，也不需要点菜，只需报几个人，老板娘亲自配好菜，笑吟吟露个脸。喝到差不多时候，老板娘进来敬个酒。老板娘能说会道，也能喝敢喝，白的、红的、黄的"三盅全会"。有一回，老二不知从哪里批发来的"深水炸弹"，即在一壶洋酒中沉入一杯白酒，非要老板娘动手兑制，跟她"壶搞"一次。谁承想，老边娘回敬一颗"红色间谍"，在一壶白酒中埋入一杯红酒。老二喝得没个人形，忽而唱歌，忽而说普通话，忽而骂娘，最终从凳子上滑到地上。

老大说：老板娘早不敬酒了，说是前几年喝伤了胃，估计是托词。如今生意好得恨不得回绝，哪还需要热情，不冷待算不错了。老大说的是事实，旨在告知老二，今非昔比。

三

老大往酒杯里补了些红酒，端详片刻，自言自语道，茶七酒八，够了。老大说："刚才见到几个老友也在，我'出访'一回，让老三陪我去。"

两人沿着通道挨个包厢观望，在六号门口止步。六号内酒兴正酣，一时没在意门口两个不速之客。老大轻扣敲着的门，满桌目光一下子被引过来。这桌正好也是八个人，四位比较熟悉，还有四位面冷陌生。众人"某所""某长"一个劲儿招呼。里边一位站起身说："好久没遇见两兄弟了，今天回娘家看看？"老大说："是啊，退休后搬到湖边，老三也调市里工作长住市里了。"老三接茬："我的手机号一直没变，什么时候上来，提前给我电话，小酒咪咪，现在城里饭店平民化，吃不了几个钱。"起身招呼的这位姓唐，人称阿唐，绰号"唐老鸭"，做建筑的，多年前请过老二，老大老三都蹭过几回酒。阿唐对着老三说："昨晚我跟你们单位'某某长'一起在清韵轩会所喝酒，他提起过你。"老三故作不乐："咋不通知我一声？哈，昨天也有饭局，但你唐总有请，我'跑片'过来，敬杯酒必需的。"阿唐说："下回一定，千年不断娘家路，下回过来，预先打我电话。"

一桌人停了杯子筷子,净看着两人套近乎,居然把老大晾在一边。老大拍拍老三肩道:"闲话少说:办正事。"阿三顿如醍醐灌顶,立马转过话头说:"唐总,我们兄弟敬你一杯,我先陪你干了,老大陪其他各位干杯。"老三的建议很快得到在座的响应,一阵碰杯声落地,每个人面前的杯子空了。阿唐掷过来两支香烟,近身的一位点亮打火机凑过来给老大老三点烟。阿唐问:"你们在几包?等会我过去回敬。"老大说:"一号。"阿唐又问:"还有谁?"老大一一报出,并道明原委。阿唐迟疑片刻说:"今天我喝不少了,就在这里回敬两位吧。"说着,吩咐刚才点烟那位斟酒。言下之意不"回访"了。阿唐为何突然改变主意,老大猜到大概。但老二当初出事没牵扯到阿唐,即从另一个角度说:他们间的关系不到铁的程度,也不该有什么恩怨。

老大刚进门就注意到坐在阿唐边上那小子,一个建筑公司的会计。老二供出收受的钱数,比老板交代的短了两万,后来才弄明白,钱是这小子代替老板送过去被他半道阉割了。这小子故作低头玩手机,碰杯也草草了事,不敢与两人对视。

老大请阿唐借一步说话。一番耳语后,阿唐说:懂了,听两位兄弟的。阿唐向桌上招呼:"小顾,随我敬酒去。"

归位后,老大告知,阿唐知道老二也在,准备过来敬酒。阿三说:还有小顾,老二曾经的手下。两人一唱一和,竭力营造热烈气氛。

阿唐走在前,一手握着酒杯,一手攥着两包香烟。阿唐一脸笑意,第一个招呼老二,依然称呼"某某所"。反正"西瓜拣大的抱",不管退休的、卸任的、撤职的、倒台的,这么称呼听者受用。但是接下去怎么说:说你回来了,说好久不见了?统统不行。阿唐头脑活络,跳过这些内容,说:"不知道今天你们也在这里,早知道早过来敬酒了。这杯酒不准备带回去了,该怎么敬,听你们的。"

老大还没坐下,吩咐道:"阿唐这杯单独敬我们老二,小顾么,来个扫堂腿。老规矩,红的见底,白的深深一口。"

众人即按老大颁布的规程,起立,碰杯,咕嘟咕嘟喝酒,落座。

阿唐给众人散烟,这是"回访"结束打道回府的礼貌性暗示。

老二说:唐老板如今老板大了,常攒"天叶",这支烟呢……藏口袋里,带回去慢慢享受。阿唐忙说:难得和尚下山来,平时抽硬"中华",到工地上抽"廿块头"。阿唐从裤兜掏出两个干瘪烟盒,似作证实。阿唐过来时捏着两包"天叶",其中一包拆封后所剩不多,顺手带上未拆封那包。阿唐转而把整包"天叶"递给老二说:"你帮我发,大家慢吃。"这是酒桌习惯,实际上这包烟单独孝敬某人,但不能说白了,给受者和旁人一个台阶。老二慢悠悠接了烟,放到桌上。

"慢——谁同意你们走了?"老二发话。

阿唐转了半个身子,一脚已迈出去。阿唐赔着笑脸说:"那边还有客,失陪了。"

此时收场最合适,所以老大说让他们走吧。

老二说:"不可!我喝真家伙,他们拿假酒糊弄,假心假意。"

阿唐说我们那桌都喝红酒。

老二说："你诚心敬酒,得换真家伙。"

阿唐和小顾进也不是,退也不是,面有难色。

老二先给自己满上说："要我打的过去亲自给你们倒?"

兄弟仨齐声劝阻,另几个陪客默坐静观。

老二恼怒道："别劝我!唐老鸭这小子,不给面子!我现在落难了,叫不应他了。"

"我喝!"阿唐的血性被激活了,伸手从桌上拿过"海之蓝",汩汩汩汩,酒溢出杯口。阿唐说："够意思了吧?"老二指着小顾说："还有他。"阿唐说："小顾的酒量你知道,我全权代表。"老二说："你代表你,不代表他。"

小顾不敢直视老二凌厉的目光,抖抖索索地拿了酒瓶,给自己倒酒,跟阿唐不一样,徐徐地,只倒了半杯。小顾说："老领导,我只能象征性表示。"老二说："半心半意,不行!"小顾一脸尴尬嗫嚅道："我全部本领都在了,你了解我。"小顾已红了脸,声音愈发低弱。小顾也奔五了,不太会喝酒,不善交际,这个单位混到那个单位,一直充当跑龙套的角色。老二逼视着小顾,看架势这个坎难过了。老二这种腔调以前见多了,众人只能对小顾报以同情。

"真是小古董,蛤蟆抱不上树!"老二狠狠剜了一眼小顾。古董,就是文物,本来是好东西,用到人身上属于贬称,就是怂。这个绰号还是老二当年给取的,被人叫开,几乎替代了本名。

小顾犹豫着，抖抖索索把一杯酒续满。

阿唐说："先干为敬！"扬了扬杯子略表礼让，一仰脖子，像喝啤酒一样，看上去还行，就是眼睛有点水淋淋。

小顾皱着眉抿着嘴，滋溜滋溜弄出很大的动静，喝到一半，顿了一会儿，接着喝，明显是被呛着了，捂住嘴巴一阵呛咳，鼻涕滴落，眼泪从脸颊上挂下来，胸前一摊酒渍。阿四说不要着急，先吃口菜。小顾摇手不语，已到达临界状态，一点点的刺激即能让他肚子里翻江倒海从口里喷涌而出。又顿了一会儿，小顾喝了一调羹菜汁，接着喝酒，喝完，拔腿便跑向卫生间。

老大跟了过去。

老二这杯酒，喝还是没喝，无人在意。

四

阿四尽地主之谊，示意在座把酒瓶提到桌面，汇报进展。据观察，进度大致相当。老二又发话了，"红酒还有两瓶，老四不可能带回去，两人一瓶。这瓶'国缘'我承包。你们三个喝两瓶'海之蓝'，有人帮了两杯，说不过去的。"阿四说喝酒不在浅满，再添一瓶。

阿四提高了嗓音叫服务员，服务员恰好端着鳝鱼汤过来，说："你们的菜齐了，各位请慢用。"

老二问："齐了？"服务员说是。老二又问："真齐了？"服务员一笑说："你说缺了什么，我去厨房核对。"

老大说:"八冷八热一点心一汤,菜我点的,没错。"老二双手指一拢,拢成椭圆。桌上的哑谜,吃客都懂。老大说:季节不对,蚊子甲鱼没花头。老三附和道,正宗野生甲鱼难觅,半野生的也不一定有,算了。

阿四说:"我去看看。"

红烧甲鱼曾经是这家饭店的招牌菜。以前,附近渔民偶尔弄到这玩意舍不得自己吃,卖饭店。甲鱼的名贵衍生一种新型职业——打甲鱼专业户。一根六七十米长的尼龙绳,前端拴着一串带倒钩的尖利的钢爪,和一块半斤左右的铅块。他能判断这块水域有无甲鱼,站在水边守候。甲鱼是爬行动物,每过一段时间浮出水面换气。就在这十秒二十秒的时间内,他迅速将钢爪抛往甲鱼前方,借助铅块重力,钢爪飞速下沉,然后飞快地收线,一串运动的铁钩对受惊下沉的甲鱼形成强大的火力网。这行凭的是眼疾手快,也颇有技术含量,似投掷链球提供瞬间加速度,而且落点要精准。后来,本地野生甲鱼基本绝迹,老板隔一阵远赴苏北进货,暂养池里。

"圆菜"大补!这别致的名儿也是老二叫响的,或许非他原创。老二肚子里不知消化过多少圆菜,就连放出的屁都带着特有的腥味。老二喜欢自告奋勇亲自鉴别,挑选,一看:裙边宽阔肥厚、脚爪尖硬、腹甲白净光洁者佳;二试:把甲鱼仰身放在玻璃上,翻身快者佳;三逗:拿竹棍逗弄,凶狠者佳。阿四所有吃的智慧,大多来自老二。

阿四返回,告知老二,有是有,不过吃不了,四斤四两呢。阿四从老板娘口中得知,这是店内"独卵种",很多人动过它脑子，吃不了固然，嫌价位太高。

老大问："要多少钱？"

老二说："你这人真俗气。"

阿四说："两千。"

老三分析，一斤三百多的进价，卖两千，黑是黑了些，周瑜打黄盖，一个愿打一个愿挨。老二说：越大越补，没二三十年长不到这么大。

四位陪客依然事不关己，他们也算这块地方上的头面人物，在自己的圈子里人五人六的，今天低调到了极点。

阿四又出去了。平日节衣缩食，一个菜两千元，阿四心痛加肉痛。小五金厂转制给别人后，阿四在河边弄了一块边角料，造了几间厂房，小部分自用，大部分出租。起早贪黑一年挣二十多万，房租一年十来万，城里不买房还行。前年到文化片区买一套学区房，一百八十平方米，近四百万，还欠着一半贷款。阿四的本意明摆着。这会儿半肚子酒半肚子菜，再好的菜都没好滋味。

甲鱼在锅里焐着。这活儿急不得，图快也有办法，高压锅压上二十分钟，肉烂骨酥，好东西糟蹋了。这道菜店主亲自操持，宰杀，劈开，生炒，不加水，纯啤酒煮，佐以葱姜、鲜酱油，加两片白芨去腥。白芨是一味中药，性寒，有止血功能，缓冲甲鱼的热性可能导致的鼻衄。急火炒，慢火炖，最短需要一个小时，直至收卤，酥烂，入味。

外边几个包厢陆陆续续收尾，招呼声、告辞声，从走廊一路延伸到后门、河边，渐远渐稀。不一会儿，整个饭店就变得静悄悄。

一位老板出去接了个电话，回身招呼，说有急事先走了。又一个老板出去，看样子上卫生间，几分钟后，打电话给老大，说不进来了，两人在吧台上留了两条软"中华"，说转交给老二。老大说：甲鱼还没尝呢。那边已经挂了。

剩下不是老板的两位，倏尔不见了人影，也在吧台上留了两条香烟，档次稍次一些，硬的。

招呼不打一声就溜走，老二颇有些不悦。老大说："跟你招呼，你放他们走吗？"

五

外边传来碗碟碰撞声，拖动凳子的吱嘎声，忙碌的脚步声。店里已经开始收拾打扫。

这时间节点，吃客要么午睡，要么从酒桌转到牌桌。

撤了那几位的残酒杯、脏餐具，四人调整座位。没外人，四兄弟反倒无话了。

但有些话不得不说。老大对老二说："你这臭脾气不能改改？我们兄弟间可以谅解，你弄得人家醉的醉，溜的溜，以后还有谁瞅你。"老三也说："二哥在任上时热心，肯帮忙，多少人受过你恩惠！唉，人都是势利眼。"老二说："反正不像人了，随他们去！"老大说："那个跟做人是另外一回事，你看小麻子（跟老二一起犯事进去的），走到哪里受人尊重，出来就有私人老板请过去管理后勤，说白了，给他开点工资。你呢，人家见了你躲得远远的，说明什么？"

"我是冤枉的！"老二声嘶力竭，接近号叫。

冤枉不冤枉，老二自己明白，争辩毫无意义。老二出事那会儿，老大老三上下奔走，动用多方人脉，试图把他捞出来。他拿了钱，不知道拿了谁的，拿了多少。两人找到被叫进去的几个老板，老板说想帮也瞒不住，老二扛不住，自己先撂了。还有几位疑似跟老二走得近的，两人找人打招呼，希望他们不要乘机踩一脚。老三吃这碗饭的，知道老二在劫难逃，唯一能争取的，弄个缓刑，或者少蹲几年。

老大说：不要自欺欺人了。

有一次探监，老二指责兄弟几个不够朋友，还说要翻供，让老三找关系。老三好言相劝，老二隔着窗跟他们吵起来。

"你们哪个没得我好处，见死不救，像什么兄弟？"老二旧话重提。

三人面面相觑。

老大说："我湖边的房子，老三的宅基地，老四的厂房，都受过你恩惠。我们已力所能及，你可能有所不知。"事实上，他怎么会不知道呢？谁帮他从水泥厂干苦力调到码头记账的？谁帮他解决了几百斤茶叶？

监狱有个茶场，动员犯人销售茶叶，按销量换取减刑。三五十元一斤的劣质茶，居然要价三百。老二家属，其他亲友表示无能，三兄弟推脱不了。老大觍着脸跑企业，老三贴了钱贱卖，老四拿得最少，背回一麻袋五十斤茶叶，亲戚、邻居随手送，余下的摊在新装房地板上充当活性炭吸附异味。

红烧甲鱼上来了,满满一大盆,香气弥漫,细小的油花咻咻有声。老四转动玻璃台面,把这道菜停在老二跟前。

老二毫不谦让,夹一块往嘴里送,看似不冒热气的甲鱼块很烫,烫得他龇牙咧嘴。老二又夹了一块,囤在醋碟里,把菜转到老大处。老大没动筷子,转回去。老二又把菜转到老三那里,老三举着筷子半道缩了回去,把它推到老四跟前。老四木讷着脸毫无反应,似乎知觉卡壳了。

菜重新转到老二跟前,老二正在咬嚼刚才的囤货,那是一块甲鱼腿,甲鱼很老,略欠些火候。

老二说:"你们怎么不吃?"

老大说:"让你吃个够。"

老二瞪圆了眼睛说:"什么意思?"

三兄弟端坐在那里,无人接话茬。

老二明显地感觉到了自己的孤立和三兄弟的排斥。他曾经是这个圈子的核心人物,实际意义上的大哥大。

"怎么啦,看不惯我?信不信我把桌子掀翻?"老二疯了似的咋呼道。

"你掀,还不如我掀呢!你坐牢回来,不是当兵回来,起劲什么!"老大的声音像炸雷。

"你不要面子,我们还要面子呢!"老三也吃了枪药。

老二开始骂人,一圈人骂过来,最后落到老四头上。对这个缩头缩脑的老四,老二一直萝卜不当菜,想骂就骂,想差遣就差遣。

"你这小怂蛋,不帮帮我,吃你一个甲鱼心痛煞?"

"我帮你？咋不多关你几年呢！"

阿四发飙了。

阿四心里嘀咕，如此大尺度针锋相对还是第一次。

某种程度上，阿四巴不得老二多关几年。

第一年除夕，恰好是探望日，阿四了解到没人去探望，弄了不少熟菜，带老婆长途驱车赶到监狱。老二哭丧着脸，说不知家里怎么过年，请四弟务必关心。回到镇上，老婆回家烧年夜饭，阿四买了青鱼、猪肉、大公鸡，大包小包的年货。老二镇上的家关门锁户，赶到湖边别墅，也没人，最后找到市里"日景园"。阿四放下年货，说去探望二哥了。二嫂仅仅"哦"了一声，眼泪哗哗地淌。

阿四不忍心马上离开，好言劝导。一个留守女人，唯一的儿子刚上大学，寒假居然留在学校不回家陪母亲。家里灶头镬子冷冰冰，了无过年气氛。阿四动员二嫂去自己家过年，二嫂不愿。他帮二嫂简单弄了几个菜，二嫂要他留下陪她喝酒，说会儿话。接下来的事，谁都意料不到。二嫂比二哥小一截，旺盛的身体和精神的脆弱，都需要男人抚慰。阿四对二嫂越位的关心，固然缘起二嫂主动，他自身也有问题，把持不住，或者放任了自己。一段时间内，阿四内心的愧疚，莫名的快感，对女人另一种前所未有的体验，几种情绪纷繁地纠缠着他。

断了吧？阿四多次请求二嫂。二嫂说：一回和一百回没有本质区别。那……二哥回来就断了吧？二嫂说：再说。

"再说"的意思很微妙。两人之间，至少得有一个人下狠心。事实上，二哥回来后两人再没见过面，没联系过。刚才二嫂打来几个电话，阿四都按掉了，并设置了静音。

　　再次显示来电，阿四借故去结账，走到过道，冲着电话吼道："他喝得不像人样了，你过来，把他弄回去！"

遛　狗

一

赵乐与女友莎莎的相识，缘于一次角色错位。

那时，赵乐还不认识莎莎。也许上下班途中曾经邂逅于小区门口，也许晚饭后偶尔下楼溜达，在众多遛狗者中无意瞥见过一眼，再或者，两人毫无交集。这事无法追究，再说了，之前认识与否无关紧要。

乐乐，乐乐——

称呼熟悉而声音陌生。赵乐母亲常这么唤他，母亲一脉的长辈都沿用了母亲对他的昵称。父亲唤他时连名带姓很直接，语调也是硬邦邦的，就像对他一贯的态度一样也是硬邦邦的。

赵乐起先没在意。着急的呼叫声呈四字连贯,再次传进耳郭时,赵乐扭头寻找声源。夜幕里,借着小区半明半昧的灯光,赵乐看见矮树边一个白色飘逸的身影,凭直觉是个年轻女子。女子站的地方,地灯被人打碎了,赵乐从相对明亮的路灯下看过去只有一个影子。

"你是叫我么?"赵乐问。

一团白色的、毛茸茸的东西从脚边伏地过去,是条小型宠物犬。赵乐一个趔趄,追问了一句。问话间,年轻女子挟一阵香风飘到赵乐身边。女子身材高挑窈窕,一头瀑布样的长发,半遮着脸,另半边脸在赵乐视线背后。女子对赵乐的追问置若罔闻,似乎在擦身而过时侧头瞟了一眼发愣的赵乐,横跨甬道,径直向另一侧飘去。

小区绿化带高低起伏,不是常见的那种平坦得一览无余的草坪。模拟自然形态的堆土,地形复杂,草木参差。女子消失在树丛间,"乐乐,乐乐——"每呼唤一声,声音就远一点,直到消逝在黑暗中。赵乐反应过来,女子在唤她的狗狗。女子的狗狗抄袭了他的昵称。

自己的人名被当作畜生的名字吆来喝去,赵乐有些不乐。但作为一个荷尔蒙愈来愈浓烈地冲撞身心的男人,被一个年轻女子一声声柔软地呼唤着,而且是昵称,赵乐又不怎么郁闷。赵乐凝神细听,期望那条与他同名的狗狗兜回来,即使女子不再拉长了语调呼唤,也能借着路灯认真审视她一番。赵乐站在路灯下,神情有些迷茫。

二

赵乐改变了饭后玩手机的习惯，也不忙着开电视了。就连他不太爱管闲事的父亲也觉察到了儿子突然间的改变。

赵乐的单位里纪律严明，上班时不准玩手机。他的手机也很落伍，老款三星，玩不出什么名堂。短暂的午休和晚饭后，赵乐会略微浏览下微信，给微友回几条消息。赵乐不在电脑上玩，甚至讨厌电脑。他早晨上班第一件事开电脑，然后坐在电脑桌前开始一天的活计。除非白天单位里来不及完成的活儿，晚上带回家继续干，否则家里的电脑是轻易不开的。以往，赵乐弄一会儿手机，就捧起书，或跟着父亲看电视。家里就一个电视机，父亲看什么他也看什么，从不挑剔。这年头，不跟老人抢遥控器的孩子，也称得上是一种孝顺。赵乐父亲跟人谈起儿子的好，每每以看电视为例子。尽管平日里爷俩话不多，父亲看儿子的眼神也不怎么柔软。

父亲问："怎么扔了碗筷就往外跑？"

赵乐说："老爸做的饭菜香，整天坐着不动，有发胖的趋势，出去消消食。"

老伴在世时，老头从不买菜、上灶，偶尔烧一回饭，手艺实在不敢恭维。老头自我感觉接过菜篮子后，手艺稍有长进，而离老伴的水平还有不小差距。当然儿子变着法子夸他，他心里还是挺舒服的。仔细想想，又有点不对。儿子从不当面夸赞老子的。这小子，每天急吼吼的，莫非有事瞒着自己？但他相信,儿子不会做出格的事。

父亲的猜测有一定道理,但只猜对了一点点,或者说只猜对了事情的起因。赵乐每天在小区里转悠,指望以守株待兔的方式创造一次或若干次美丽的邂逅。黄昏的小区,草坪上,树阴里,遛狗的人不少,狗也不少。赵乐很留心每一个遛狗的女人,留心每一条狗,静听女人们唤狗狗的调子。有一回,一条白色的狗抖着一身茸茸的长毛在他面前跑过,疑似见过一眼的乐乐。赵乐一阵惊喜,环顾周围,却不见狗的主人。赵乐情不自禁轻唤"乐乐,乐乐",狗狗毫无反应。狗的听觉是极其灵敏的,即使来自一个陌生人的呼唤,也会有那么一点响应。赵乐很失望。一两分钟之后,咚咚咚跑过来一个女人,高声唤着"莎莎,莎莎——"女人跑到赵乐前边去了。女人也留一头瀑布一样的长发,只是这长发披在她肩头很不对劲。女人面容还算姣好,皮肤也白嫩,看样子还年轻,但是,隔着紧绷绷的衣服,能看到女人跑动时浑身赘肉的抖动,尤其是胸部。绝大多数女人是两个独立的小山峰,而这女人未免有点夸张,属于这个组织和不属于这个组织的都堆积在这个部位,界限模糊得泛滥成灾。赵乐最不喜欢胖女人。他从微信朋友圈里读过一篇文章,说所有优雅的女人是没有胖子的,即使女人有肥胖基因,她也会通过节食、锻炼等方式保持身材。有品位的女人注重内在修养,修养如同修炼,修炼的结果是只长智慧不长肉。文章还说:连自己的嘴都管不住的女人,是对自己形象不负责任,也是对丈夫不负责任。最后这句,赵乐不敢苟同。那要看女人配什么样的男人。

赵乐怀疑那个飘逸的身影不属于这个小区，那一次只是串门。赵乐甚至怀疑是个幻觉，或者是梦境。他到女子出现过的现场实地查看，发现那盏地灯还没修好。这么说……赵乐坚持了九天，打算再坚持一天，就鸣金收兵，回归原来的生活节奏。第十天守株待兔结束后下定决心，大步流星地回家，准备把这事翻过去了。熟料，次日晚饭后，他想，说不定今天遇上了呢？不由自主地开了门下楼溜达。这次，赵乐把时限定在半个月。

三

赵乐心灰意冷时，女子毫无征兆地出现了。女子出现在他身后时，身边没有狗。如果女子不开口，赵乐绝对不敢确认的。

"你也叫乐乐？"女子问。

"你也住这个小区？"赵乐没有正面回答，本想答非所问地责问"什么叫也叫乐乐？"出口时变成了一句突兀的反问。女子笑了，笑得很收敛。赵乐才发现，白色的宠物犬远远地跟过来了。

"是住这里，有疑问吗？"

"没……没啥。有十几天没见到你……你的……小白狗了。"

赵乐舌头拐了个弯，回避着什么。从语言的完整性与层次性看，他拐得并不生硬，但从语言的流畅性来看暴露了他的心思。但愿她没想象的那么敏感。

"出远门办事,顺带旅游。今天凌晨回来,睡了整整一天。出去十三天,你怎么知道得那么清楚?乐乐,嘻嘻。"

赵乐脸上有些发烫,这女子会察言观色。赵乐用余光感觉女子直勾勾看着自己,脸更烫了。长这么大,他还是第一次这么近距离地面对一个女子,尽管是侧面。

"乐乐,嘻嘻。"

小白狗以为女子在唤它,踮起两条前腿,直立身子盯着主人。见主人不理,呜呜地低鸣,用爪子蹭女子的小腿。

"作死啊!"女子厉声骂了一句,大概被抓疼了。她移脚躲避的幅度猛了些,往后一个趔趄,发出一声惊叫。赵乐顺手抄过去,不管托住了什么还是拉住了什么,女子站稳了。赵乐以为女子会迁怒于狗,不料她把狗抱了起来,柔声说:"乐乐乖,来,谢谢哥哥英雄救美。"女子把着狗爪冲赵乐作揖。狗与赵乐对视了几秒钟。赵乐觉得狗褐色眼睛目光深邃,让人眩晕。

"我叫莎莎,你咋跟我的泰迪叫一个名字呢?"女子抱着小白狗起脚就往远处走。

"它才几岁,我叫乐乐二十六年了。你叫什么不好,也跟着叫莎莎。"赵乐站在原地冲着女子的背影,差不多有嚷的意思了。

四

拿到月奖后,同事撺赵乐请客。赵乐答应请客但没有应允同事提议的地点,就在小区附近找了一家中档饭店。四个人,点了四冷四热一点心,抱了一箱啤酒。大家只顾着大口喝酒,大声谈笑,没怎么吃菜。赵乐不是那种喜欢摆派头的人,看着服务员把大碗的菜往泔水桶里倒,心疼。赵乐挑了两个最贵的菜打包回家。半份牛排,几只大明虾——估计同事也是有意省给他父亲吃。父亲一个人在家时吃得太马虎,让他改善一下伙食。

借着酒劲,赵乐居然冒出吼几嗓子的欲望。赵乐小时候挺有那个细胞的,小学里还得过一个小小的奖。后来学业重,渐渐把爱好丢了。赵乐哼唱的是英文版的《斯卡布罗集市》,好久不唱了,有些生疏。古老的苏格兰民歌,调子抒情,歌词内容既不是高大上,也不太小资,爱国与爱情都有了,所以能成为经典。赵乐喜欢原版,比如第四句译成"他曾是我真爱的恋人",太直白,"伊人曾在,与我相知"这种诗经式的工整,又限制了旋律的发挥。赵乐不喜欢译文,反正觉得损失了味道。

有女声跟着唱和,咬字清楚,有意识修正他略微走调的旋律。赵乐循声看去。

"乐乐,品位不俗啊。"

赵乐知道谁了。矮树边长椅上,若隐若现的女子身影。今天,是一团黑色。

"不想过来坐坐么？"女子发出邀请。

赵乐径直走过去，坐在长椅另一边。赵乐想挨近也不可能，狗狗为两人划出了楚河汉界。

"贵宾。"赵乐说。

"泰迪。"女子轻轻纠正。

说狗是最好的话头。赵乐虽然很想说点别的什么，但又觉得说什么都无所谓，只要与这女子说上话。赵乐本就对狗一窍不通，昨天查了百度，知道了一些皮毛。赵乐对宠物不感冒，一直认为养宠物的人内心空虚、无聊，见多了，觉得带着狗的女人有贵妇派头。当然，贵妇不应该牵着一条大型犬，那是悍妇，更不是随随便便的柴狗，那是农妇。赵乐查狗还有一个目的，从狗的身价，揣摩女人的身价。

"泰迪？泰迪跟贵宾犬不是一个意思吗？"

"我家乐乐就是泰迪。"

泰迪是贵宾犬的一个造型。《金童卡修》中的人物造型，泰迪至少有四个含义，其一……

赵乐的现炒现卖，倒不是为了卖弄，也不尽是怕被鄙视，凡人都有知识盲区。赵乐从小到大，求知欲强，凡是人家津津乐道，对他而言是知识盲区，都要偷偷恶补。

冷不丁，泰迪扒开了打包袋子，试图用爪子拉开盒盖。这也难怪，两盒散发着香气的美食就在身边，食物的诱惑能战胜对陌生人的防范意识，况且"小黑狗"在是"小白狗"时跟赵乐有过几次接触，也算是熟悉了赵乐。赵乐飞快地掰开盒盖，取出一只明虾，凑到泰迪嘴边。

"乱吃什么？"女子暴喝道，一把拽过泰迪。泰迪本来在犹豫，还没下口，被连骂带拉，"嗷"了一声，表示委屈。

"你什么意思？"赵乐很不悦。明虾是奢侈品，要不是今天心情好慷慨一把，赵乐与同事从不点这道菜，一只明虾28元，抵得上一盆生炒鸡。

"我的狗，只吃……狗粮。"女子知道赵乐误会了，知道自己有些过分，底气不足地辩解着。她想不到，这个看似文弱的书生，却能瞬间暴怒。

赵乐把明虾捏在手中，好几分钟没开口。泰迪龟缩在椅子上，眼神可怜巴巴地游移在两人之间。气氛有些古怪。赵乐觉得自己毕竟是男人，有些小题大做，何况对一个最近经常闯入自己梦境的女子。赵乐语气柔和了许多，说："又不是脏东西，不是蹩脚东西，我本想带给父亲吃的。小时候我家的狗连剩饭、红薯皮都吃不到，难得一回鱼骨头、肉骨头，几个狗狗抢得打架。"由于着急，赵乐有些语无伦次。

女子说："不是这意思，真不是。我家乐……啊……泰迪吃狗粮长大，只吃日本的'三合厨美'，低脂低能量，怕它胖。"

赵乐说："什么狗粮，都是鲨鱼、鲸鱼，日本鬼子狡猾，捕鱼手段都是高科技，鱼皮加工成高档游泳服出口，鱼肉做罐头食品，鱼骨粉碎了当饲料。"

女子说："那狗粮是什么做的？你把鱼身上所有部件都分配完了。鱼头吗？鱼杂吗？"

赵乐径直沿着自己的逻辑，说知道为什么南海、东海捉不到鱼，都跑到日本那边了。女子说："看不出，你还是个铁杆爱国者。"从狗粮中生发出那么深刻的爱国情操。赵乐说："再来一次八年抗战，你第一个当汉奸。"

"嘴巴不要太损了！"女子佯作嗔怒，捏着拳头揉赵乐。赵乐顺势捉住莎莎的手。泰迪以为女主人遭到欺负，冲着赵乐一阵吠。莎莎用手捋着狗毛安抚，说：还以为遇到了坐怀不乱的柳下惠。说话时，她的视线对着泰迪，可能瞟过赵乐一眼，也不抽回自己的手，脸上泛起微微的羞涩。

五

赵乐出了一趟差，老板带他去洽谈一个软件项目，不太远，才三天。白天忙得像陀螺，夜里静下心来时，总有一团东西堵在心口，挥之不去。赵乐从来没有认真设计过另一半，可能曾有过一些模糊的概念。但他心气不俗，绝对不喜欢没有气质的女孩。上大学时，女同学一个都进不了他的眼。也难怪，学计算机的女孩本来就不多，只有学霸级、男性化倾向的女孩才会选择这个门槛高、枯燥、吃力的专业。班上的男同学对窝边草没兴趣，都舍近求远到隔壁班猎艳。周末，男同学挽着其他专业的女孩招摇过市，出去吃饭K歌看电影，他也眼馋过。可他没本钱，家里的供给只够维持他的最低生活。他没有资本浑浑噩噩，他需要一毕业就找到像样的工作，挣钱买房。四年里，他把所有休息的时间都交给家教和图书馆了。所以，长这么大，他那方面的阅历依然是白纸一张。

老板应酬了不少酒，早早睡去。赵乐关了灯，在床上转辗反侧。他后悔那天没向莎莎要个手机号,或者扫一扫微信加好友。凭直觉,莎莎对他还可以,至少并无恶感。再接下去,难道让一个女孩主动?矜持一点才像女孩,太主动的、厚脸皮的、泼辣的,都不像女孩。然而,赵乐觉得有些不真实,说不清,他跟莎莎之间隔着点什么,那女孩好像很神秘。一般正常的交往吧,不管男女,亲近就是亲近,疏远就是疏远,不即不离就是不即不离。他既不知道她是干什么的,又不知道她的家庭背景,更无法判断她的婚姻状态。赵乐没见过有男人陪着她遛狗、散步,没见她接过电话,频频刷手机。她的生活中似乎没有男人的影子,再说了,那天拉手时她并不反感,赵乐至今仍有触电的感觉。颠来倒去想着,居然三天没睡踏实。

踏进小区时,已是吃过晚饭,华灯初上。赵乐拖着拉杆箱,沿着熟悉的甬道徐行。忽闻绿化带中吵嚷声,赵乐静听,是一高一低俩女声。低音越来越熟悉,赵乐听出是莎莎。以往莎莎的音频不算低,是恰到好处的柔美。赵乐慢慢走近,听出莎莎在小心地辩解,但每每被一声尖厉又响亮的咆哮盖住。这样的场面赵乐见过一次。刚搬进来那会儿,有个男人在这小区金屋藏娇,男人原配找到这里,把正在遛狗的小三截住,先是肆意辱骂,后是两人吵架,接着战事升级,原配一把扯住小三的长发,拳打脚踢,而且专往要紧处招呼,边打边骂,集中了世界上所有的脏话粗话。后来赵乐再没见过那女子。莫不是这类故事的又一个版本,赵乐快步过去。

就是上回坐过的长椅那里,围着一圈人,把两个女人、两条狗、一张长椅围在中间。那个声音尖厉的女人,见过一面,就是上回追着狗狗的胖女人。胖女人有一只跟莎莎的泰迪长相酷似的贵宾犬，记得胖女人唤它"莎莎"。起初赵乐想逮到机会以牙还牙的，明虾事件转移了话题方向。赵乐站在圈外听了一会儿，就明白了来龙去脉。

"我家莎莎是纯种的泰迪，有血统证书，金贵着呢！你那杂种，也配叫泰迪？还想糟蹋俺家莎莎？"胖女人嚷道。

莎莎嗫嚅道："是你家的狗自己跑过来的。"

胖女人说："你不能把这杂种拉开？"

莎莎说："它们在……我……我怎么好意思去拉。"

女人说："还装什么清纯。也不看看自己是什么东西，它配吗？它配吗？"

围观的大多数是夜练老人，有一个手里牵着狗绳。从头到尾，没有一个人站出来主持公道，指责胖女人，哪怕劝说几句。围观的挂着事不关己的坏笑，只嫌不够热闹，人家吵得越厉害，他们越过瘾。这世道，连老人都学坏了，这话也许不严密，是坏人变老了。

"太欺负人了吧？"赵乐跨进圈里，对胖女人说："你积点口德，不要一口一个杂种。"

"就是杂种。"

"谁知道哪个是杂种？"

"它糟蹋我家莎莎！"

"它们是畜生！"

胖女人打量着半道杀出的赵乐问："你是她什么人？"赵乐说：邻居！胖女人说："关你屁事！"赵乐说："你欺负人家女

孩子,我看不过去。"胖女人拿起手机说:"你等着。"赵乐说:"等着就等着,哪儿也不去。"

一会儿,来了一个凶巴巴的男人。胖女人要凶男人给自家狗狗做主,向莎莎索赔。莎莎一脸忧戚,往赵乐身后躲。局势,变成了两个男人的对峙。

凶男问赵乐:"如果女人吃了亏,男人拿啥补偿?拿钱!我家母狗吃了亏,你说咋办?"

赵乐说:"你问它是吃亏了,还是占便宜了?"男人说:"你知道这条狗的身价吗?"

赵乐说:"不想知道。"

胖女人插话进来:"它糟蹋了我家莎莎,就是要赔。"

赵乐说:"你家母狗不争气,引诱人家公狗,你说应该谁赔谁?"

胖女人对赵乐身后的莎莎说:"你倒是没事了?真熬不住就让你家狗干你。"赵乐呵斥道:"你跟狗干过?"

胖女人顿时被噎住了。凶男正待发作,一个过路的男人对凶男说:"拉你老婆回家吧,不要在这里丢人现眼了。以后把母狗关家里,免得小寡妇思春。"人群里发出一阵哄笑。凶男人狠狠地对赵乐说:"你等着!"赵乐笑着说:"我等着,有事尽管招呼。"胖女人跟凶男人离开时,白了一眼赵乐,嘴里不干不净:"你一个头青面白的书生,竟罩着这货!"说着往地上啐了口痰。

人群散去后,赵乐拉起箱杆,准备回家。莎莎大概被刚才的架势唬住了,还没醒过神来,只是一脸感激地望着赵乐。赵乐对莎莎说：回家去吧！那种人，躲着点。

六

这一阵，赵乐一直在单位加班到半夜，就是上回出差接的那单大活儿。周五，活儿告一段落。赵乐踩着夕阳踏进小区大门，脚步轻快，因为自测月奖蛮可观。

莎莎从矮树后闪到路上，笑吟吟地挡住赵乐。

"下班了？"

赵乐随口问道："遛狗？"

"等人。"

赵乐"哦"了一声，继续赶路。

莎莎一把拉住赵乐，说："装傻呢？等你。"

赵乐心头一热，一时不知道该说什么，出口的话却变成毫无感情色彩的三个字："有事么？"

"电脑坏了，你帮我看看。"

赵乐说："晚饭后过去。"

莎莎说："我也没吃呢，我请客，顺便谢谢你。"赵乐未置可否。

"怎么，不给面子？"

赵乐当着莎莎面给父亲打了个电话。莎莎说：撒谎了？对老爷子撒谎可是大不敬。赵乐说："那我还是回家吧。"边说边从莎莎身边绕过去。莎莎说："谎言有善意、恶意之分，人家等你几天了。"不由分说地，拉着赵乐就走。

莎莎带赵乐去的地方就是上回他请客的饭店。等上菜的时间，赵乐问莎莎，怎么孤身一人？莎莎的目光递来询问。赵乐补充道，泰迪呢？莎莎嗔道，怎么说话呢，带着泰迪也是孤家寡人。莎莎有意换了一个词，也有意避开了狗的昵称。

莎莎只管点菜、拿酒。她要了一瓶53度的北京二锅头白酒，牛栏山牌，不是那种很便宜的红星牌。超过200元的白酒，有很多知名品牌，但很少有人问津这二锅头，酒品再好，档次也给它平民化的名字埋没了。

拼盘上来了。莎莎给赵乐斟满一杯，给自己斟满一杯。她说：来，走一个，感谢英雄救美。赵乐端着高脚杯问，都干了？莎莎说：废话！一仰脖子，几乎没有吞咽的动作，一杯二锅头像倒进漏斗。赵乐看得发愣。莎莎说："你出手相救的勇气哪里去了？"赵乐平时很少喝酒，更少喝白酒。莎莎挑衅的目光，激发起他的斗志。莎莎点的菜不多，但个个精致，卤水三拼、红烧梅花海参、雪花牛肉、芥蓝、海鲜羹。赵乐说：何必这么铺张呢。莎莎说：小饭店，花不了几个钱的。

两人严格按计量平分，一两半的高脚杯，都是"一口闷"的吃法。赵乐说小口抿才对得起好酒，莎莎说："吃到我嘴里酒都是一个味。"这样倒也省事，不需频频举杯，有大段的时间吃菜、瞎聊。莎莎告诉赵乐她是开网店的，赵乐也说了自己的职业，其他的，对方不说就不便细问。赵乐借故上洗手间，去吧台看了账单，本想悄悄把单买了，无奈身边没那么多现钱。莎莎似乎多长了一只眼睛，待他一进去就说："说好我请你的，不要坏了规矩。"

吃完饭，赵乐晕晕乎乎跟着莎莎，第一次踏进一个单身女人的家，好奇，也期盼。莎莎没刻意表达过生活状态，但凭直觉，嗅不到男人的气息。莎莎开亮卧室，说进来呀。电脑桌摆在床边靠窗，一台台式电脑，墙角置一台打印机，桌上一沓沓纸，有些凌乱，都是发货单之类的东西。莎莎坐在床沿，借床头柜支着下巴，看赵乐。赵乐告诉莎莎，硬件没坏，是中了病毒。莎莎说："我经常杀毒的，下载了好几个杀毒软件呢。"赵乐笑了，问题就出在好几个上了，杀毒系统本身也是病毒，它们之间争风吃醋，把本职工作遗忘了。莎莎也笑了："你这人真逗。"赵乐说："还有哦，你下载软件时，非法程序跟着进来，越是坏基因越强大，清理都很困难。"莎莎说："没看错你，果然有点小'三脚猫'。"赵乐说只有重装系统了。莎莎说今天夜里要用电脑呢。赵乐说：得两三个小时。莎莎一脸的恳求。赵乐最不忍心女孩子这种表情："唉，谁叫我小时候是学雷锋标兵呢。"莎莎说："你是活雷锋。"

安装的等待中，赵乐眼皮开始打架。他想挺着，无奈酒精的作用令他身不由己，趴在桌上打了个盹，醒来时已后半夜。莎莎半卧在床头，赵乐叫了几声，莎莎不应。她不是还要干活儿么，赵乐安装完毕，想弄醒莎莎，又觉得不妥。不知什么时候莎莎把吸顶灯关了，床头灯昏黄暧昧的暖色里，赵乐大胆端详莎莎。

怎么办呢？明天还得上班。

赵乐给莎莎写了个留言条，压在电脑桌上。

七

赵乐下班时,接到莎莎电话,莎莎把时间掐得很准。莎莎说:"今天买了点菜,想不想尝尝我的蹩脚手艺?"赵乐说:又让老爸白等。这话没说答应,也没说回绝。赵乐想莎莎该追加一句什么,但居然挂了。

赵乐推开虚掩着的门跨进去,门边早备了一双男式拖鞋,鞋头朝里摆着。单身女人家有一两双男人拖鞋很正常,赵乐还是拿起拖鞋愣了一会儿,拖鞋不是全新的,鞋底很干净。这一切,包括莎莎招呼他的口气,似乎料定赵乐必然会来。

莎莎在厨房背对着门切萝卜丝。归纳紧一刀缓一刀,但凭刀子敲击砧板的节奏,赵乐知道莎莎干这活儿并不在行,她说蹩脚不是谦虚。赵乐说:"还是我来吧。"莎莎倒不客气,乖乖让一边,解下围转身交给赵乐。也真难为她了。昨天赵乐闻到方便面味,是那种"来一桶"之类的牛肉味,由此可知莎莎平日不大开伙,很符合单身生活的状态,铁锅内外的锈色也佐证了他的判断。灶台上,紫砂锅用小火煨着汤,从香气判断,大概是鸡汤或鹅汤。莎莎倚在门口,看赵乐张罗。不经意间主客互换,两人很默契,也很消受,颇有小家庭的氛围。

莎莎说:"想不到你还有这两下子。"

赵乐说:"这两下是哪两下,修电脑,还是吵架?"

莎莎一撇嘴:"嘚瑟!昨天我睡着了,你没干什么坏事吧?"

"不敢！"

"不敢还是不想？"

赵乐故作没听见，收拾好鲈鱼，问莎莎，红烧还是清蒸？一个绵软、热热的身子贴到赵乐后背，接着，一双软软的手臂箍住了他的腰部，耳畔感到一股热气。

"反正是你砧板上的菜，随你。"

莎莎居然拿出一瓶茅台，你一盅我一盅，两人对斟对饮。

由于时间不够，腌萝卜丝略带生涩味。赵乐想起莎莎切萝卜丝的窘相，忍不住偷笑。莎莎说："乐你个头！笑话我刀功不行。"作势拧赵乐。赵乐说：还能用刀功这词形容吗？莎莎说：男子汉，适可而止啊。

砂锅盖一掀，是两只炖鸽子，汤内还有菌菇、参须、枸杞。赵乐说："不要把我宠坏了，天天惦记你的鸽子汤。"莎莎说："最怕你不惦记。"

八

赵乐跟父亲说："这一阵又有大活儿，天天加班，晚饭不要等我。"赵乐长这么大，很少在双亲面前撒谎，但这一次，不是实话。父亲很传统的，若是知道儿子跟一个不明不白的女孩搅在一起，准把他骂个狗血喷头。

赵乐几次提出带莎莎回家见见他父亲，莎莎总是推诿，说还不到时候。莎莎认为，不要过早把男女朋友关系往谈婚论嫁靠。赵乐说："那如何定性我俩的关系？"莎莎说："我一个女孩都不怕吃亏,你急什么,当下试婚很流行的。"莎莎还说:"赵乐,你哪天觉得不合适了,可以不过来。"

莎莎现在叫赵乐大名了,以示区别,这倒不是为了照顾赵乐的感受。只因她一唤乐乐,泰迪就往她身上扒拉,这畜生耳朵太灵,眼睛又太笨。莎莎明明冲着赵乐叫唤,它总以为在唤它。泰迪现在跟赵乐混熟了,莎莎不理它时,它就变着花样地腻歪赵乐,直到赵乐抱起它抚摸几下。

有几次下班时,赵乐是想回家的。赵乐好几天没跟父亲照面了,有时整夜不回去,有时半夜回去,父亲早睡下了。早上起来,父亲把粥炖在锅里,出去吃早茶了。赵乐的一双脚在路口稍作停留,不由自主转向莎莎家。莎莎已经将一把全新的钥匙给了赵乐,赵乐开始时犹豫着是否拿。莎莎告诉他自己经常失头忘脑,免得把钥匙锁在家,求助110。赵乐知道,一个女人把家里钥匙给了一个男人,基本上就把自己交给了这个男人,从此以后,他要对得起这份信任。

说也奇怪,两人都到这份上了,居然很少卿卿我我,甚至都没跟对方说过一个爱字。

这像在谈恋爱么?

两人几乎没有经历恋爱,就爬到了爱的顶峰。这年头,恋爱变成了一种奢侈品,谁能三年五载把握亲热的分寸,做真正的新娘新郎?男人一旦尝到性爱的滋味,如吸食鸦片一样上瘾。好比禁欲者,那个功能处于休眠状态时能做到六根清净,一旦开发,便恣意泛滥。男女关系到达一定程度,这事顺理成章,何况赵乐是以婚姻为目的。不过,莎莎似乎太纯熟了。而且,两个人的第一次,赵乐是那么迷迷糊糊,情不自禁,莎莎表现冷静,让赵乐戴套,她家怎么有这东西?赵乐并不守旧、古板,没有太多的处女情结,当然也不是一点都没有。要说不快,赵乐有过那么一点点,但稍纵即逝。莎莎这样的女孩,不乏追求者,不可能没有经历恋爱。在遇见赵乐之前,不可能有为他守身如玉的义务。

赵乐旁敲侧击,想了解莎莎的家庭。莎莎说:这很重要吗?赵乐说:"当然不是,但总得让我有所了解,让我见见你家人。"莎莎说:还不到时候。这话跟此前回绝赵乐带她回家似一个腔调。赵乐拿话套她,莎莎只告诉他,父母也在这个城市。

九

赵乐跟父亲说加班,不尽是谎言。最近活儿确实很忙,只是加班地点不在单位。莎莎的台式电脑比单位里的高档,干起活儿来很顺手。

晚饭后莎莎照常出去遛狗。赵乐有时提出陪她一起去,莎莎说:"你做你的事。"

一天,赵乐正忙着,手机响了,是父亲。父亲从不轻易打他电话的,一定是有急事。果然,父亲说被狗咬了,要送医院。听口气,父亲很激动。

出楼梯口,手机又响了,是莎莎。莎莎跟他以微信联络为主,很少直接打电话的。莎莎说:"我跟乐乐被人欺负了,快来帮我!"莎莎话急,带着哭腔。

当赵乐发现父亲和莎莎的求援原来是同一出戏时，脑子一下子短路了。赵乐跑出去时，还想着先去找父亲还是莎莎，他根本不曾把两人牵扯到一起，而且成了对立面。

路上已经围了五六个人，看热闹比看电视好玩。那个胖女人也在，指指戳戳，明显站在赵乐父亲一边。赵乐父亲扯住莎莎一条胳膊，大声嚷嚷。莎莎呜咽着想摆脱，明显处于劣势。

赵乐在十步开外站了几秒钟，冲到人群里，一把拉开父亲拉扯莎莎的那只手说："爸，你先放手。"赵乐父亲说："帮谁呢你？"

赵乐把父亲拉到一边说："我送你去医院。"父亲说：不急，先把是非弄明白了。赵乐说：还是先去医院，处理伤口，打狂犬疫苗。赵乐说着，用眼神示意莎莎。莎莎不知道赵乐暗示什么，应该不是让她溜走，是要她道歉，让老人消消气。事实是，赵乐父亲先踩疼了狗脚，狗出于自卫，才咬他的。这老头火气大，还追着狗猛踢，恨不得踢人。要不是因为他是赵乐的父亲，莎莎至少占一半的理儿。莎莎没为自己辩解，对老人说："真对不起，你的费用全部由我负责。"老人说："我要先把这条疯狗宰了！"

赵乐不想让两人继续冲突，便转移注意力，低头端详父亲的脚。父亲脚踝处有两组对称的暗红牙痕，没咬破皮肤，没出血，看样子问题不大。赵乐问父亲，疼不疼？父亲说："你尽说废话，叫你来是为我维权，维护老人的生命健康权！"

围观者中爆发出一阵哄笑，这老头，把时髦词都抬出来了。胖女人咋呼，"哎呀，不对，小伙子跟这个女的认识，前几天帮她跟我们吵架来着。"老人说：不可能！赵乐凑到父亲耳边说："她是我女朋友，咱有话回家说。"老人被儿子的突发情况搞蒙了，愣了一下，对赵乐说："你瞎了狗眼，弄这么个妖怪。"胖女人说：搞来搞去，自家人的脚踩了自家的狗，自家的狗咬了自家人的脚，属于人民内部矛盾。老人气呼呼道，一家个鬼。

胖女人唯恐天下不乱，每一句话都是在拱火、挑拨。赵乐拉着父亲就走。胖女人转身走的时候说：小三摇身一变，什么时候攀上了这个愣头青。这话表面是对一起离开的人说的，她说得毫不收敛，赵乐、莎莎、赵乐父亲都听到了。上回吵架，胖女人最后也是话里有话。赵乐不愿沿着疑问继续思考。

赵乐从来没想把他跟莎莎的关系藏着掖着，满以为，有朝一日带着莎莎回家，父亲一脸惊喜迎接莎莎，亲自下厨招待未来的儿媳。谁想到，两人的第一次见面是以这样最极端的方式。影视作品常以误会获得喜剧效果，但这不是误会，也不会演变成喜剧，事情的复杂性超过赵乐的心理承受力。

莎莎提出送赵乐父亲去医院，只等老人答应，她就去开车。赵乐这才知道，莎莎是有车族。赵乐没怎么劝说父亲坐莎莎的车，如果三言两语能说动父亲，就不是他父亲了。最终，赵乐打了个车，莎莎跟到小区门口，塞给赵乐一把钱。当着父亲面，赵乐最终接过莎莎的钱。

十

这几天,父亲一直在赵乐耳边唠叨,说这女人身份可疑。赵乐说别听信谣言。父亲说就算没这档子事,这女人太洋气,咱农村里出来的人是降不住的,说要找得找同样是乡下出身的本分女孩。赵乐说:"因为她的狗咬了你,还跟你据理力争,你觉得她一无是处。你自己也反省一下,是不是像个长辈的样子,一把年纪了脾气还是那么暴躁,一点火星子就能点着,暴跳如雷。"赵乐说完,父亲就指着他的鼻子臭骂一顿。

赵乐跟父亲陷入了冷战。狗咬事件后,赵乐一直没去莎莎家,两人谁都没有主动联系对方。如果父亲这边工作不做通,赵乐跟莎莎来往不踏实。赵乐想,莎莎在给他时间,让他重新审视两人的关系。但赵乐觉得,莎莎与他父亲之间的一场不快,并不能构成真正的威胁,影响他俩关系的,是莎莎过于敏感的心态。莎莎当然明白,她若隐若现的隐私早晚要被人抖出来,被赵乐知晓。事实上,赵乐父亲这几天正做着侦探的角色。赵乐后来得知,父亲以胖女人为起点,在小区内明察暗访,动静闹得很大。

莎莎在微信上告诉赵乐,她要出差一段时间,看样,顺便进点货,最后请求赵乐帮忙照看泰迪。

赵乐用钥匙捅开莎莎家的门锁。门窗紧闭,窗帘严实,屋内昏暗,浑浊的空气中掺杂着动物体臭。泰迪被锁在后阳台铁笼里,一边呜咽,一边烦躁地攀爬笼子四周的栅栏。笼边有个木箱，箱盖上摊着一张纸，纸上一堆颗粒饲料，大概莎莎提醒他每次的喂食量。赵乐掀开盖子，箱子里放着两大包狗粮，是日本的"三合厨美"。

纸上有几行字，类似于喂食须知："每天喂食一次，每次30颗左右。观察便便，调整食量。太稀说明要减量，太干反之。可能的话带它出去遛遛。三天洗一次澡。"

待狗吃完，赵乐为它套上缰绳，带它到小区溜达。他特意避开了某些区域，专往远离自己家的矮树林里钻。泰迪明白自己的处境，很听话，很知趣，跟着赵乐转了一个多小时。

走进莎莎卧室，赵乐拧亮电脑桌上的台灯。桌上有莎莎留给他的信，说留言条比较合适，因为它既无称呼又无落款，而且是随手写在打印纸上。留言条内容简洁，分行式，像中世纪"商籁体"十四行诗。

知道你会进这个房间，知道你会看到这些文字。

我的父母身处底层，一直靠低保生活。

五年前，我从艺校毕业，找不到像样的工作，走投无路。

我以四年的青春换来房子、车子，包括屈辱。

我不想一辈子做寄生虫。自食其力开了家网店，生意马马虎虎。

我是小三，但那是曾经。

我也渴望真正的爱情，渴望正常的家庭生活。

你是我理想中的丈夫，但我并不看好我俩的

前景。

你那么纯净，娶我明显亏了。

终身抹不去小三的烙印，也为社会所鄙视。

不要责怪你爸。

钥匙你想留就留着，不想留就放在桌上。

不要紧张，我不会自杀的。

感谢你给我的快乐。

赵乐放下十四行诗，呆坐着。莎莎的卧室，赵乐从没单独来过。赵乐居然一瞬间冒出物是人非的伤感，忽而回过神，一切变得清晰起来，包括莎莎跟他交往时主动中又有所顾忌，她一次次的暗示。她是怕自己陷得太深，难于自拔。而那些从贫困地区走向繁华的都市淘金的女孩，卖几年青春，攒了些钱回老家，找个老实巴交的庄稼汉，这等于是从良。她们能心安理得把身体作本钱，心安理得隐瞒过去，心安理得开启正常生活。她们中的多数人，可能不会留下太多的心理阴影。但莎莎不能。莎莎既不想随随便便找个人把自己后半生托付，又做不到没心没肺，欺骗一个她所看得上的优秀男人。她在自己设置的泥沼中挣扎，她自己过不了这个坎，这姑且称之为小三后遗症。

莎莎快活的眼神，忧郁的眼神，迟疑的眼神，在赵乐的意识中交替闪现。这几天父亲柔软与坚硬轮番夹攻，父亲甚至动用老家的亲戚当说客，给赵乐打电话。如果母亲在的话，她会是怎样的态度呢？

父亲这里可以缓一缓。莎莎那边呢？不管她此次远行是真是假，她躲避几天也好，她冷静几天好好审视自己也好，她给赵乐一段缓冲的时间也好，但最终，她只能靠自己爬出自己为自己设置的泥沼。

赵乐给莎莎发了一条微信。

…………

秋　水

　　女人约男人见一面。
　　选择邀约方式，女人动了一番脑子。直接打电话不妥，短信落伍，QQ 么，据说聊天记录永久保存的，她最终选择微信。开通微信时，她和他已经结束，但双方还是加了好友，只在申请加好友时不咸不淡地说过几句。他有没有对她设置权限，是否不管有无 wifi 常开流量，会不会跟她一样会随时关注微信，对于这一切，她一无所知。她特意拖了个尾巴"无须回复"，其实是跟自己赌一把。
　　女人当然希望他能赴约。"见一面吧无须回复"，就 8 个字，句中句尾无标点，"吧"替代了"好吗""有空吗"，似乎带一点征询的客气，语气不容商量。局外人看来，至少还缺邀约的两个要素，时间和地点，对于她和他，这是多余的。

女人的家跟男人相距不远，三千米的样子，都在同一条河的南岸。常泾塘，古老的人工河，西起虞城护城河，东去东乡六镇，连接长江。笔直宽阔的河道，能想象出水运时代的繁荣景象。这几年，城市像蒸笼里的膨面包，常泾塘两岸，一丛丛高楼拔地而起。男人和女人的小区拥有一个响亮的名字，"新世纪国际花园"，男人属于第一期，女人买的时候已经是第五期了。

吃完晚饭才六点半，女人出门时，天边还有一抹亮色，走到公园，光控地灯渐次亮起了。

这是一个狭长的滨河公园，河面靠岸架了一千米长的木质栈道，曲曲绕绕，一侧水面长着大片莲藕、慈姑、菱角。栈道每隔一段有一个豁口，下几级台阶，设一个水埠一样的亲水露台，掩映在芦苇、茭白、菖蒲和不知名的水草之间，非常隐蔽。女人今天运气很好，没费多少时间就找到了一处最佳所在，周围芦苇特别丰茂，上下台阶都要低头猫腰。她从包里拿出几样零食，嗑瓜子，玩手机打发时间。栈道上脚步声近来，远去，女人能从凌乱的脚步声中辨析是一个还是一对，是男是女，当然，老远就能准确判断最熟悉的脚步声，他抬脚不高，鞋底贴地带着很夸张的摩擦声。有一对男女说着悄悄话过来，在豁口驻足，实际是在试探有没有人捷足先占。女人轻轻咳嗽一声，像不经意间清清嗓子。对方知趣地离开了。有一回，她和他抱在一起，太陶醉了，未曾觉察有人走近。一对小情侣以为没人，牵着手，冒冒失失闯进别人的世界。尽管彼此都不认识，而且在夜色里，男人和女人还是条件反射般立刻分开了。

小情侣似乎更惊慌，连忙退回去，连一句道歉都来不及。

说人家小情侣是有道理的。这年头，谁还认认真真谈恋爱，花几年的耐心，保持着纯洁的躁动。等把恋爱谈到床上，逛公园的浪漫，看电影的激动，喝咖啡的优雅，都如昙花一现。像女人和男人这样的情侣，床上那点事早不新鲜，到这里来约会，反倒显得浪漫了。而且两人都身不由己，只能依着别人的时间节点把握机会。

夜已有微微的凉意，刚过处暑，天气就不一样。荷叶挨挨挤挤，伸出河面一大截，有几片隔着栏杆伸到平台上，凑近，借着手机电筒，还有几朵荷花，一朵还是花骨朵，一朵开始凋谢，花蕊中长出一朵小莲蓬。两年前吧，也是这个时段，女人和男人在这里会面。是女人在一场家庭变故中挣脱出来后，浑浑噩噩过了一年后的正式会谈。女人问男人："你究竟有何打算？给个准话吧。"男人没有马上回答，就像他一贯的沉稳。以前，女人把这看作男人成熟的标志。女人天生火暴性子，这几年做了领导，涵养好多了，很大程度上也受男人的熏陶，但眼前，他不出脓不出血地玩深沉，让她感到压抑。男人说："我想听听你的打算。"这等于把问题踢还给她。女人说："婚也离了，名气也臭了，你说我该怎么打算？"男人说："时机还不成熟，一直劝你慎重，不要冲动。"女人说："是我冲动，你永远是君子！"女人的话，前后句没有丁点逻辑关系，中间有明显的空白，省略部分是两人多次争论过的，或者女人曾经调侃过男人的话。

那次会面的初衷是商量，却变成了作别，根源可能是女人的故作矜持。女人现在是自由之身，一个人独居150平方米的公寓房，孩子暑假一直在外婆家，完全可以把男人约到家里，说不上堂而皇之，至少不必像以往担惊受怕。女人知道把男人约到家意味着什么。现在不需要为谁守贞，多一次少一次无所谓。问题是，跟一个急吼吼的男人说事，或者在男人趴在身上时跟他谈正事，都不是男人表达的本意，她需要男人在冷静状态时郑重表态。男人大概觉察到女人的故意。一个太有心计的女人，能让男人恐惧。男人一方面表现出有情有义，想安抚女人；一方面竭力表达自己的无奈。男人说：以爱开始以恨结束，难道这世上，所有的男女都走入这个俗套吗？女人说："我俗，你也俗，半人半鬼的日子我受不了，你给我个准话吧。"

男人拥住她，两个手搂她的腰。女人比男人矮一头，站直了头顶抵着他下巴。男人弓腰、低头，女人却毫无反应。以往，女人早就仰头，半踮起脚，四片热烘烘的嘴唇一碰，两片舌头搅在一起。男人告诉过她，那叫法式长吻。男人缓缓使力箍住女人，女人因身体失重不得不仰起头，男人用嘴唇在她脸上寻找落点，女人抿着嘴把头扭到一边。女人已经身体发软，眼神迷离，她知道自己，照这样过几分钟，或许不需要几分钟，意志马上就崩溃了。女人想把男人推开。男人不老实的手在她身上摸索、游走。男人轻轻说：去家里吧？声音磁性，女人最听不得男人的哀求，那一瞬间，女人几乎就心软了。出口，变成了无力的拒绝。

"不——"

在这场感情纠葛中，女人已经输得一塌糊涂。大多数同类，以卿卿我我开始，以吵闹结束，很少能友好地平静地理智地分手。女人不会跟他吵架，尽管内心很想闹一次。但也不会太友好。男人的意思是最后亲热一次，搞个缠绵的告别仪式。那样能算完满？所有的分手都是残缺的，一颗破碎的心多打个补丁都掩盖不了残缺。

女人已来了一个小时，形单影只的，等人最折磨人，何况心里没底。肚子饱了，心里还是空的。这以前都是男人为她准备的。男人最喜欢给她带开心果，有简装，也有瓶装的，说只希望她开心。男人也陪她吃几颗，一个既吃零食又抽烟的男人，是不能以惯常标准衡量男人味的。不过男人喜食南瓜子，据说南瓜子对前列腺有好处，男人每天都吃一把，可见他很懂得养生，只有在床上无休无止折腾时才忘记养生。

吃零食需要情调，不如玩手机，刷微信。俄罗斯方块最能打发时间，女人总是卡在第九关，稍一分心更过不了，分值清零，只得从头再来。任何天才高手都玩不到底，这大概就是俄罗斯方块的魅力。一旦清零，回到原点，这种游戏规则有道理还是没道理？人生呢，感情呢，却不会清零，就像时钟，看似回到原点，却是新的轮回。

那次会面的前一个月，女人跟前夫领了一个蓝封皮证书。迈出服务中心大门，去停车场取了车，她发现刚刚成为她前夫的男人从对面停车位拐出来。那辆车子很脏很脏，这在过去她绝不会放任他的邂逅。那辆香槟色的车她坐过几年，副驾驶位是她的专座，节假日两人一起出去，她总是懒得开车。女人再怎么强势，骨子里还是愿意当小女人的。后来，又添了辆车，很少双双出门，即使去同一个地方，她以种种理由制造来去的时间差，宁可浪费，各开各的车。女人看着前夫开上马路，隐入车流。前夫与那辆车，现在跟她毫无关系。那个空空的副驾驶，或许不久之后将被另一个女人占领，或许在这一段分居的时候早就是另一个女人的专座。想这个干吗？她的内心没有应有的轻松，竟然有些淡淡的酸楚。

那天很晚才将就吃了点。冰箱里有速冻馄饨，还是前夫包的。她和女儿都超级喜欢馄饨，青菜肉馅，最好是荠菜肉馅。前夫有时候出差，就让她和女儿吃这个。他一直留意冰箱里的存量，过一阵买一大摞皮子。娘俩嘴刁，不吃后腿以外部位的猪肉，不吃机绞的肉馅。他亲自剁，亲自包，弄两三个小时，吃余的速冻，每份12个装入保鲜袋，冰藏。前夫不让她动手，说她那双布满智慧的手，应该捏笔捏鼠标捏话筒。其实前夫还有一层意思，她做家务太不在行，就说包馄饨，她跟他的速度一比三，没看相。他宁可自己伸长手指，只求她对他好一点，做牛做马都愿意。

这是最后一袋，以后这个男人会给她包馄饨吗？她跟他，远离人间烟火，从不两人下馆子，更不会一起做饭吃。为感情而感情，有点琼瑶小说的意境，却不全是。琼瑶不写滚床单，潜意识里那个事是肮脏的。男人曾说过，无休止地要她是爱的表达，他对她并不止纯粹的生理满足，还有心理需求。女人去领证，他是知道的。她希望他能陪伴她恢复自由之后的第一顿晚饭，或者给她一个惊喜，买了菜过来，给她做一顿晚饭，给吊在半空里的情爱一点人间烟火味。

男人要应酬无法脱身，还是身体欠佳，还是在赶什么材料？她总把他往好处想。晚饭过后，应该来陪她吧？从现在开始，他用不着来去匆匆，用不着担惊受怕，用不着插门。他不是一直耿耿于她天天睡在另一个男人身边么？他经常说男人与女人出轨的区别，说男人的资源有限，很容易暴露力不从心，而女人几乎是看不出来的。她说："那是身体，但你考虑过心理因素么，一个女人同时跟两个男人保持那种关系，会有心理障碍，人家可能做得到，我无能为力。"

那几日，女人正在读范小青的长篇小说《女同志》，里边有个老秦，苦苦追着一个叫豆豆的女人，甚至放弃了升迁的机会，后来豆豆离婚了去找他，他却躲避瘟神一样说话都不连贯了。天下男人都是一路货。男人是不是觉得她现在放单了，就像装进了保险箱，而保险箱的钥匙捏在他手上？

不要说那个夜晚，女人没等到他，接连几日，连一个电话，一条短信都没有。大概是离婚后第十天吧，女人实在憋不住了，晚上独自去河边坐坐。她隐约觉得，他在河边等她，笑吟吟招呼她，说："我天天在这儿等你，验证彼此心有灵犀。"或者，突然接到他的短信，要她往哪个方向，走多少路，他在暗处跟她躲猫猫。或者，她低头赶往河边，在人行道上跟人撞了个满怀，抬头一看居然是他……她做着种种设想，每种结果都让她喜极而泣，对他的怨气顷刻消融。

那天也是秋夜，比眼下晚一些的深秋，河面上稀稀拉拉的残荷矮了一截，苇叶开始枯萎，从根部往上蔓延。女人在栈道上徘徊了两个来回，不知不觉上了高架立交桥。作为全国第一条县市高架，基本建设已经结束，栏杆、路灯、路牌等设施也安装得差不多了，将抢在元旦前通车。先睹为快的市民，早就把高架当作观光场所。已经过了午夜，高架上阒无一人。女人想："我在这里形单影只的，他在干什么？睡了吗？是不是搂着老婆睡得踏实？"女人犹豫了几个来回，拨打他的手机。这冒失的举动还是第一次，明显违反之前的约定。如果他关机了，我何苦这样自虐，干脆回家。居然是通的。振铃不是先前李健版的《传奇》，换了克莱德曼的钢琴曲《秋日的私语》，心情不错么。如果一曲结束，提示"无人接听"，那也算了。他接了，声音很轻，却很清醒。那意味着男人还没睡着。

男人说："有事明天说吧。"

女人说："这么晚了打电话给你，你也不问我为什么，不问发生了什么事，要真有什么事，明天还来得及吗？"

"什么意思？"男人问。

女人说："你睡得着吗？"那边短暂的沉默。

女人又说："你知道我在哪里吗？"

"哪里？"男人的语气有些紧张。

女人说："我在高架上享受孤独，要不要发个夜拍给你？"

男人更紧张了，说："有话好说：别乱来啊。"

女人说："你管得着吗？你有本事管我吗？你想看明天'虞城警方'的头版头条吗？"

女人不待男人回答，狠狠关了手机。女人本来只想骚扰他一下，冲淡一点内心的不平衡。是男人冷冰冰的第一句话，男人说话的小心翼翼惹怒了她。她的骚扰变成了恶作剧式的威胁，要挟。在这个反常的时间，反常的地方，包括突然关机等反常的举动，把男人吓得不轻。

一个小时后，有两个人找到这里，她的前夫和男人的老婆。女人能想象到在她趴在栏杆上发呆的一个小时中，那些人之间发生了什么。后来开手机，有十几个未接来电，有五条短信。前夫基本没说话，是慑于她昔日的余威，还是履行公务懒得真管她。那个女人，表现出非凡的大度和冷静，对她说："你与我男人之间的事，今天不跟你说。你爱我男人，想嫁给他，只要他提出来，我可以成全你们。但不是今天，不是一个晚上能解决的。"

在外人看来，女人与那个女人曾经很要好，很多非正式场合勾肩搭背，情同姐妹。女人开始接近男人，是从接近那个女人开始的。那时，男人是副校长，分管着教学。女人敏锐地猜度，这个男人是未来的校长。作为底层老师，接近副校长比接近校长来得容易。如果与领导没有工作以外的接触，如果没有私人感情，如果仅仅是比较融洽的上下级关系，一个好老师，再怎么卖力，永远止步于骨干教师的地位。女人开始频繁出入男人的家，不时拿点吃的东西过去，送他妻子、孩子衣服、鞋子、皮包、化妆品之类的用品。女人在她面前说她男人的好话，夸她身材好，夸她的女儿聪明懂事。那女人是校工，在另一所学校图书室，皮肤黑黄，身体干瘦，唯一的优点不像大部分女人恐惧的发福。他们的女儿长得不好，任性，学业也不咋样。女人从内心深处不喜欢这对母女，但每次赔着笑脸，说尽好话。女人的接近方式很巧妙，隔一阵联系那个女人，带了菜过去，两个女人一起下厨，或者弄好了皮子、肉馅，去他们家包馄饨，有时还带上老公和女儿。女人以家庭式的热络，隐藏了一对一接近的动机。那女人对频频走近的她有本能的戒备，日子久了，便放松了警惕。女人也想象过跟男人终有一天会越过底线，只要她主动往上凑，只要他不很坚决，那种事是早晚的事。

女人也设想过，那事一旦暴露，她怎么面对那个女人。一贯情同姐妹，一夜之间突然反目成仇，多尴尬。后来，女人慢慢疏远了那个女人，那个家庭。

只要他提出来？意思是他从没提出来。那么，之前男人一次次关于跟妻子协商离婚的话统统是谎言，这怎么可能呢？但又怎么不可能呢？女人随时准备接受那女人突如其来的责难、谩骂，大不了闹上门来，闯入办公室。女人一边享受着偷来的爱情，一边担惊受怕，居然相安无事。即使在她的事被传得满城风雨时，那女人也毫无表示。她是知情的，知情得很明智。

想起她，女人莫名地自卑。

要不要给他追一条短信？女人在想。编好的短信没发出去，删了。

女人不是天生水性杨花，姑娘时，自觉很保守。那时候，追她的人很多，不乏后来出人头地的男人，而她偏偏选中前夫。前夫与她从小学到初中都是同学，学业不如她，上了技校后，在一个私企打工。她师范毕业与他重逢。他英气逼人，像韩国演员。女人也考虑过他的不足，父母亲友劝她慎重。她权衡再三，放弃了众多追求者。跟着这么一个帅气的男人出去逛街、走亲戚、参加同学聚会，她觉得很风光。那时前夫还是合法丈夫，他挣钱不多，很节俭，不抽不赌不喝酒，把工资卡归她，平日很听话，承担所有家务，天天帮她洗脚。她一度以此为荣。日子一天天过下来，觉得累，觉得缺失。首先缺钱。她与丈夫合开一辆老款的伊兰特，漆是灰暗，跑起来没力气，"嘀嘀嘀"的单喇叭，听着都没劲。丈夫一早把女儿送到学校读书，回头接上她，送到她所在的学校，然后自己驾车去上班。下班时先接她，再接女儿。她看中了一款白色的奥迪A3，紧凑、扎实、娇小又不乏气派。她需要一辆车，与自己的身份匹配，同时带来出行的方便与自由。后来，买了一辆二手波罗，将就开着。

经济的拮据，归结于丈夫挣钱太少。挣不到钱说明无能，说明窝囊。她瞟一眼丈夫英气的脸，觉得这张脸已毫无动人之处，甚至有些讨厌。事实上，她多久没有细细端详这张脸了，她连看一眼这张脸的兴趣都慢慢丧失了。

女人有时提起某女同事买了新车，毫不掩饰她内心的羡慕，甚至愤懑，那些女同事论相貌没几个够得上她的，但嫁得好。本来说说而已。他从来不接茬，这反倒引起她的不满。看不出他自责，还是厌烦她。如果他说几句软话，哪怕冲着她嚷几句，就不是他了。窝囊的男人总是小心地将自己裹起来，不让人洞悉他内心的软弱。

那个后来成为她恩人加情人的男人，是什么时候进入她视野的，她记不起来了。

男人先进学校几年，她进去工作的时候，男人也是普通教师,或者有个教研组长之类的小官衔。男人读小学时曾经是老校长的学生,师生关系的攀附价值,堪比亲朋裙带关系。男人善于溜须拍马,不管老校长的公事私事,鞍前马后地,全然不顾别人的眼神。一个主政一校的最高领导,要想成就一个人还不是小菜一碟,除非他真是扶不起的阿斗。老校长让教导处包装他,时时处处给他机会,让他上公开课,出去比赛。男人身上的光环一圈圈增加,什么先进,什么能手,什么带头人通通没落下,居然还弄到了省级教坛新秀。这让很多人刮目相看,认为他有真本事。底层老师大多缺乏洞察力,容易被假象迷惑,只问结果不问过程,何况谁知道过程呢。有人了解,他潜在的竞争对手,对这个野心勃勃、投机取巧的男人既嫉妒又鄙视,私下说他的坏话。不明真相的同事只道是嫉妒。这些人相继遭到老校长排挤,最终调走。他捡了个便宜,老校长退休前两年,成功地将他提为副校长。老校长跟所有副校长都是面和心不和,唯独与这个小他一辈的学生合得来。

一个单位的用人方式也是一种文化,具有传承性。他坐稳一把手后,活学活用,为女人铺就了一条光明大道。有背后强手的推动、包装,她想不出成绩,不上进都由不得她。一会儿,她得了一个什么大奖,一会儿得了个什么先进,连后来因离婚反目的夫家人,也以她为荣,说她势头很好,前途无量。

她跟他,当初什么关系都不是,可别冤枉了她。一个男领导,平白无故对一个女下属那么上心,不惜工本栽培,如果女下属感到不安,倒是正常心态。她呢,或许隐隐闪过,但很快被强大的自信否决了。何况男人除了对她笑得含蓄,并没有明示或暗示过什么。

她的某些观念发生了微妙的变化。以往,办公室老师提起婚外恋,她总是愤慨、偏激,说最鄙视那些男女,想着都恶心。后来,她稍微缓和,说要看具体情况,比如说:男人与女人偷情几十年,但且终身只偷这个人,也算是一种忠贞。再后来她说:所有伟大的爱情,都不是婚内的爱情。

她的投怀送抱,是色贿,是报恩,是真正的爱情,还是各种因素的糅合?她问过自己。她凭能力凭实力也能出类拔萃,可学校里有能力有实力的老师又非她一个,咋就她那么顺风顺水?在她从中层副职跳到校级领导的那一大步,连中层正职都没有过渡一下,难道不是她依附了他?确切地说:开始是被依附,而后是主动依附。那时,她比起其他中层都嫩,开始还不敢觊觎那个位置。为了能让她上位,他坐正后,让出的副校长岗位空缺了一年。

他一上任,便使出比老校长高明得多的交际手腕,频繁地宴请。他在酒桌上表现出夸张的豪气,八面玲珑,拿捏得恰到好处。他经常带着她去陪酒,她能喝,敢喝,会喝,让本来不胜酒力的他减轻了不少压力。客人多的时候,他会多带几个中层去陪酒。发车前,她总是早早坐在校长的副驾驶位上。中层们心有灵犀,宁可挤一辆车,也不做电灯泡。校长招呼,上这边来呢!他就是招呼一下,见无人响应,也不勉强。弄到后来,她成了那辆车唯一的乘客。

她与他的第一次,发生在他上任的第一年,也就是副校长空缺的那一年。一个单位,一个重要岗位长期空缺,总是有故事的，多数情况是，论资排辈的人选与一把手心目中的人选发生了错位，需要等待，需要时间的打磨，让候选人资历动态地改变。头儿心如明镜，底下人觉得很微妙，他们在猜度，揣摩领导意图，直到明朗。他为提拔她作铺垫，同时也在考验她，考验她的付出。他的暗示很"暗"。他说副校长位置长期空着也不是事，按理该轮到某某了。她正等着他接下去的话，他不说了。"按理"的后边应该有个"可是"，可是什么？他不想"按理"。

那次，应该是周末，他和她都喝了不少酒，一路上，她打过一个电话，给出差在外的丈夫。酒桌上，她还说起为了安心陪吃，把女儿寄在娘家了。两条信息组合成一个巧妙的暗示。他一改往日把她送到小区门口放下她的习惯，直接把车停在横杆前，开进大门，钻入半地下车库，叫她指路。她从车里出来时，身体有些摇晃。他搀扶着她从过道进入电梯间，她半偎着他，让他承担一多半重量。他半抱着她，踉跄进入她的家。他腾出一只手去摸墙上的开关，她忽然从他手中软耷耷地滑落到地板上，他想拉她，却被她带倒。两个人很自然滚到一起，抱在一起，两张带着酒气的嘴巴贴在一起。酒本身不乱性，是薄如纸片的理智尚需要借助酒的力量捅破最终的屏障。

男人和女人的第一次就如老夫老妻般默契。从局部放射到全身，从肉体到精神的销魂，是她从自家男人身上从来不曾获得过的。这让她很长一段时间内无法自释。后来她读一本被禁了一个世纪的翻译读物，从中找到了答案。男女之间性爱的愉悦程度，与技巧、时值、能力等因素无关，关键在于爱。这么说：她跟他是出于爱，而不掺杂着其他目的。如果他不是校长，不是因为提拔的关键节点，她跟他会走到这一步么？以身体资源换得晋升，破坏了一个单位正常的选拔机制，她曾经最不齿这种女人，自己是否也落进了俗套？这样的女人，以奉献换来所想得到的东西，潜意识中把得到的前提看作一种牺牲，可她并没觉得失去什么，牺牲什么。那如果她后来没有获得晋升，说白了就是白跟他睡了，是不是觉得亏了呢？她不敢问自己。

男人跟她的第一次，只顾埋头苦干，始终不发一言。后来，他总是万般柔情地盯着她的眼睛，伏在她耳边情话绵绵。她问过他，他说第一次因为害羞。"你还懂得难为情？"她经常逗他。

已近午夜，整个小区沉睡，从背后看去，地灯的折射中，一幢幢高楼从底部到高处愈发幽暗，黑魆魆的楼顶没入夜空。

"你还懂得难为情？"

想起这句话，女人内心涌起一阵柔情。小区保安正在巡逻，俩个一拍档，沿着河边说话，手电发出的亮光乱晃。该不该起身回家？才涌起的柔情被渐渐接近的脚步声和手电发出的亮光搅乱了。

女人出轨，最敏感的莫过于丈夫。引起丈夫敏感的因素大同小异，最突出的是不愿意做那事，即使勉强应付也不投入。暑假中的一日，丈夫前脚出门，她就把孩子送到娘家，回头迎接心急火燎的男人。翻云覆雨大半个小时。男人出门时，她照例先从猫眼观察门外，轻轻开门，探头张望。男人站在他身后，已经穿戴整齐，只等她回头说声"没事"，就带着周身的满足安全撤离，只要从门口到停车位这两分钟不碰见熟人，只有天知地知。门刚拉开一条缝，突觉一股外力把门撞开，她本能地推住门，这才看清是丈夫，一瞬间，她很难堪。

丈夫怎么会杀个回马枪，他没有直接跟她说过。后来从她父母零星转述中，拼凑出大致过程。他去分厂办事，路过岳父家，见女儿在，惊讶地问女儿："你妈呢？"女儿说：走了。他觉得哪里不对劲，驱车直往家去。他在地下车库转了一圈，看到老婆的车，还有一辆那个男人的车。很多车位空着，两辆车有意离得很远。至此，他已经明白了七八。他动作很轻，把钥匙插入门锁，一拧，里边上了保险。他坐在楼梯上耐心等。他能想象妻子这会儿正在干什么，滴血般心痛。

离婚是女人提出来的。出了这种事，丈夫咽不下那口气，提出离婚才合乎常理。但他没有。倒不是甘心戴绿帽子，也不是舍不得在别人眼里多么优秀的老婆，只是他顾虑着未成年的女儿。当然，她提出离婚也非理直气壮。她一直习惯了强势，如今软肋捏在他手里，以后两个人地位完全反转，那种日子，她过不了。既然走到这一步，她回头无岸，而且还指望着那个男人实现他的承诺。大不了闹臭了名声，两个人当不成领导了，当个普通教师，能跟他厮守，这就够了。如果他有要求，她将不顾高龄危险，毅然决然给他生个孩子。

这事，似乎没给女人的提拔带来多少阻碍。她得感谢前夫，为她捂了好长时间盖子。等这事慢慢洇开，沸沸扬扬，她已经坐稳了位子。成就感、新鲜劲如朝露般闪过，她很失落。现在她宁可不要位子，只要一个完全属于她的男人，可男人却做不到。她赌气说要找对象，想以此要挟他。他急。急过之后，反复盘问过之后，等警报解除，又把她晾在一边，只有有需求了才来找她。两人半明半昧地持续了一段时间。有一次事后男人说：怎么觉得不如以前有激情了？又说：偷情的紧张感能带来刺激，真到从容在一起了，反而没有了激情。她有些恼怒："你现在不属于偷情吗？"

男人不会来了，他不可能没见微信。女人是有主见的，但在他面前除外。今天找他，是想以他的态度给自己最后的决心。女人投入又一场恋爱，开始出于寂寞，稍微有点感觉，还没有假戏真做，要不要真做，暂且听男人一回。现在，已经没有告诉他的必要了。

手电发出的亮光刺眼地在她脸上晃了晃，两个保安站在木质台阶上，一个说：都下半夜了，回去休息吧，一个女人坐在这里没好处。另一个说：小夫妻闹别扭了？小心着凉。

女人站起身。她本想收拾一下石桌，抓着东西的手却莫名其妙地松开了。她顿了一下，手狠劲往外一划拉，桌上的东西滑向河的暗处。

错　爱

　　韩文学跟女网友第一次见面，定在虞山脚下一个叫什么轩的茶坊类会所。据说那是本地文学爱好者聚会的地方，碰得巧，还能在那里见到大腕级的人物。

　　会所闹中取幽，就在虞山北路隐没的绿化带后边。会所不大，粗看像一户民房。走近了自有古雅之气，廊檐下书法作品先给人别致感，那是用斗笔直接写在白墙面上的草书作品。会所里边布置极其雅致，周边墙上挂满了字画，终日缠绵轻柔的古曲，恍惚间有种远离尘世的空灵感。

　　他按约早到了十分钟，选定一个包间坐下。女孩子总是矜持些，抢在男孩前头候着的，日后就丧失了主动权。韩文学在猜测，那个叫汀兰的女孩真有名字那么生动么？他没见过她照片，也不曾听过她的声音。两人在QQ上不温不火了一个月，彼此见面的愿望并没有让这段心照不宣的网恋无疾而终，从今天起将从虚拟转入现实。他的个性签名是："惨白的文字有谁会看出这一个人的辛酸。"她的签名是："别人都以为在我低头沉思，其实我是在看着地上这一毛钱该不该捡。"许是两个别致而风格迥异的签名彼此吸引，他和她很谈得来。

隔壁传过来哧哧的笑声，他隐隐觉得有人隔着帘子往这边窥探。两个女孩带着哧哧的笑声绕过帘子，笑盈盈地出现在他眼前。

她们早来了。

唷，名如其人，长得也文学，还是伤痕文学呢。鹅蛋脸的女孩开口道。瓜子脸的站一旁莞尔不语。

"你们……谁是汀兰？"他自言自语，"怎么来了俩女孩？"

"你不是说：但凭文字就能想象出一个女孩的修养、气质，乃至长相么？"鹅蛋脸不依不饶。

"韩作家，成心让两个女孩站着跟你说话？女孩的优雅全仗谦谦君子的成全。"瓜子脸纤弱些，声音也细细的。调皮的语气让他似曾相识。

"她是汀兰，请问你的芳名？"韩作家殷勤让座，向鹅蛋脸投去探寻的目光。

"玲子。"

"玲子，响亮的名字，又不失优雅。"他开始秀惯有的"酸"了。

一杯绿茶，一碟木瓜籽，一小盘樱桃。这里小吃不多，听说这里辣牦牛肉干很正宗,他本来想点一份,觉得初次见面都龇牙咧嘴,未免失态,犹豫了半分钟,最终选择了吃相优雅的小吃。

包厢间没有板壁,仅仅用细密的帘子隔开,收起帘子,包厢可以任意组合。这种氛围随时提醒来客收敛音量,喁喁细语。谈家常也太俗,高雅的场所理应有文雅的话题。他找到了"用文"之地。

两三个小时,韩文学始终控制着话题,把三个人的谈话交流变成了他一个人的演讲。两个女孩子基本处于听众的地位,纤手托着下巴,水溜溜的眼睛放出爱慕的光芒。他们偶尔插一两句,他都能及时抓住机遇,自然过渡到下一话题。比如莫言获奖,他大谈当代文学的危机,中国文学与西方文学的差距,莫言与马尔克斯的魔幻现实主义。

"知道马尔克斯么?就是那个《百年孤独》的作者,哥伦比亚作家,他凭着这部作品,获得过1982年的诺贝尔文学奖。'每一个生命都有灵魂,只是怎样唤醒他们。'诸如此类的经典句子随手翻翻就是。"他随口道。

"《百年孤独》你也读过?"汀兰问。

"莫言、张贤亮、余华……我都很推崇,并深受其影响。你细细研究一下这些当代大家,哪个没有马尔克斯的影子?比起马尔克斯、梭罗、卡夫卡,我们差远了。就连日本都有两个诺奖得主。"

两位美女被唬得脸红扑扑的,不时颔首赞许。玲子凑在汀兰耳边,呢喃着什么。汀兰突然捅了捅玲子的腰部,面露羞色。

玲子说:"韩老师,你也是我们心中的大文豪。你说的那些人离我们太遥远,以后我跟着兰兰拜你为师吧!"

汀兰抿着嘴,与韩文学的交流远没有玲子热烈。她似乎忘了自己的角色,倒像是玲子的陪衬。她揶揄道:"哎,你怎么没点爱国主义?拿过去的说法,叫崇洋媚外,你的学生也经常接受这种意识?"

韩文学留意着汀兰的话,她对他没有称呼,也不直呼其名,而是用了一个稍显暧昧的"哎"字。他觉得她几个月来犹抱琵琶半遮面的矜持、神秘,在这一声呼唤中消失殆尽。她的意思是让他多说说国内的,比如唐诗、宋词、汉赋什么的,不像是为难他,而是有意给他显摆的平台。

"纵观三千年中国文学,除了八部作品外,其他都是狗屁,都是文字垃圾!"韩文学很不屑地撇撇嘴,接着说:"除了《诗经》《史记》《论语》《大学》,其他书我一律不看。"

"唷,看你牛得嘞。四大名著都不在你眼里。我听人家说:要是曹雪芹晚死三百年,诺贝尔奖非他莫属。"玲子快人快语,说完呵呵笑。

同事曾经跟韩文学开过玩笑,像他这样有"细胞"的人,换到三十年前,不知该赢得多少文学女青年拜到他麾下。可当下,有几个人看书阅读,就算网上浏览,也是快餐式消遣性的阅读。同事过于绝对,少不等于没有,比如眼前这两位。

初次见面后,韩文学与汀兰继续回到不温不火,并没有按着顺理成章的线路加速进展。他倒是对玲子的感觉开始微妙。

玲子与汀兰在同一个医院当护士，知道了单位，要获取一个人的联系方式不是难事，当然，他得小心瞒着汀兰。

以前上网的时候，他主动招呼的时候多。现在他逐渐对汀兰丧失了热情，看着汀兰QQ头像闪亮，也懒得去招呼。有时汀兰主动招呼，他也不怎么搭理。他在心里一次次细细比较玲子和汀兰，玲子活泼阳光，长得可心；汀兰文弱，缺乏激情，就算美也是一种忧郁美。当然，他与汀兰的共同话题多一些，互动也甚和谐。玲子只能做个忠实的听众，处在对他仰望的地位，不像与汀兰的相互平视。他需要有人仰望，接受仰望的滋味更让他舒坦。

韩文学跟玲子表白。玲子一反向来的爽快，起先支支吾吾，后来干脆躲着他不上网了。玲子是顾忌与汀兰的关系，还是对他没感觉？他试探着，给她手机发短信：

我们以这样的方式认识，莫非这是上帝有意给我们这样的安排？

爱没有过错，错过才是一种过错。

…………

韩文学凌厉的攻势，最终赢得了与玲子的单独约会的机会。那个什么轩不适合去，约会的场所换到咖啡屋、电影院、饭馆。

他知道汀兰早晚会明白一切，就给她发了封邮件，表示歉意。

汀兰回复他:"我们本来就没什么,彼此间又无承诺,你大可不必。"

他知道,凭他对汀兰有限的了解,她不会拉破脸给自己找不自在,更不可能歇斯底里地撒泼,但冷冷的语气还是让他感觉到了她的愤懑。他对汀兰说:"要不你把我从好友名单上删了吧?"汀兰说:"你也太自恋了,以为天下女子都这么在乎你。"她并没有对 QQ 做手术,只是更换了签名:"一个诚实的敌人好过一个虚伪的朋友。"韩文学知道这个签名与他有关,她在发泄。他懒得去伤害自己的脑细胞,尤其是这种酸酸的文字。

话说到这个份上,韩文学瞬间没了自责。不过,他还是经常绕着弯子跟玲子打探汀兰,就像小时候父母闹别扭时通过孩子传递信息。玲子告诉他,她与汀兰的关系从朋友一下降到同事,倒不是汀兰对她怎么样,而是她没有底气面对汀兰。表面看汀兰还是那样,实际上心里总有疙瘩。

一对确定关系的恋人,短暂的不安很快被强烈的幸福感所淹没。韩文学开始把玲子带到亲友家,带入交际圈。

一日,久不联系的老江给韩文学打电话,邀他去兴福喝茶。老江自两次招考老师落榜后,已有一年多杳无音讯。顺便带上女朋友啊!老江呵呵笑。他也不问韩文学的近况,换了前几个月,这句突兀的玩笑一定会让韩文学不舒服。现在不同了,玲子那么给他长脸,没老江这句话,他也会悄悄地,不,应该是大大方方地把玲子带去。

老江邀请的都是师范同学,男女都有。同学聚一起,嘻嘻哈哈,全无课堂上老师的威严。韩文学几欲开口询问,觉得不妥。是把以前安慰老江的话再搬出来炒炒？未免有点那个。

老江躲到一边接电话。韩文学只听得片言只语，大致有合同、老师、校方等内容，语气中有居高临下的强硬。同学都惊愕地竖起耳朵，在嘈杂的声浪中探寻答案。老江告诉他们，他不想接父亲班做商人，这辈子铁定了要当老师，父亲给他投资了一所民办学校，让他管理。

"士别三日，现在是江校长、江董事长，啧啧，还都是一把手！"女同学惊呼道。

"不，我还任一个班语文课，扔了专业怪可惜的。学校里有聘请的校长教导，平日里我就坐在老师办公室，住学校教工宿舍，出门一般骑公共自行车。"

"汽车呢？"韩文学问。

"汽车难得开开，一直在车库里休眠。我跟父母有协定，分十年把投资还给他们。如今，我是债台高筑哦。"

"喂，吹嘘还是唱穷，要不我们也吃点股份？"一惊一乍的女同学撇嘴挤眼。

"韩作家，哪里拐骗来的纯情少女？是痴迷文学，然后才痴迷你的吧？"

老江有意引开话题，他反感同学间的显摆。韩文学意识到，同学只顾叙旧，竟冷落了玲子。他最怕别人知道真相后异样的眼神，尽管他心安理得，给这帮不管脸痛脸痒的同学损几句也不值得。面对同学的起哄，他有些坐不住。倒是玲子大大方方，道："各位对女护士有兴趣？我帮你们每人介绍一个，我们医院简直是女儿国，各种规格的美女有得是。"

"就你那样最合适！"不知谁插了一句。

韩文学搂着玲子，似乎真怕这帮家伙横刀夺爱。恋人让人觊觎，既是他的荣耀，也让他不安。

晚饭安排在一个会所式的饭店，叫"虞城小爱"。仅仅凭名儿，根本看不懂内涵。一间百十平方米的包厢就放一张大圆桌，边上有沙发茶几，有可供掼蛋打麻将的两个方桌，还有足够的空间。菜不是大盘的山珍，就是小份的海味。

老江把同学灌得直翻白眼。一对一招呼谁都不是他的对手。韩文学以前不了解老江的家境，现在不同了。当初老江报考的都是城区直属学校，一次失败后，他还劝老江放低姿态，进了门再作打算。他娘的，这小子怎么命那么好呢？他狠狠地给老江敬酒，跟同学玩起车轮战，有些同仇敌忾的意味。玲子开始阻止，说："你们这样捉弄他，以后还想不想让他请客？"

老江卷着舌头，让众客提议，晚饭后干什么。

"K歌！"玲子的提议得到热烈响应。韩文学有些不舒服，老江在征求意见时，醉眼直勾勾盯着玲子，实际上是在征求玲子一个人的意见。玲子的表现算得完美，她以恰到好处的动静结合，把喝酒的爽快展现得优雅而不动声色，尤其局面将近失控时，及时制止众人过头的行为，让人刮目相看。人见人爱的女子，安全系数较低，以韩文学这种不合时宜的酸才子，掌控有难度。

世上的男人，有些是可以踏踏实实过日子的，有些只能让人远望，最多算仰望吧，韩文学就是后者。平心而论，玲子不是庸俗势利的女人。第一次听他侃侃而谈，简直怀疑他不食人间烟火，第二次，第三次……觉得也不过如此，再下去翻不出新花样，就令人厌倦了。韩文学一直良好的自我感觉，是不会站到别人视角审视自己的。况且，他这个文学爱好者，充其量只是文学评论爱好者，他基本没有自己的作品。别人以为真人不露相，其实，他不会写小说、散文，自以为是的诗也不入流，只是敲几把回车键，把几句大实话生生砍断码成一级级阶梯，哄哄外行还行。

韩文学也尝到受冷落的滋味了，他好久没约到玲子了，玲子的QQ头像一直暗着，搞不清是离线还是隐身。打她手机，总说上班加班，正忙着。他曾经的滔滔不绝失去了往昔的魅力。

那个多嘴的女同学告诉他，看到老江的宝马车里坐着玲子，停在昆承湖边的树阴里。当初他给汀兰的酸果子如今也让他自己咀嚼了，他一个大老爷们还不如女子洒脱从容。

他给玲子发了条短信，谴责她移情别恋。玲子回她："请韩作家扪心自问，你有谴责我的资格么？"

男人和女人差不多，在心理极端失衡的时候，往往首先怀恨第三者。韩文学无端地猜测，这件事一定是老江主动，而且穷追不舍，才让玲子离开他怀抱的。就玲子的软中带硬的态度，他已经对玲子不抱任何幻想了，在没想好如何与老江清算前，他先直接把电话打过去，痛斥一番解解恨。

老江很快招认，大大方方承认，恳恳切切向他道歉。最后老江说："我们把选择的权利交给玲子，我们应该尊重她的自由。"

"你个赤佬，挖朋友的墙脚，还假惺惺谈什么尊重，什么自由，你还要不要脸？"不等韩文学骂完，老江挂掉了电话。再打，关机了。

既然同学间撕破了脸，谦谦君子的做派也随之荡然无存。韩文学惊异于自己瞬间向泼男的转换，当然他不会认为自己天生隐藏蛮横的潜质。世上有逼良为娼，就有"逼雅为俗""逼善为恶"，一股酸水从胃底泛起，他一直觉得恋爱纠纷中动杀心的人太不理智。"我理智有屌用，理智的人会撬朋友的恋人？"他想象着老江此时的嘴脸，一定很得意，得意得狰狞可怖。

他给老江发短信，措辞激烈。文学作品弄不像，嬉笑怒骂弄几条短信绰绰有余。

"我挖你的墙脚，你挖了谁的墙脚？"

老江的回信在夜里，与玲子的异曲同工。韩文学思前想后折磨了自己大半日，他明白大势已去，只是咽不下一口气，这口气让他憋得心酸。

隔壁孩子叮叮咚咚弹奏着钢琴，楼下车库里四桌麻将如火如荼，谁在意他的心酸。韩文学准备把散落在卧室、客厅、书房、厕所的书归集起来，锁进书柜，去当一个私人培训中心的兼职老师，挣一点小钱，得空时玩玩小麻将。撕破自己给自己编织的神话，竟有大彻大悟之感。他需要一些时间，舔舐自己的伤口。

忽见汀兰的头像还亮着，他记得已经有三四个月没与她联系过了，恍惚很遥远。

他问:"还没睡?"隔了好久,对话框跳出一个字"嗯"。他又问:"上夜班吗?"回他的还是一个字"嗯"。他想继续说点什么,觉得自讨没趣。

头像一闪,他发现汀兰更换了签名:"如果你认为我很好骗,那请你继续,我看着你表演。"

韩文学暗自苦笑了一秒钟,他骗过别人吗?最大的受骗者非他自己莫属了。

等待"裴兰特"

马上月底了,"裴兰特"怎么还没来?老沈在晨会上说。

按常规称呼,连姓带官衔,应该叫沈行长,或简称沈行,但老沈不怎么喜欢员工叫他沈行长,说是生分,还是叫老沈热乎。他经常说:一个基层网点负责人,手下才一桌人,以前叫主任,还合适。不管他是不是真心话,不管外人怎么称呼他,反正职工都这么叫他了。

是啊,"裴兰特"怎么还不来呢?

员工也议论着,怪异着,惶恐着,后娘的拳头早晚一顿,既然逃不过,早来早太平。

这个星期吃午餐,大琳和小芳轮到最后一组。大琳打好饭菜,举起筷子又放下说:饿过了头,都没食欲了。小芳把碗筷一推说:"冷菜冷饭,我也不想吃,可不吃怎么撑到下班呢。

唉，一想到'裴兰特'，又吃不下了。"大琳说："最好恰巧这会儿来检查，你我吃完饭下去时，人走了，好坏跟我无关。"小芳说：这个时间不会来的，不是午睡，就是在哪里逍遥呢。大琳说："瞎子盼天塌，我的运气比黄梅天还霉，上次星期六本来不是我当班，小红孩子体检跟我对调，结果……扣我几百元钱倒算了，害得单位扣分，大家扣钱，老沈去苏州开批斗会。"

那天接近下班时，大琳接了个关门客户。正门的卷帘门已拉下，进入只出不进的扫尾模式。大琳扫视等候区，没见坐等的客户，开始埋头盘库包。这时，窗口有个影子唤她。

大琳问："请问你要办理什么业务？"影子是个外地口音的小青年，说转账。大琳指着隔壁小芳的窗口说："我开始盘库了，你到那个窗口办吧。"

小青年说："那边还有人呢。"大琳眼看支不走他，停了活儿问转多少？小青年说500。大琳顺手指了指自助区说：小额汇款，到柜员机上办理吧。

谁能想到，这个其貌不扬的小青年居然是"裴兰特"！精确地说：小青年是"裴兰特"的雇员或工作人员。"裴兰特"是什么？员工只知道它的存在，具体却说不清。不是银行系统的部门或科室，大概是一个非官方督察单位，属于商业性的第三方组织，神秘兮兮的，有点像间谍机构。

督查通报下来，李桥银行得分跌出90分，排名虞城倒数第二，苏州倒数第十，正是这个第十，苏州分行通知老沈开会，会上作表态性发言，等于作检讨。10.5的扣分中，大琳一个人贡献了4分：迎接客户没有起身扣1分，推诿业务扣1分，指示手势不规范扣1分,未说"再见,请慢走"扣1分。

老沈倒是蛮宽容,开会时自己揽下首责,说:"不要怪罪哪个人,整个管理环节都存在问题。请各位兄弟姐妹们帮帮忙,我老沈年过半百,如果下次再去苏州开会,是要我老命。你们没亲历啊,那个场面,比吃屎还难受。"大琳很感激老沈没有揪住她不放,但不等于同事们不清楚,所以发言时态度诚恳,先做一番自我批评,同时不忘为自己辩解,说没起身迎客,是因为正忙着盘库;叫客户上自助区不算推诿,规则允许;既然没办业务,干吗还要送客;至于那个手势么,当时比较随意,记不起是一指还是五指没伸直。老沈盯着大琳翻动的双唇,很不耐烦地打断她的辩解:"这么说冤枉你了?有理找'裴兰特'说去!"大琳弄巧成拙,反而惹恼了老沈,惹同事反感,也弄得自己心情抑郁了好一阵子。

老沈带回的录像中,大琳很明显用一个手指一戳,行内戏称"一指禅"。这是普通人习惯的动作,但在服务行业是违规的,显得不尊重客人。标准手势是五指并拢伸手示意,以前太不讲究,如今晨会上天天演练,一不留神又忘了。很多人吃了"一指禅"的亏,恨不得剁了手指。

大琳竭力还原那天的情景,小青年似乎把一个黑色包放在柜台上,对了,近距离,针孔摄像,难怪她的手指很夸张。

两人说着说着发起牢骚。大琳说:天知道上头是怎么想的,抡着鞭子掐着脖子算计自家人,把外人当菩萨供,花钱请外人来找茬。小芳说:如果真是内行来查,倒也心服口服。"裴兰特"的雇员,都是什么东西?才出校门的职大生,可能难得有一两个正宗大学生，懂个什么叮咚。我们服务质量的评判，却掌握在外行手里，真让人憋屈。大琳告诉小芳，有个小青年，几次报考银行落选，居然进了"裴兰特"。做运动员都没资格的，能当评委？这世道！

员工们私下谈论过，"裴兰特"公司究竟什么来头，什么背景，有什么法术，能让国有银行、工商、税务等众多服务部门，甘愿捧上白花花的银两，请他们去督查、暗访。明明可以挺腰凸肚当爹的，偏要当孙子，找个大爷来孝敬。

议论归议论，疑问归疑问，憋屈归憋屈，活儿不可怠慢。

早晚搞两次卫生，门窗柜台地面，角角落落都是纤尘不染。老沈特地关照保安，发现痰迹、烟蒂、纸屑、灰尘，等等，随时清理。承诺暗查结束后，另给辛苦费。

今天是 30 日，"裴兰特"该来了吧？老沈跟周边乡镇的网点达成协议，哪里最先发现"裴兰特"，就第一时间向大家通报，做到资源共享。关键是，第一站是哪里？如果这里是第一站，如果兄弟支行没有及时识别他的身份，如果发现了故作不知——排名竞争你死我活，人心难测，如果"裴兰特"改变方式，同时派员全覆盖，那么，把赌注压在同行身上显然不太靠谱，只有提高警惕，严阵以待。

综合以往印象，老沈跟员工们总结"裴兰特"雇员几大特征：男青年，操普通话；着正装，一般藏青西服；背包或者拿公文包；反复询问，问题比较古怪；可能同时办理几项业务，业务量较小；贼头贼脑，东看西看；乘公交来去。员工们说：客户川流不息，一下子难于识别。老沈说：大堂经理是前哨，老朱要练就一双火眼金睛，发现疑似对象，设法缠住他，尽量让他少办业务，同时发信号提醒众人。这几天，行长助理小高站在二楼窗口，密切关注从公交车上下来径直走进银行的西装青年，用微信提示老朱。即使老朱没有首先发现，柜员们发现了怀疑的对象，办业务就要特别小心，且第一时间告诉内部主管，设法通知所有员工。老沈把分工要求在晨会上再次强调，最后说："不要怪我不讲情面，这次分数扣在哪个人身上，结果你懂的。"

老沈说完，员工们照例复习功课：礼貌用语、手势、微笑。微笑有严格规定，露八颗牙齿，先对着小镜子自纠，再同伴互查。前几天，老朱牙疼，拔了一颗门牙，还来不及补上。大琳对老朱说："你不规范，上边只露了七颗牙齿。"众人嬉笑。

"欢迎光临！"老朱站在大门口微笑迎客，除了缺一颗牙齿，笑容规范，欠身式鞠躬也规范。大琳从开门到现在，一共做了50笔业务，站起身50次迎客，指示手势五指直拢无可挑剔。小芳这几天严重感冒，嗓音嘶哑，笑容不嘶哑。高柜区、低柜区的其他员工小心翼翼。这样的服务水准，能拍成教科片当培训教材。老沈破天荒没有出去，捏着手机，楼上楼下来回跑，心神不定。

老沈在楼梯上接了个电话，跑上楼吩咐小高进入警戒状态，跑下楼告诉众人，黄桥网点发现"裴兰特"，9点40分离开，如果转车来这里，应该在10点20分左右到。

如临大敌，各岗位进入临战状态。

真是越紧张越添乱。老朱带一个顾客去自助区，也就一转身的光景，大厅突然冒出一条狗，带着一点狼狗血统的草狗。狗个头不小，伸出舌头喘着粗气东嗅西闻，把顾客吓得大呼小叫。

"谁的狗，谁的狗？"老朱大声询问。

排椅边站起一个男人，慢悠悠走过去，扣住狗项圈拉到身边，命令狗趴下别动。老朱蹙着眉，态度很不友善，厉声说："趴着也不行，把狗带出去。"男人一副漠视的样子。这男人五短身材，长发，脑后扎个马尾巴，很另类，江湖气的那种。

"还不快出去！"

老朱提高音量。换作平时，老朱对这类人有所顾忌。男人自始至终没说一句话，把狗牵出门后再也没有出现过。

小芳这边遇到一个酒鬼老头，大概一早泡在面店喝了几碗散装黄酒，恰好兴奋到失控。酒鬼挥舞着一张百元币，说这张假钞是昨天从小芳这里取出去的，要小芳换一张。小芳赔着笑脸说了一大堆话。老头喷着酒气，手舞足蹈，赖在窗口椅上不走。排队的顾客心急火燎，纷纷指责他。保安连哄带唬，才把酒鬼弄走。

10点25分，没发现可疑对象。直到10点40分，毫无迹象。老沈打电话问黄桥网点，细问"裴兰特"雇员的年龄、衣着、外貌特征。一会儿，传来消息，雇员去了虹桥网点。

但等下午。

老沈的热线电话不断跟踪"裴兰特"的行踪，那家伙每隔一个多小时出现在周边某个网点，就是不过来，似捉迷藏一般，行踪飘忽，下班前已经远离李桥网点。老沈随即解除警报。

31日，整整一天，各网点都无信息传过来。老沈坐立不安，东一个电话西一个信息，把这一轮检查中遗漏的单位摸了个透，对照上一轮排名，试图从中发现点什么。

这三个月空前漫长。老沈每天浏览内网，看各项业务指数排名。存款、保险、网银与手机银行开户、理财产品推介、纪念币推销……老沈计算了一下平均排名，在三分之一位置还靠前一些，这多少带来些许安慰。但是，服务质量排名这一块，黑旗像一块压在胸口的磨盘，憋得难受。老沈在煎熬中恍恍惚惚过了三个月，盼着早早拿出过硬的成绩，拔掉黑旗。从虞城分行财会科打探到内部消息，以后每个季度的督查改为现场随机暗访和录像抽查两种形式，检查力度更大。随机，意味着每时每刻分分秒秒，录像抽查更凶险，可以回放、定格，员工喝口水，一句闲谈，接听一次与工作无关的电话，都可能遭扣分。这么说：翻身日子遥遥无期，一颗心天天吊着，不发神经病才怪。

内部消息来自上级但不是上层，老沈总归不踏实。错过了月底，会不会月初打个埋伏？老沈要求员工两手准备，全天候备查。老沈郑重承诺，等过了这个坎，他私人出资，请大家好好休闲一天。

紧绷了一阵子的日子开始散漫，话题中的"裴兰特"慢慢远去。老沈也回到了以前的工作节奏，晨会多数缺席，八九点从后门进来，上楼梯，窝在楼上打电话，看监控，中午前出去交际。属于他的那份午饭天天留天天剩，被烧饭阿姨下班前倒进泔水桶。

这一天，客户打墙一样拥挤。据说西边工业园区电路扩容，园中所有工厂放假。都是低端客户，取款，往老家汇款，给绑定水电费的银行卡上存款，都是三五百的小数目。客户三五成群，叽叽喳喳，像斗地主一样围着老朱。这些人大多数半文盲拎不清，一个简单的卡对卡转账教几遍仍不会操作。老朱难免急慢，不耐烦，挨骂是分分秒秒的事。柜台那边秩序失控，一个人在窗口办业务，一帮人簇拥在两边，伺机加塞，规规矩矩按号排队的客户根本轮不上。保安几次过去维护秩序，他们要么不理，要么跟他吵架。老朱把所有人赶到等待区排队取号，确保先来后到的公平。

"裴兰特"雇员是老朱突然间发现的。小青年瘦瘦的，个头不高，穿着很大众，夹在一帮打工仔中很难一眼甄别出来。不知道他什么时候进来的，藏在包里的微型摄像机拍了多少画面。老朱正跟客户谈一款"本利丰"理财产品，客户透露闲置资金可观，可存银行不太情愿，理财又怕风险，踌躇着，纠结着。客户说：反正要买的，跟对面另一家银行作比较，看哪里合算。老朱当然不愿放弃眼前的大户，调动三寸不烂之舌，一个劲鼓动他。客户开始阅读资料，准备填表。小青年凑过来，在老朱与大户交谈的间隙，插问几句话。他一插话，老朱忍不住多看了几眼。打工仔手头没几个钱，一般对理财不感兴趣。这会儿，小青年坐在排椅上，像要办业务却不那么急切，而且他孤身一人，跟所有的人都不合群。

为了证实猜测，老朱特意走过去："请问你要办理什么业务?"小青年说汇款。老朱问取号了吗?小青年说不知道要取号。老朱让他过去,塞给他一方邮票大小的纸片。

老朱继续干自己的活儿,余光始终不离小青年。老朱低头、侧身或转身时,小青年的目光也始终在他身上。老朱大胆递过去正眼,小青年马上回避。至此,老朱已有超过五成把握。老朱飞速回忆之前半个小时内的一个个细节,有无不妥、不到位之处。哦,对了!这人是从自助区边门进来的,而后到过高柜,阅读竖放在橱柜里的宣传资料,哪有这么漫无目的的客户?漫无目的,恰恰隐藏了目的。最可疑的,他腋下还夹着黑色的公文包。

当下最迫切的事是把信息传递给众人。老朱处在第一道警戒线,如果别人都认出了唯独他眼钝,日后不免被人笑话。这倒罢了,弟兄们姐妹们是一根绳上的蚂蚱,一损俱损大家倒霉。老朱忽然觉得为难,先前设想那么周到,唯独不曾考虑到发布预警的方法,一举一动处在"裴兰特"监督下,怎么办。老朱走到大琳的窗口,冲着里边说:大客户室业务处理得怎样了?准备迎接大客户!老朱话音夸张,远远超过密封逼仄的低柜区需要的正常分贝,连那边高柜区的同事也听到了。老朱说有大客户,柜员都会情不自禁朝等待区张望,老朱及时辅以眨眼撇嘴,所有人都明白怎么回事了。他面向柜内,背对着小青年,说的是土得掉渣的虞城土话,但欺"裴兰特"雇员听不懂方言。那家伙不傻,从老朱反常的言行,众人齐唰唰投来的目光中,明白了大概。

彼此心照不宣,暗访变成了明访。戏还得演下去。

"裴兰特"雇员待的时间一般不长,拍几段画面,回去填写一张表格,对雇主有个交代就是。发现问题越多,扣分越多,越说明他们尽职,或许私下还有成就感。据说:他们到哪里都是一副冰冷的面孔,一副公事公办的架势。他们从不亮明身份,从不跟被查单位直接沟通,不吃饭,不拿一针一线。这个社会,办事花点钱不可怕,可怕的是对方刀枪不入。所以,大家都如瘟神一样怕他们。

估计这会儿,所有暗访流程基本完成,就差一件了,办理柜台业务。

如果不是老朱试探着催他取号,这个人终究也要办一件业务的,他会选择刚刚开辟的高柜区,那里不用取号,不用排队,直接坐到高转椅就可以了。可能情急之中被老朱打乱了计划,只得将错就错等着叫号。

眼毒的大琳其实先于老朱发现、怀疑那个人。她心里一直打鼓,最好不要轮到自己接待,再怎么小心,多多少少免不了出点小差错。他拿到的号应该很靠后,如果虚晃一招,坐一会儿便走,求之不得。

接近吃午饭的时候,叽叽喳喳的人群散去,闹市一下子变得清冷。老朱服侍那个好不容易拿下的大客户签合同,跟坐等的"裴兰特"雇员已经毫无周旋的必要了。低柜区四挡窗口还都开着,贵宾室关着门,没有贵宾卡是进不去的。右边窗拉上窗帘,处于哺乳期的小红名正言顺提早半小时歇工,吃饭,给孩子送奶。小芳恰好遇上一笔烦琐业务,一个村会计,办理农民土地流转补偿款。几十户农民,开几十张存款单,整数开存单，零头领现钞。小芳是个粗心人，那么大的动静居然没引起她的注意。好在手头有大活儿，客观上能合理避险。

　　大琳尽量拖延手头客户的办理时间，手脚一向麻利的她，故意磨磨蹭蹭，一笔简单的业务弄得很复杂。她本想把那个家伙推给小红。不要看小红进行不到三年，比大琳还鬼精，眼见着到点差几分钟，毫无征兆一拉窗帘，死人不管。大琳恨得咬牙。最后一个客户离开凳子，她装作没看见，就是不肯叫号。她对小芳说："你不是缺零钱么？我这里有，要不换几百给你。"小芳还蒙在鼓里，几乎说出感激话来，但不知怎么心思急转，拒绝了大琳的好意，说："你换给我，自己不够了怎么办？还是从大库包里领几千吧。"

　　就在大琳跟小芳玩殷勤时，小青年坐到了她窗口。大琳知道再也装不下去，躲不过去了，只得硬着头皮接活儿。从礼仪到笑容，大琳做得妥妥帖帖。小青年说：转账1000元。大琳的话滴水不漏，说小额转账可以在柜台办理，也可以自己去柜员机按提示菜单办理，4、5、6号机都可以，6号是新机器，屏幕最清晰，还能打印对账单。但终究心神不定，指示手势重蹈覆辙。大琳习惯性地往自助区一指，手举到半途，突然意识到又是"一指禅"，本能地伸出左手捏住右手，移开左手时，右手从"一指禅"变成"五指禅"，这一急很搞笑，小青年意味深长地朝着她笑了。

　　内部主管早把情况报告给了老沈。老沈从大门进来，走向楼梯，对疑似对象审视一番，噔噔噔上楼。先前负责监视汽车站的小高，已经一眼不眨地站在窗前。小高问，确认吗？老沈说：看他往哪里走。说着也站到窗前。等了一会儿，他们看小青年从大门出去，在红绿灯下等待，从斑马线穿过马路，走到车站停下，整理公文包，朝两边张望。老沈说：快去，把他截住，拉他到饭店吃饭！

老沈看到小高一阵风一样跑过去，追到车站，跟小青年打招呼。隔那么远，老沈听不见他们的谈话，看不出表情，只看到小青年摇头，摇手，往后退，小高伸出手去拉他，小青年挣脱小高的手，又退后几步。老沈跑下楼，发动汽车，一脚油门过去靠在车站。

这些事是小高后来才透露的，老沈从没说起过。小高追到车站，对小青年说："你是'裴兰特'领导吧？我们领导请你吃了饭再走。"小青年没有否认也没承认，说公司有规定，不可以的。这等于承认身份了。僵持间，老沈过来，两个人连哄带拉，想把他弄进车里。此时，公交车靠站，小青年冲着公交招手，老沈和小高冲着公交摇手。到底要不要上车？司机骂骂咧咧，慢慢驶离车站。两个人像押着犯人一般，开往虞城市区。小青年半道上闹着下车，声明坚决不去市里吃饭，老沈采取折中办法，拐到农家乐饭店吃了顿便饭。便饭不马虎，野生甲鱼、野生黄鳝、野鸟、野兔，专往野里点菜。等菜的时候，老沈跟小青年套近乎，知道他工作完成要回苏州了，建议喝点小酒。老沈的汽车后备厢常备上档次的白酒、红酒，小青年表现出既为难又盛情难却的样子，答应喝点红酒。小高说：喝酒气氛不是很融洽的那种，大桌的菜很浪费的。老沈只字不提正事，一个劲儿劝酒，自己也喝了不少。老沈自上次体检出现三个朝上的箭头后,蛰伏了一阵子,破例这么舍命。喝到最后,倒是小青年主动提起今天的暗访,说没啥大纰漏,分数不会低于 95 的,老沈和小高异口同声道,还望领导高抬贵手。饭后,老沈坚持要让单位司机过来,把小青年直送苏州,小青年横竖不答应,说只能送到虞城车站,要凭车票交差的。小高进车站买好票,老沈从后备厢里拎出大包小包,塞给小青年。

老沈现在有底气了,吃得下睡得着,走路哼小调。第二天就问小高,网上有公示吗?小高说:哪有那么快的。老沈隔一天问一次,有时上午下午各问一次,似期待着大奖开奖。

嘚瑟什么,老朱说:提起裤子不认账的事多着呢!这些话,老朱不敢当面跟老沈说:只是背后嚷嚷。实际上他在旁敲侧击,希望知情者透露一点信息,最好是来自小高嘴里的消息,但结果没出来之前,小高守口如瓶。老朱长着一副爷们的脸,心思却像个娘们,喜欢打听小道消息。他只知道大概,不知道细节,这样的状态最受折磨。

暗访结果终于在内网通报。结果不好也不坏,李桥支行总分 94,位居中游,既不挨批也轮不到表彰。摘了落后的帽子,不用去苏州开批斗会,老沈的心定了许多。可是,那家伙不是承诺不低于 95 么,怎么少了 1 分?尽管这 1 分不会带来飞跃,但至少能挤进前几位,排名好看些。老沈打电话质问对方,那家伙说是复核时给领导扣掉的,他也无能为力。真是滑头!

老沈纳闷,虞城还有一家,上回排名垫底,跟他一起上苏州表态的那个网点,居然咸鱼翻身,跃居前十位,通报浓墨重彩地表彰了他们。奇了怪了,都吃仙丹了?

他娘的，"裴兰特"是什么东西！之前，老沈一直崇尚第三方考核，铁板一块，公平公正。他以为内部考核容易先入为主，猫腻糨糊，科室里那帮头头脑脑，人前是人，人后是鬼。老沈平日里仗着资格，不买他们屌帐，那日卑躬屈膝，拍"裴兰特"雇员马屁，实在是万不得已。老沈反复关照小高不可乱说：一则坏了自己名声，二则得罪对方，说不定他们有区域分工的。但是，多方证实，有人比他下三烂得多。

就说那家吃了仙丹的兄弟网点，行长跟他私人关系还过得去。老沈屡次问对方："兄弟，给指点迷津吧，让我老沈退休之前打个漂亮的翻身仗。"对方期期艾艾，只说运气好。后来老朱从那家大堂经理嘴里挖到全盘"西厢记"，如果不是大堂经理跟行长不睦有意透露，谁知道内幕？那位仁兄比老沈更放得下姿态，发现"裴兰特"雇员后，施以重金，不是老沈这样大包小包吃相难看不怎么实惠，人家给的是干货，一张名片大小的硬通货。那个雇员把先前拍的录像消了，重新给他们拍了一段，难怪能得99点几分。

他娘的！老沈骂"裴兰特"，骂自己，还是太君子，太愚笨。接二连三传来消息，这次家家花钱搞关系。"裴兰特"那帮家伙回去一交流，吃顿野味，给点东西算什么。好端端的服务质量比拼，变味为另一种比拼，再好的经给歪嘴和尚一念，都不知歪到什么地方去了。员工们一天到晚累死累活，发点小福利卡着脖子，看人家脸色，赔笑脸，送大礼，这叫什么事？上头那些家伙是怎么想的？我们银行究竟为谁服务？对服务质量最有发言权的，究竟是面广量大的普通客户，还是那些来历不明负有特殊使命的"拍客"？

老沈的牢骚当然不敢发给员工听，他怕员工受刺激，失去积极性。小高是唯一听众。那些话，由小高转达给众人，意思就显得不一样了。职工觉得老沈已经尽力了，这次吃了亏，少拿奖金，要骂就骂"裴兰特"，骂高层握有大权的官老爷。

黄桥网点传出的段子更逗。"裴兰特"雇员在结束暗访后，两家银行争抢雇员，最终两家联手，请客，送礼，费用分摊。

还有这事？举报"裴兰特"！员工很激愤。小高说：老沈火头上也这么说：但是，开除了那几个人又有什么用，以后日子更难过了。

老沈吃的定心丸药效未能持续多久。几天后，另一份通报下来，是录像抽查评分，李桥又排在后十位。扣分项目附有截屏，让你无话可说。老朱脱岗扣分，大厅里跑狗扣分，小红提前吃饭未锁库包扣分，大琳半道纠正"一指禅"扣分……怎么查得那么准呢，似有人盯着，专跟李桥过不去。

开会通知又来了。

老沈说："又要表态性发言。去他的吧！"

那双眼睛

一

甭回头,蕙知道身后有一双眼睛,热辣辣地盯着她的背影。

从家里到学校,要经过一条长长的主街道。这条路,蕙走了七年,就是闭着眼睛,也能顺利走到学校。上坡,八字桥,下坡,面店,水果店,面包店,炒货店……光凭嗅觉即可随时为自己定位。今天,店里飘出的味道怎么都怪怪的?

街上车水马龙,赶集的,上班的,送孩子的。十分钟的路程,蕙一般不骑车,她习惯在左侧的人行道上疾步。人行道比街道高一个台阶,每隔几米有高大的香樟,遮阳挡雨。与拥挤的街道相比，这里宽舒多了。蕙走路很有架势，高跟鞋敲打出的节奏不紧不慢，一如她不温不火的脾性。她目不斜视，只是偶尔在学生或家长招呼时移动一下视线。当然，有时走过身旁大树的时候，她会装作不经意侧身，然后很快将目光收回，惊鸿一瞥，二十米开外，却早有火辣辣的眼神在那里恭候着，两人会心地一笑。

时间还宽裕，走过八字桥，她边走边摆弄手机。她想跟他调侃几句，便说："亲爱的，我怀孕了，这可是我们俩爱情的结晶！"这个话题早就不新鲜了，他总是嘻嘻哈哈回应："很好啊！我就缺个儿子。"蕙对他说："这次可千真万确，别老当我是放羊的孩子。"他说："我也不开玩笑，真的希望有一个儿子。"

这几天不对劲，蕙开始也没往那道上去寻思。她没有这方面的直接经验，但今天反应愈发厉害，她决定一节课后去一趟医院。

蕙没有直接去妇产科，只挂了一个"普内"。医生访了脉，建议她做个尿检。她觉得有些滑稽。

尿检阳性。

蕙惊讶，狐疑，转而百感交集。

二

蕙结婚十几年了，曾经望眼欲穿，也曾泪流心底。

开始几年，她辗转于虞城、苏城，以及周边城市的大小医院。每有热心人指点，便是病急乱投医，偏方、土方、特效药吃了几筐，肚子总是没有动静。有时，同事把报纸上的广告摊在她桌上，说兴许能有意外收获，她总是笑笑。

夫妻之间那点私密，早就荡然无存。她一遍一遍回答着医生细致的询问，只差现场操作了。

蕙怕公婆期待的眼神，怕娘家人喋喋不休的询问，也怕周边人过分的热心。每次回娘家，母亲总是深深地叹气，咳！什么都好，就是……不等母亲说完，她立马打断。哀求，有时变成了咆哮。

"你丈夫也检查过吗？"一个老中医曾提醒她。

怎么能想到呢？

自姑娘时开始，她的那个从来没准时过，医生说她内生殖器发育不完全，原因是雌激素偏低。她不懂，上网查阅，一对照，还真是这么回事。

至于丈夫，她觉得应该没问题，他"杀坯"一样的身胚，什么都吃得，什么也做得。他不知哪里听来一句屁话，叫人勤地不荒，夜夜不消停。蕙只能默默地承受着，谁叫自己不争气呢。有时身体欠佳，或是心情不好，她不能直白地拒绝，只说："你白天还要干体力，这样吃不消的。"丈夫瞪圆了眼睛说："你给我生了儿子就依你，女儿也可以。"

一次完事后，她小心翼翼说出医生的建议。丈夫差一点从床上跳起来，虎着脸号道："怀疑我，我有什么问题？"

想想也正是，他那么威猛，自己才病歪歪。

三

若不是遇到峰，蕙不会走出循规蹈矩。

那天睡过了头，她早饭没吃，背上电脑，推出粘满灰尘的自行车，这样能省七八分钟的时间。电脑蛮重，她后悔没有斜背，背带几次从肩上滑脱，她不得不用右手拉住。蕙的车速很快，秋晨的减速垄粘满湿滑的浓霜，她单手操控不住，一个侧滑，四仰八叉。

她挣扎着想站起来，怎奈手脚不听使唤。行人冷眼看着她，竟没有一个拯上一把。峰一个刹车，他也迟到了。他搬开压在她身上的车子，扶起她。说扶起，几乎是抱起来的。

蕙总算摆脱了狼狈，对峰自然感激。

峰是这学期才进来的。她以前不认识他，只隐隐听说这个男人很花，说他每到一个学校就有花边新闻，实在弄不像了，就认干亲作掩护。他有一大串干女儿干儿子，女儿也有一大串干妈。是真是假，蕙也不去操那份心，但对这种男人天生没有好感。

蕙伤得不轻。峰用摩托车把她送到医院包扎，拍片。他的细腻和体贴，会让别人误会。蕙只顾龇牙咧嘴哼哼，哪里去在意旁人的目光。

一连几日，蕙没有去上班。峰适时打来电话，言语关切，蕙只是一个劲儿表示谢意。他的关切远远超出了一般同事，蕙不是没感觉，除了礼节性的谢意外，她不想与这样的男人有什么纠葛，但之前对他的恶感早已荡然无存。

蕙终于上班了。一个星期不见，女同事问这问那。她只说自己受伤的经过，对峰只字没提。她不是忘恩，是怕她们联想太丰富。不过，同事再议论峰的时候，她会支着耳朵，就是声音再低，她对那个名字也很敏感。她们说那人的时候，她一般不插话，偶尔插一句，就说：道听途说；闲吃萝卜淡操心。

竟然护起了那个人，她自己也真不明白。

她和他不在一层楼面办公，教室也隔得很远，平日很少碰面。楼梯口或会议室邂逅，她总是低着头。她能感觉到他的目光，而且这个目光一直追随着她的背影。有时狭路相逢，他作势招呼她，看她没表示，颇有几分无趣。

峰不再打她电话，事情过去了，他没有更多的借口。偶尔发她短信，也不想每条都回，她有些矜持。从学校谈到家庭，从工作讲到生活，她可能没有意识到，越是话题琐碎，越表示关系亲近，男女之间尤其如此。这种你来我往的"指谈"让蕙乏味的精神生活调入了诸多的色彩。偶尔没有他的短信，她会一直翻看手机。

学校组织工会活动，可供选择的有两处，浙西和扬州。他问她的去向，随她去了浙西。一大车的人，一下车就作鸟兽散。她开始时还有几个女伴，走走停停，他和男伴不紧不慢地跟在后面，一个小时下来，她忽然发现身边的女伴都没了影子，唯独峰紧紧地跟着她。她说：哎，她们人呢？像自言自语，也像在问他。他说："就我俩了，不好吗？"他大胆地直视着她，眼睛弯成一条缝。她有些受不了，她不知道，两人已经远远地落在大部队的后面。

峰很殷勤。上台阶时，他回身提醒她，轻轻地拉一把，甚至她上厕所也帮她提着行李，耐心地等在门外。他变着花样从包里掏出饮料、小吃，塞到她手上，那恳切的目光使她不忍拒绝。她记得女同事说这人很吝啬，有一回，邻里寻他老婆开心，说："要管好你男人的钱包。"那肥婆子边嗑着瓜子边说："我还不知道他？最多耗点力气，钱我一点也不担心。"

这些长舌妇！

同伴看出点端倪，很知趣。他们也乐得逍遥，他为她拍照，给她逗乐。走了那么多山路，毫不疲乏，她惊讶自己的脚力。她偷偷地瞅他，浓眉毛，国字脸，身材不胖不瘦，这个形象的男人简直无可挑剔。他没话找话，说："你这衣服很高雅。"她说：打折的，只花了几十元钱，办公室的几个都想买。他说："穿在你的身上是凤凰，穿在他们身上就是草鸡。"女人都喜欢恭维话，再拙劣也很受用，更别说还有些技术含量。她掩着口吃吃地笑，白净的脸上漾起红晕。

四

这个孩子，来得可真不是时候，留不留？她想听听峰的想法，这和丈夫无关。她很想收获这爱的果实。丈夫面前怎么交代？她无须交代。他让她断子绝孙，又她让柱背了那么多年的包袱。一次丈夫在看打麻将，蕙说不早了回去吧？丈夫说：回去干吗？睡觉又睡不出名堂。那个羞，当时她只差钻地洞。有一回她在厕所里听到隔壁有两个男老师在议论她，说她是"绝代"佳人，她欲哭无泪。姑娘时，算命先生说她苦相，理由是颧骨太高，嘴角下弯。那时她还没转公办，他是"百家师傅"，又是独子，父母觉得差不多了，就订了婚。她与他的关系就像两国的外交，没有花前月下，没有卿卿我我，到了二十五岁，就嫁了过去。如果那时有个可心的人疯狂地追求她，她也能豁出去，可惜没有这个插曲。

蕙也曾想过离婚。但一个不会生孩子的女人，能有什么美好的未来呢？母亲对她说："他都没嫌弃你，你省省吧！"她曾把精力转移到女儿身上，那是她在三十岁时领养的外地孩子，抱回来就五岁了。这孩子长相、天资都不好，还顽劣，她曾试图用母性的柔情和老师的耐心感化她，结果很失望。孩子跟她不亲，学业又不长进，蕙觉得这辈子没指望了。

她爱峰，确信无疑。峰也爱她，她相信。她曾对他说："你要和过去告别，对我忠诚。"那么多耳鬓厮磨的日子，她没有发现他有什么鬼头鬼脑。这个男人浪漫。他搂着她，盯着她的双眼，在她耳边喁喁细语。他很能把握火候，让她的身体在相处了十几年的丈夫之外，得到了从未有过的体验。

医生说：这事靠勤奋没用，也得讲究科学。丈夫每天临睡前给她测量体温。他觉得不宜播种，背对着她呼呼睡去。只有在适时播种的那几天，他耕耘不息。他把能省的环节都简化了，上来就是横冲直撞，转而偃旗息鼓。在丈夫的心目中，她的角色越来越单纯。床上的事变成了纯粹的交配，她厌倦了。

过了一天，就是周末，蕙约峰在市里的公园见面。

入夏了,花木葱茏,游人如织。蕙和峰先后进入公园,在公园深处找了个僻静处坐下。

两人谁也不开口,只暧昧地看着对方。

"真的吗?我要有儿子啦。"峰打破沉默。

"开心煞哉,怎么就知道一定是儿子呢?"蕙嗔道。

"概率。我第一个是女儿,不会再是女儿了。"

"你女儿又不是我女儿。"

女人气量再大,你在她面前提另一个女人,总会让她不舒服,就算是与另一个女人的孩子也不妥。峰意识到失言,只得转换话题:

"你都40岁了,还吃这个苦,我不忍心。"

"40岁怎么啦?只要不是短寿命,完全可以帮他成家立业。我就想有个亲生孩子。"

"那你,一个人带着孩子,能行吗?"

蕙抿着嘴,沉默了几分钟,道:"不是还有你吗?你是他的亲生父亲!"

她清楚地记得,他第一次向她表白时,说与家里的肥婆没有感情,不是看在女儿的份上早就离了。他说过,耐心点,等他女儿成了家,他将义无反顾。

蕙并不想破坏他的家庭,七八年以后谁知道会怎么样呢。倘没有一个共同的孩子,重组家庭肯定是不牢靠的。

可现在不同了。

"峰,如果我没记错的话,你口口声声说要娶我的,不是说:还指望跟我白头偕老,一起看夕阳呢?"

峰无语。

蕙喃喃说:"我一直生活在你的承诺中,我很想要这个孩子。"

峰说:"前一阵子,你伤风感冒,吃了很多药,我担心孩子会畸形的。"

蕙说:"我知道,等孩子大些,去做个B超。"

峰说:"身体畸形或许看得出,如果智障,怎么办?"

峰的态度很明朗,蕙知道。

其实蕙自己根本没下定决心。女人养个私生子,本来需要有足够的勇气,何况四十岁了。她本来只想发发嗲,让他哄哄。

蕙居住的小区里有个男孩,是母亲出轨的产物。随着男孩的长大,愈发酷似他的亲生父亲,正好那一家也住在同一个小区。抬头不见低头见,自然少不了尴尬。每当这男孩和母亲出现,少不了有人指指戳戳:"哟,这孩子不像爹不像妈,像谁呀?""像隔壁张木匠,哈哈。"

蕙有时想,如果这孩子也这样,她能忍受人家无休无止的指指戳戳吗?

五

这个暑假,蕙足不出户。

丈夫前脚走,峰后脚到,下午三四点再离开,这是个真空时段。

蕙的女儿上初二了,她的成绩"长短脚",相对语文好些,其余都是短脚,上职高都要出赞助。数学、英语都仗补课,蕙为她排得满满的。

峰烧得一手好菜。鲫鱼嵌肉、鳝筒螺丝、参须鸡汤都很拿手,荤荤素素,每天变着花样。他温柔与勤劲,给蕙虚弱的身子注入了营养。

一天,两人正在客厅的沙发上呢喃,猛听得有钥匙插进锁孔。钥匙显然遇到阻力,接着是拍门声。峰每次进门,总会顺手推上保险。有时蕙跟他开玩笑:"谨慎得来,有贼心呒没贼胆!"峰回敬说:"我是怕你难堪!老实说:床上按住听(凭)打,房里捉住对打,走出房门反打!"只差拍胸脯。

拍门声越来越大。峰盯着蕙,小声道:"要开门吗?"

蕙摇摇手。

峰大气不喘。

隔门传来脚步声,人下楼了。蕙趿着鞋走到卫生间,透过百叶后窗往下看,只见丈夫在楼梯口徘徊了一会儿,点了支烟,走了。

"看你,吓煞哉!"蕙回到客厅。

"如果我俩打起来,你帮我还是帮他?"峰答非所问。

"我?作壁上观。"

"他一身腱子肉,你弄我好看?"

"吃顿生活怕啥,我倒是希望他打我。"蕙对眼前这个男人有点不满。

丈夫很清楚她在家里,也能想象她为什么把门反锁,但他

178

蔫了。

妻子红杏出墙，出墙就出墙吧，只要不离婚，在外人眼里还有个完整的家庭。他知道自己不行，这是他致命的软肋。

"乌龟吭耳朵"，都满城风雨了，丈夫往往还蒙在鼓里。有人问他，老婆好不容易怀孕，干吗去流产？他措手不及，他总算对老婆半年多的表现有了一个明晰的答案。是谁的种，他不知道，但他很清楚不是自己的种。老婆一天到晚有气无力，他佯作不知，也不问长问短。蕙呢？若无其事。

表面上风平浪静，彼此心照不宣。

蕙早有思想准备。丈夫会跟她大吵一场？揍她一顿？一切都没有发生。每天夜里，他总是辗转反侧，唉声叹气。她懒得理他，实在没法睡，干脆起来上网。

她发现他在偷偷地哭泣。真窝囊！她觉得他也可怜，摊上这样的事，屁都不敢放一个。她记得谁说过，"窝囊到极点的男人其实也是一种伟大"。伟大？简直是笑话。

蕙突然想到要去城里买房子。她需要一个爱巢，一个不为人知的两人世界，虽然不能终日厮守，但方便。每次峰过来的时候，总是躲躲闪闪，进来了也不踏实，频频走神，连做爱都变得清汤寡水。"家眼"不见"野眼"见，有这种事的人，毕竟不能光明正大。市里不同，各开门头各开户，没人会关心墙里杏花，还是墙外桃花，丈夫也少了尴尬。

六

蕙手头有六十万，属于共同财产，丈夫也有数。她只能动三十万，发展下去如果离婚，要给他留一半。她还可以贷款二十万，房价日涨夜大，这些钱，只能在老小区买套二手房。

蕙把自己的打算告诉峰，经济也亮了底。峰说："可是我没钱啊，我的钱都套在股市里。"蕙说："不要你的钱，我自己买。"

几个双休，他俩走遍了中介。峰鞍前马后，很卖力。

五十万量身定做，最后看中了一套60平方米的小户。

中介老板说："你们快点把钱付清，这套房子几个人在抢呢。"峰帮蕙杀价，老板说：一口价。说完，招呼别的客人去了。

路上，峰对蕙说：不要听他的，等他来电话，就好说了。

等了一个星期，老板没有主动来电话。

房子有主了。蕙很懊恼。

新房子又涨了，一涨就是一千，二手房水涨船高。一个犹豫，一年白干。

五十万缩水，就算买房，只够40平方米更老的老小区，蕙看不上。她跟峰商量："就算我向你借十万，打你借条，行吗？要不房产证上加上你的名字。"

峰支支吾吾。

"我不是成心要你的钱，哪怕帮我去借点，渡过这个难关，好吗？"蕙有些生气。

峰说："那我想想办法。"

这个晚上，峰没有短信。大概他出去想办法了，蕙想。

次日，蕙直接打他手机。他说："我想了很多办法，人家问我借钱的用途，我不好说啊。"

"也是，我也觉得你难于启齿。"蕙挂了电话。她想起肥婆对她丈夫峰的评价。

蕙自顾去买下了那套房子。

她现在住的房子也值三十万，如果跟丈夫离婚，就把这套房子给他，再加二十多万存款。

如果峰真把钱拿来了，暂时渡过难关，等一有钱就还给他。虽然蕙也能从父母那里拿一点，但对于蕙，谁帮她过这个坎，感觉不一样。她为什么买房子，他应该很清楚，作为一个男人，无偿拿出一点支持她也未尝不可。

峰的短信锐减，偶尔发来短信，对房子只字不提。

蕙流产后，两人有四十多天没实质性亲热了。他不想么？他对女人生理的了解比蕙自己都清楚。他说一个月就没事了。他还说以往最多坚持一个星期，不跟她那啥就烦躁得寝食难安。那，他现在睡得着么？

开学了。蕙出门的时候，习惯地瞅着过道尽头与大街的拐角，又看见了熟悉的身影、熟悉的眼睛。她从另一个出口出去，这样多走一百米。

蕙目不斜视，走过八字桥，走过小吃店。手机"滴"的一声，短信提示音。蕙没有去掏手机。"滴"又一声，蕙从裤兜里掏出手机。

"亲爱的,不理我啦?"

"要不,我从股市里转点出来,现在行情不好,为了你,割肉了。"

蕙跟丈夫的婚姻已经走到尽头。家产分割很简单,两人抓阄。丈夫,应该是前夫抓到了市里的房子,贴了她二十万。两处房产都永久性转到女儿名下,她和前夫都属于借住,没有产权。

她不想告诉峰。

她把手机关了,随手扔在包里。

感叹号

一

才半天工夫,周围发生了那么多事,林芳老师一无所知。从午间看护起,林芳一直待在教室。下午两节课是她的本分,中间代了一节美术课。办公室距教室两百步,且不在同一楼面。课间才十分钟,林芳懒得回办公室,蜗在教室批改作业。也好,学生一下课在教室走廊疯吵,她坐镇教室,多带只眼,让调皮的孩子收敛些。

林芳略感疲倦,对这半天的业绩颇感满意。布置完家庭作业,正待让课代表去请另两位任课老师,甄红老师急吼吼在门口招呼她,说校长请她去一次。

"找我？什么事呀？"

"谁知道，看样子有急事，说你手机怎么老不接，校长'飞鸽传书'过来，让我转告你。"

林芳转身关照学生，等数学和英语的家庭作业布置完成，就马上放学，排队去东校门。

出楼梯口，林芳回办公室拿了手机，按亮一看竟有五个未接来电。其中两个校长室固定电话，一个家长来电，一个4打头的广告电话，一个不明来电。家长来电在一个小时之前，回拨，无人接听。林芳边走边拨打，直走到行政楼三楼最东边的校长室，仍没打通。

"校长，找我？"林芳一头闯进门。校长端坐在老板桌前，表情凝重。俩副校长坐在对面沙发上，一改昔日笑脸。仨领导像不认识她似的盯着她。"什……什么事啊？"难得见这阵势，林芳不觉忐忑，声音发虚。校长鼻子里"嗯"一声："当然有事！"

"我又惹什么事了？"林芳一头雾水，顿了一下，竭力挤出笑容。

"是大事！"校长音量不大，口气却严厉，平日在林芳眼里软耷耷的领导难得一见的严肃。林芳面带微笑本想朝着副校长边的单人沙发移步落座，见校长一脸火气，只得停住脚步和笑容。

无人招呼林芳坐下。林芳侧身夹在三人的审视中，尴尬地站在中间地带，被这莫名其妙的阵势蒙得几近失态。自被举报上课玩手机，仍心有余悸。这一阵子格外谨慎，上课时把手机放在办公桌抽屉，连批评学生都不敢，跟家长交流小心翼翼。风平浪静的，能有什么事，还大事？

林芳定了定神，坦然迎着校长的目光，但等校长开口。

"学生午餐被晒到网上，你知道吧？"校长慢条斯理，镜片后耷着眼皮，阴阳怪气的。林芳说：不知道。校长狐疑着抬起眼皮说："你手机里没收到这个内容？"

林芳说："就算收到了，跟我又有什么关系？"

校长拿腔拿调，表情变得意味深长道："你的意思明明见到了，却认为这事跟你不沾边，多一事不如少一事，所以没跟我们汇报，是吧？"

林芳怒火一下子灌满胸膛，连带上回窝在肚里的火气一起升起来，热辣辣堵在胸口。如果马上回答，林芳不知能否掌控自己的情绪和音量。她默默掏出手机，翻看朋友圈，并未发现相关内容。她把手机递给校长。校长手一推，不必，不需要。

校长的两个"不"，意思不跟林芳纠缠简单的是与否，这仅仅是谈正事的引子或者前奏。一个小时前，上边打来电话，把信息转发给他，要求他严查，限期给出答复。校长把两位副校长与总务主任招来。他今天没在学校用午餐，得先弄明照片真伪。一问，学生今天吃的就是这个，餐桌、学生服装、背景都一一对上号。

这条信息应该源自微信朋友圈，然后由好事者将截屏发到某个网站。一组四幅照片，其中一幅特写，分格式的不锈钢餐具，不到二两米饭，一筷子小白菜，一根火腿肠，还有，几块不规则的土豆块，夹着几朵肥肉。标题很有鼓动性——谁来关心南湖小学学生餐?

一直以来,南湖小学学生午餐饭菜质量饱受诟病!耳闻为虚,眼见为实!这个季节的小白菜是农药炼出来的!火腿肠是尽人皆知的垃圾食品!土豆烧肉是怎么回事?菜品如此低劣,能保证学生有足够的营养吗?看孩子吃这个,哪个爹妈不心疼?

一百来字的内容,到处是感叹号、问号,充斥着火药味。截屏上还有几个跟帖:"老师的良心狗吃了""教育主管部门是吃干饭的""庙穷方丈富,揪出为首的贪官"……尽是责备、猜疑、起哄、谩骂。

经过技术处理,发布者的名字被涂抹了,即使不涂,仅凭重名概率极高的网名一时也找不到发布者。两个副校长都清楚,校长最忌别人说"贪"字,他一直把"八项规定"挂在嘴边,以示时刻保持廉洁的清醒。校长吩咐文字功底较好的副校长拟一个答复,先把眼前事抹平,另一位副校长和总务主任随他去食堂现场勘察。

根据场景和拍摄角度,三人很快确定拍摄点,在四(1)班长条餐桌一头立柱边,拍摄的是三年级。粗大的立柱为拍摄者遮挡了大部分视线。那时整个食堂闹哄哄的,学生低头吃饭,监护老师低头玩手机,人员进出频繁,有谁会在意呢。

校长拿出自己的手机,给林芳看打开的页面。条桌斜着向画面外延伸,近处几个低头吃饭的学生,能认出是三(6)班的。右侧远处是边门,挂着粉皮条。林芳一周三次站在这个点位,不必一眼不眨盯着自己学生,放眼所见就是这种熟悉的场景。难道……怪不得呢。

"你怀疑……我?"

校长喝了一口茶说:"听你解释。"

"不是我拍的。"

"你难道看不出拍摄点吗?"

"我光明磊落,从不干这种下三烂的勾当。"

校长装出一副大度的样子说:"对学校食堂提意见提建议,每个老师都有权利,只要放到桌面上说:我倒不认为是下三烂。"

一个校长、一个普通老师,地位倾斜,一开始就注定这种争论不在一个级别。林芳心底坦荡,说:"你让我想想。"

"好啊,一个晚上够了吧,想明白了给我回个话。"

校长理解的"想想"显然背离林芳的本意,他嘴角一牵,挤出一丝笑,故作宽厚,笑到一半突然打住,像一尊劣质的泥塑。

毫无疑问,拍摄位置、时间都对应。如果三(6)班看护老师当"游动哨",溜达到这一头,也能站到这个点。但开学至今,这个班一直处于失管状态。林芳看不过,几次管过河界,却始终未向领导反映。要说有机会拍的人很多,就餐学生、倒泔水的养殖户、搞卫生的食堂阿姨,但他们都不大可能。她去厨房为学生添饭,离开过几分钟。如果食堂里有监控,即使食堂门口有,也能发现点蛛丝马迹。

那么巧? 林芳不去理会校长的疑问,甚至不去看校长猥琐的表情。反正道出了怀疑。那么巧? 是啊,她也吃不准。

二

心里无鬼，不等于没有疙瘩，加上一个月前的疙瘩，林芳心里等于两个疙瘩了。她曾后悔心太软，后悔太负责任，后悔自我保护意识差。这年头，自我保护意识是一句时尚的行业用语。林芳缺根筋。

那天下午第三节课，天阴得像黄昏。班长来办公室叫她，学生久等操场，体育老师不见踪影。林芳让她去体育办公室找。班长说：找了，不在。林芳说：可能上室内课，先回教室。几分钟后，班长又跑来了。小姑娘连说带喘，说教室里也没见老师，怎么办？换作其他老师，事不关己，最多叫孩子去教导处。林芳不忍心让孩子楼上楼下跑，对班长说："稍后我过来。"林芳打电话想问负责调课的副教导，无应答。她不得不停下手头活儿，去教室。班长根本镇不住，教室里吵翻了天。一旦弄出点事，无故脱岗的体育老师当然负首责，如果班主任知情却放任失管，也逃脱不了责任。

本想安排学生自习，孩子嚷着要上体育课。林芳不得不继续联系体育老师和教导处。手机里没有"飞鸽"，也没存电话号码，只得在学校QQ群里询问。一节课才四十分钟，体育老师过来，已近下课。体育老师铁板着脸，"你闹得满城风雨，打我电话不就得了？"他不谢一句算了，居然"反开髻头"质问林芳。至于脱岗的原因，体育教师只字不说。

从教室返回办公室途中，林芳郁闷了一路。到吃晚饭时，她仍在懊悔，当时被体育老师的气势唬住了，忘记了回击。一顿晚饭，吃得少滋寡味。

翌日刚到学校，老公电话追过来："难怪你情绪低落，原来惹事了，老婆现在成名人了！"老公的话有些酸。林芳说：什么惹事，什么名人，瞎七搭八。老公说："妻荣夫贵，你的事迹上'弄堂风'了。""弄堂风"是本地一档无线广播节目，连线直播，专门接受百姓投诉，曝点光啥的，收听率甚高。林芳老公喜欢边开车边收听广播。那个叫晓风的主持人，仗着"百姓喉舌"的名义，咄咄逼人，往往弄得采访对象落荒而逃。林芳与老公的通话，办公室同事都听到了大概。在她进门前两分钟，甄红已发布了消息。

林芳被请到校长室。校长一揿带录音的固定电话按键，相当于让她收听节目"重播"。晓风自报家门后，说："有家长反映，你校四年级的林老师上课时玩手机，不知贵校有没有相关规定？"校长说：有，明令禁止。晓风说："希望你们抓紧调查核实，在中午播出的'弄堂风'节目中，能听到你的答复。节目组将跟踪调查，如果情况属实，你校还要给出处理意见，直到家长满意。"校长说：好好好。回话一共七个字，包括连说的三个"好"，诚恳而谨慎。在外人面前，他一直是这怂样。连线结束后，晓风加了一段结语，把一件尚待确证的偶发小事，提升到师德师风、校规校纪的高度。林芳讨厌晓风野鸡毛当令箭的腔调，讨厌他动辄上纲上线。放他娘狗屁！林芳骂道，当然骂在心里，嘴唇翕动几下而已。

林芳原原本本把事情经过说给校长听。真是这样？校长直愣愣看着她，眼神里有内容。林芳快人快语："你叫体育老师、副教导，还有我班班长过来，当面锣对面鼓。"校长说：这不好吧？又不是村妇吵架，搞对质。林芳说："飞鸽"不一定有记录，QQ里有历史记录、对话时间。校长说：这几天实在忙，没开QQ。林芳真想问他："你一个礼拜上两节副课，两个星期开一次教师会，忙点什么？教师会上你三令五申保持信息畅通，否则后果自负。该找的不找，该管的不管。"她忍住了，只说："我用手机请示工作，不是玩手机。"

事情说清了，怎么应付"弄堂风"是校长的事。一天连轴转，林芳心思都在别处，那事丢在脑后了。学校里没几个人知道，即使知道，哪个吃饱了特意钻到汽车里开了车载收音机听？林芳老公却是个有心人，预作准备，那天等"弄堂风"开播就用手机录了音，回家放给林芳听。

校长在节目里解释，这节课是林老师代课。晓风不依不饶，代课算不算上课，可以玩手机吗？校长说：不是玩手机，是用手机QQ谈工作。问："你们学校是不是允许老师带手机上课？"校长说：原则上不允许。问，什么叫原则上，谁拥有特权？校长说："不是这意思，比如我，有时一件要事等结果，只能把手机带到教室。"问，能透露一下林老师担任什么职务，跟谁谈工作，内容是什么？

绕来绕去兜什么圈子，直说不就得了？林芳如啃烤僵的红薯，她哪里知道，校长竭力避开的最后一个问题，恰恰是他的软肋。果然，校长开始乱了阵脚，含糊其词，答非所问。大概时间不允许，晓风停止追问说：准备怎么处理这件事？校长似乎又回到状态说：在大会上批评，让全体教师引以为戒，加强校纪校规教育和巡查。踏准步子，滴水不漏。

林芳越听越不是滋味，憋了一夜，不待校长找她，主动找上门去。"我这是应付媒体，不会真的在大会上批评你的，这点你放心。"林芳甚为不满校长的敷衍塞责："无辜遭受名誉损害，怎么让我放心？"校长继续打太极："那你要我怎么办？"林芳说："在教师大会上说明真相，还我清白。"校长说："太过分了吧！我都这么……"林芳打断对方的话说："我过分？是我的过错？你尽管在教师会上批评我好了。"尾音拖着哭腔，几近哽咽。

分管教学的副校长恰好进来，把林芳拉到隔壁办公室。副校长也是女的，哄劝方便些。林芳捏着副校长递给她的纸巾，擦着泪诉说委屈。副校长和颜悦色："你得理解校长的苦衷，如果他为你开脱，势必承认学校管理存在漏洞，导致事态扩大。"林芳说：为了学校声誉，就拿她当替罪羊，校长看是怕承担责任吧？副校长换了一种口气："教学是我分管的，看我面子，就此打住，我心里有数。"林芳说：明明是体育老师擅离职守，为什么不去问责？副校长苦笑了一下，拍拍林芳肩膀，叹了口气。林芳从副校长的苦笑中若有所悟。对有些人，校长不敢得罪。

乡间俚语形容欺软怕硬的人，撞不过石头船，撞豆腐船。对付这种人，只有比他更硬。道理林芳不是不懂，性别、性格使然，还有她的家教。老公一直说她，走到哪里都是吃亏角色。

三

林芳的教师资格证是高中化学。那年高中连初中才招三个化学老师,没考上,退而求其次报了小学。几乎是裸考,笔试加面试刚进门槛。教了三年数学,才有点道道,改行教语文。高中老师教小学,专业不对口,就像熊掌拍蚊子,使不上劲。她放低身姿,渐渐进入角色,忘记了初衷,谁知道一沉到底,居然让她教一年级语文,兼班主任。

开学后,她在QQ上建了个家长群。"家校路路通"只可发信息,单向无互动,QQ群方便,互动、群聊,便于家长间交流;针对个别学生,跟家长私聊,也很便捷。不多久,她发现弊大于利。家长对学校或对某老师有意见,一个在里边抱怨,其他家长跟风、起哄,有些话林芳不便直接答复,或者根本答复不了,即使说几句,没人理睬。什么老师的权威,老师的尊严,家长根本不当回事。她开始后悔,给了本不相识的家长一个抱团的平台。后来,家长在这个群之外私建了一个群,干脆把她排除在外。

知道这个私建的群源于一次偶然。一天放学后,林芳把一个男孩留在教室背书。男孩父亲是个赌棍,林芳每次打电话过去,他总是很不耐烦,说不上几句即挂电话,叫他来学校一次却再三推脱。男孩母亲说话头头是道,总说自己孩子乖巧、伶俐,后悔没有把孩子送到市区学校读书,言外之意明摆着。林芳一次次候在校门口想跟男孩父母说几句,总是逮不到机会。

男孩由爷爷负责接送,大概老人在门口等久了,冲到教室,指着林芳:"你这个老师最没本事!孩子投你手下,倒霉!"林芳想跟他好好说道说道,老人油盐不进,一副吵架的势头。像这样的孩子,班上有好几个,管也不是,不管也不是。过了一两天,有个家长私下问她:"你怎么能跟家长吵架,人家把你说得很难听!"热心的家长把群里信息转她,林芳这才知道她好心建立的家长群衍生了一个唯独把她排挤在外的新家长群。家长厉害,对她底细无所不知,说她根本不具备小学老师资格,来学校混饭吃的。

自从当老师后,林芳的QQ签名一直没变,"敬人者人恒敬之"。不像有些人,QQ签名如孩子脸一日几变,矫情,做作。将心比心,林芳一直拿这话自勉,也希望借此勉励家长。

一年级分班,林芳抽到了下下签。任她怎么卖力,期末成绩落差仍达5分。家长联合起来弹劾她,学校不得不答应家长要求,息事宁人。谁知道换了老师,一学期下来,学生成绩落差更大。这样的结果,无形之中让憋屈了半年的林芳五味杂陈。家长又反过来说:还不如林老师,又要求换老师。家长之间互相攻讦,埋怨那几个始作俑者。抱团的家长渐渐分裂,QQ群最终解散。林芳跳到高年级后,也不怎么顺利。有了前车之鉴,家长的QQ群不建了,宁可麻烦一些,费点时间,费点电话费。

四

食堂事件后,学校对食堂进行了大刀阔斧的整改。师生同食,学生饭菜质量明显提高,还增加了一周三次餐后水果。学校里补办了手续,老师每月缴纳餐费80元,有账可查。期末发放午餐监护费每月100元,老师每学期反而赚了100元。其实拐个弯,别的学校都这样操作的。以前,校长怕麻烦,账面上不来不去,给人感觉老师揩了学生油。现在老师理直气壮吃自己的,拿钱,属于劳动所得,至于合理性,算是擦边球。

举报的调查没有下文。林芳几次打听,副校长讳莫如深。凭直觉,那件事情有了答案。是新闻价值太一般,没有被炒热发酵,很快被别的热点所覆盖,还是通过技术手段,追根溯源找到了发布者?后一种可能更大些。因为微信平台上,只有发布者才能彻底清除主题帖。只要残留着,即使沉底,还有人会当新闻翻出来,陈芝麻烂谷子被拿出来嚼嚼,对于一个单位领导来说:总不踏实。

林芳"飞鸽传书"给校长:"照片的事有无结果?"就一句,句首无称呼。列表显示校长的"飞鸽"开着,没点开,显然有意而不为。林芳在QQ上留言,校长的QQ是灰的,似不在线,隐身的可能性更大些。林芳从走廊张望,透过后窗,校长趴坐桌前拨弄手机,电脑亮着。校长坐功特别好,"拖拉"功夫也好,不是上边等办的事,不是火烧眉毛的事,一拖再拖,拖得别人没耐心,拖得事情不了了之。眼看着又要在林芳身上"屡试不爽"。

一天放学送学生到校门口，等家长拔萝卜般把孩子一个个领走。门口堵满家长，林芳耳朵里抓到几个词，似乎跟食堂、照片有关。凝神细听，说话的是三年级家长，一个说：这帮老师是蜡烛，不点不亮；一个说：幸亏某某拍了照，平日吊儿郎当，这次倒是做了一件正事。林芳扶着探身张望的孩子移步过去，想听个明白。家长不认识她，但应该知道她的身份，不避她耳朵，好像诚心说给她听。"某某"的名字没听清。与那几个家长短暂的眼神接触后，林芳试着打听"某某"。家长马上禁言。孩子拥出来，家长与孩子大呼小叫应接，几分钟后人群潮水一般退去。

那天，市区学校教书的一个同学跟林芳聊天，说他们学校的学生餐被家长网上曝光，学校很快查明某位老师拍了照，传给家长，让家长发布的。同学使用了"别有用心"一词，说这位老师因为职称晋升问题，内心一直不平衡，弄了这么一出戏，这次肯定要倒个小霉。同学还说："你们学校不久前也有类似的事，听说也是老师内部捣鬼。"林芳说：纯粹胡说八道。信息时代，一个学校出点小事，外边闹得沸沸扬扬，本单位却瞒着掖着。一旦有事，校长在大会上给老师洗脑，不准乱说：否则追根究底，谁发布谁负责。校长以维护集体荣誉的名义，佐以威胁性语言，对涉世未深的老师有一定震慑力。教龄两位数以上的老师，只当耳边风。老师的胆子不是练大的，是吓大的。

林芳直接去找校长，那些话不当面说清，太便宜他了。校长姓苟,这个姓实在不动听,容易让人浮想联翩。苟校长上任后,按惯例应称"苟校",还是别扭,几乎约定俗成,老师把他的姓氏省略了。林芳开口叫他苟校长,苟校长眨巴着小眼睛:"我马上去局里开会,有事明天说吧。"林芳说:"苟校长,长话短说:你应该知道我为什么找你。"苟校长打着官腔,"啊……这个……那个,据我们调查,有可能是家长弄事,不过……是怀疑……仅仅是怀疑。"林芳说:有可能,也有不可能。苟校长说:"你有明确的证据么,怎么能随便冤枉家长?"林芳说:"那你成心要冤枉我,还得让我去找别人的证据来洗刷我的嫌疑,是吧?"如果不是位卑,不是谦让,哪怕两个苟校长也未必是林芳的对手。苟校长装腔作势收拾桌面,把笔记本什么的往公文包里塞,语气和缓:"学校里已经事端不断,你不要再为难我了好不好?"边说边提起公文包往门口走。硕大方正的公文包与他的身形气度很不般配,如小偷顺手牵羊的物品。

林芳找过三(6)班班主任,班主任菁菁是艺术老师,本来对安排她做班主任心存芥蒂,以消极怠工求得早日脱身。菁菁有顾虑,怕说出真相对自己不利,又不忍心瞒着林芳,让林芳先发誓,如果出卖她,以后……菁菁稍稍透露几句,反劝林芳:"到此为止吧,对你没好处的。"

五

又到了家长委员会选举的日子。全校 29 个班级,每班一个名额。毕业班家委会成员自然退出，新一年级招生，需增补新的家委会成员。按惯例，其他家委会成员不动，滚动到上一级。家委会是个务虚组织，很多老师、家长不知道这个组织的存在，有的家长嫌开会麻烦，还不愿意当选呢。今非昔比，家长主人翁意识越来越强，参与学校管理的热情日益高涨，把当选看作荣誉和自我价值的体现。

林芳收到家长的一条信息，说转自家长群，好几个群里都有。

最近，家委会成员与家长代表与苟校长进行会谈！内容涉及学生、家长利益的保护！由于是工作日，家长代表不能悉数到场！校方表示以后一定改在公休日！

要推动解决饱受诟病和怨言的不合理问题！一是取消"家校通"，学校、老师发布信息，完全可以用其他免费工具替代！二是取消征订各种报刊，表面上是学生自愿，实际是软强制！三是优化食堂服务水平和提高供餐质量，深化午餐改革！四是把校服、保险的选择权利还给家长！不能跳过家委会直接把通知发给家长！

主张改选家委会！很多家委会成员不作为，只知道举手、拍手、画圈，要把滥竽充数的会员清除出去！一是要在家委会成员中选举常委11人，代表家委会行使最高权力！二是要完善家委会章程！家委会成员及常委的产生要本着民主的精神,防止受到各方干扰!防止权力、责任的不对等!三是要规范家长代表资格和常委资格审核,防止暗箱操作!
....

信息很长,林芳没兴趣看完。

家委会成员和家长代表是否代表各自群体,还是有交叉,搞不明白。按林芳的理解,前者通过选举产生,有资质,后者是自发的。看样子,新家委会大有不作为者被某些家长代表替代的趋势。家委会中还设常委,听上去还挺牛。

林芳问转发的家长,知道出处么?家长说:只知道大概。这个家长是社区居委会妇女主任,有女干部的沉稳,不时委婉告知一些来自家长的反映,具体到哪个家长比较含糊。林芳能换位思考,出卖同伙讨好老师的家长遭人提防、孤立。她热心、厚道,应该是这个班最合适的人选,为何当初弄了别人呢?这位家长说:"闹事未必真有什么意见,找茬弄点事让你不舒服。这就是当下扭曲的家校关系,当下的世道人心。"

这则短信跟上次的微信,大致可以确认出自同一人,或者同一群人。一群,是林芳忽然冒出来的想法,几个人凑出来的文字,其中一个执笔。文风相似度惊人,包括滥用感叹号。林芳办公室同事都看过这个信息,甄红给了发布者极高的评价,说文采好,见过世面,还说家长中不乏高人。林芳说何以见得?连标点符号都不会用,能算文采?理在文中,用得着掷炸弹一样的感叹号轰炸?如果不是无知,标点符号的使用习惯很能说明点啥，一"逗"到底的人做事拖拉，或比较随和。爱用句号的人气短，身体不是很好，性格古板。喜欢使用复杂标点的人，标新立异，张扬。频繁使用感叹号呢？平铺直叙的一句话，没有一丝一毫感叹元素，好端端的句号不用；总分过渡，不用冒号，还能用感叹号，不是歇斯底里，是什么？

果然，在林芳得知家委会改选的第三天，收到德育处发来的推荐表，不是增选，是改选。林芳第一个想到妇女主任，把空白表传过去让她填写。妇女主任说："不妥，平白无故罢免原来的会员，我得罪不起。"妇女主任的拒绝，让林芳感到失落。原来那个会员，对儿子管教不力，孩子成绩不好，天天弄点出格的事，让老师头疼。林芳打电话过去，他推三拉四，认为管教学生是老师的事。这样的家长作为代表，是否有能力，能否以平和的心态参与学校政务，值得怀疑。

放学时，林芳给家长群发了一条信息，让家长自发推荐候选人，并鼓励毛遂自荐。一夜无回应。那位老会员信息来了："是不是只有优秀学生的家长才有资格进入家委会？"林芳品出其中滋味，同时感到惊讶，她刚迈出第一步来不及收回脚，对方循着脚印追过来了。既然她心目中理想人选有顾虑，家长们万马齐喑，也罢。林芳把空白表转给他，那位反而嗫嚅，说："你帮我填，人家还以为我这个会员是抢来的。"

六

这天，林芳跨入教室，刚写好课题，教室后门被推开，进来两男一女。三人放下各自提来的简易方凳,坐下。什么情况?学校为了加强常态管理,以前试行过"推门课",即课前不打招呼,领导直接推门听课,后因老师普遍反感渐渐废止。这几位,除了高瘦的男人似曾见过,剩下两位都很面生。如果是局里临时抽查课堂,应至少由一位校领导陪同。林芳捏着粉笔,投过去询问的目光,满教室的孩子转身看着后边,一脸的惊讶。

高瘦男一扬手说:"我们是来听你上课的。"又换个语调说:乖乖上课,有什么好看的!两句话各有指向。林芳说:"请你们告知身份。"高瘦男晃晃手机,"不认识?不知道?我们是家委会常委,今天家委会授权我们来听课。"林芳说:"我需要核实。"高瘦男说:核个屁。边上矮胖的男人用胳膊搡了他一下。对林芳说:"你问苟校长吧。"矮胖男随手一划拉手机,让后排大男生把手机送到林芳手里。林芳听苟校长说:是这么回事,好好上课吧。

林芳上的是《金蝉脱壳》。农村孩子,应该在生活经验之内,林芳一问,居然大部分没见过蝉。好在有一个孩子查过百度,尤其知道蝉漫长的地下生活儿,否则审题环节就会冷场,变成代庖了。大概因为内心不爽,本来熟络的教学环节居然卡壳,不得不翻看教案。学生也不时走神,回头偷看。区分叙述顺序与蝉儿脱壳顺序是个难点,不少学生填空出错。如果临时调整教学内容,把脱壳顺序作为重点,余下时间指导背诵,效果会好些。

一堂课就这样莫名其妙结束了。随着下课铃响,三位听课者随即起身。高瘦男伸了个懒腰说:"等一会儿找个地方,我们交换意见。"本是一出闹剧,非要弄得正事一般。得,奉陪。

办公室隔壁有间小教室,培智班撤掉后,留着五六套桌凳,午间正好用来开小灶。林芳与三位相对而坐,现在她有机会近距离打量他们。瘦高男长脸,一口被烟熏黑的龅牙,说话乱炒葱。矮胖男圆脸,给人慈眉善目的感觉。细细甄别,瘦高男不过是走卒,矮胖男人才是管事的。再说那个女的,穿戴时髦,奁着青灰眼皮,不正眼看人,到现在没听她说过一句话。

龅牙的瘦高男说:"不要以为我们不懂教学,我也是从学生过来的。一个班42名学生,一节课发言的学生7人,多数学生轮不到发言,机会面前人人平等。"林芳说:平等的含义不是平均,每节课让每个学生都发言一次,来得及吗?龅牙男说:其中一个男生发言3次,他是你亲戚?林芳本想说没人举手,又想说叫谁发言还用查户口,出口却成了一句调侃:"你不是常委么,有权调查。"时髦女人终于开口了:"我们常委跟你商讨教学,不是吵架。"林芳说:"三对一,吵得过你们吗?"

矮胖男人打圆场:"林老师,我们都是有身份的人,要注意教养。我们呢,不是太懂,也不是一点不懂。比如金蝉脱壳中的"壳"读qiào,蝉儿脱壳中的"壳"读ké,学生质疑的时候,你只说是习惯读法,学生知其然不知其所以然,老师的职责传道授业解惑,你不给学生解惑,是否尽到老师职责?当然,你这节课呢,思路比较清晰,我查过你备课,与上课内容基本一致。"什么时候还被他们看过备课,林芳不得而知。林芳说:"如果你当老师,怎么解惑,请你指点一二。"胖男大概想不到林芳这一招，说："如果我什么都懂，何必把孩子送到学校来？"林芳一步不让，"你的意思是不懂。"

时髦女子眼见胖男人语塞，插话道："我们知道你是化学老师，不说当语文老师有没有资格，光听你的普通话就不咋样。"林老师反唇相讥，普通话88.8分，证书在办公室里，可以去拿。

这样的谈话是无法善始善终的。三对一，悬殊的比例，他们居然没捞到任何便宜。林芳本来想客客气气，应付过去算了。怎奈三个人斗地主一般咄咄逼人。古有舌战群儒，他们是儒吗？一帮自以为是的半瓶子醋，不知从哪里临时撇了点汤油的人物。歪打正着的挑衅激发了林芳的斗志，她说：三位自我介绍是常委，嘴上说的不算，有证件没有。三位面面相觑。胖男人翻出手机，给林芳看照片："这是家委会选举现场，这是家委会会员合影，这是常委合影，这是校长陪同常委考察食堂，这是……"

苟校长陪同考察的照片很有意思，他被一圈人围着，抱臂低头，看不见脸，似接受众人讨伐。拍照的人真能抢镜头，居然让画面的定格暗合了当下学校的弱势。胖男说：学校微信平台发布过这个消息。林芳说：没看见。老师都有微信订阅号，林芳貌似浏览过，只是从不细看。

回到办公室，室友们同情地看着林芳，想从她脸上证实一些猜测。林芳一脸平静，仿佛寻常的下课归巢。甄红转过身，小声问，怎么样？林芳赔了个苦笑，摇摇头。她毫无回忆的兴趣，更无复述的欲望。不管她被挤对得狼狈不堪，还是她把对方驳斥得体无完肤，作为拥有老师身份的她，都是失败者。而且，失败的不仅仅是林芳一个人。

那次家委会后，办公室传言，家长执意拒绝校方参与家委会选举，后来让步，是以同意某些条款为交换条件。比如说：家委会成员有权随时到食堂吃饭，监督食堂管理；常委可以随时进教室听课，查阅教师"七认真"。每学期邀请家长参加活动，订立量化指标。涉及收费项目，经常委表决通过才能实施。还有……林芳当时就插了一句话，"马关条约"！

入睡前，林芳看了看手机，学校微信号有新发布，点开，居然与她有关。微信平台新辟栏目"家委回音壁"，她荣幸成为这个栏目第一个音符。

家委会常委走进课堂

9月22日，因南湖小学邀请，南湖小学家委会3位常委，代表29位家委会成员，也代表全校1397位学生家长，走进南湖小学课堂！听了五（1）班语文课！

这节语文课，由林芳老师执教《7.金蝉脱壳》！课后，常委与林芳老师进行了深入细致的研讨碰撞！常委一致认为，林芳老师能严格按备课上课，上课思路比较清晰，课堂效果较好！

但是，也存在一些问题！学生发言率仅16.67%，与大面积提高教学质量，与"为了一切的孩子"的教学宗旨差距甚大！只求浅层知识，不求文本解读的透彻与深刻！希望林老师在接受常委意见，改进教学工作方面，谦虚谨慎、戒骄戒躁！

　　家委会领导表示，今后要经常性创造性开展活动！全方位参与学校管理！真正行使家委会的权力！促进南湖小学办学水平和老师素质的提升！

　　报道附照三张，第一张三常委合影，背景学校大门，第二张课堂听课，第三张课后研讨。三人合影是找人代拍的，出自门卫保安或某位家长，说不定是校长门口迎接时献的殷勤。后两张，三常委不齐。胖男人上镜率最高，中心地位凸显。林芳只出现在最后一张上，仅有侧面背影。

　　底下鲜有跟帖，有几条，或灌水，或不痛不痒，或文不对题，可见这信息并未引起多大反响。家委会成员怎么没热情呢？或是觉得，白纸黑字留在网络上，千人百眼审视，不敢贸然跟帖。

　　林芳终于手痒。

　　家长拿着手电筒照老师，也让老师拿手电筒照你。一个家委会成员，首先应该反省自己是不是合格的家长？

　　老师水平与能力的评判，究竟以什么为标准，谁最有发言权，是那些不懂装懂、虚张声势的家长代表？

跟了两帖，仍然如鲠在喉。

林芳突然思路闭塞。回头看帖子中规规矩矩的逗号、句号、问号，有些懊丧。在感叹号堆砌起来的文本中，所有文字的意义都显得苍白。一次次的扰乱，几乎颠覆了林芳对标点意义的固有认识。

林芳按住 Shife 键，敲出一连串感叹号。

大课间

课间操快结束时，洪雪望见俞跃进捏着无线话筒等在司令台，知道校长又有重大发布了。今天星期三，不是国旗下讲话的日子。俞校长每次一开讲，班主任心里就发怵。他讲话风格别致，总是从骂人开始，骂完讲道理，讲够了道理才布置工作。这次也不例外：

"自己看看，广播体操做得像什么？每况愈下，惨不忍睹，作为一校之长，缺个地洞钻！有没有吃早饭……"

训话正渐入佳境，不料被孩子的天真搅乱了。低年级孩子以为校长提问他们，居然齐声说"吃了——"，中高年级的孩子乐了，被骂低下的头抬起来，偷偷观察老师反应。年轻班主任规规矩矩站在队伍前，老嘎的几个缩在后边，三三两两扎堆说话。俞校长不愧老江湖，没有丝毫受干扰，马上调转枪口：

"班主任在干吗？没长眼睛？自己班上做得好不好？为什么做不好？有没有尽到班主任的责任？"

一连串的质问，把班主任唬回学生身边。洪雪面无表情抱手站着，挂在围墙的音箱直直地对着她，巨大的分贝震得耳膜生疼。只要不指名道姓批评哪个班，哪个老师，由着他说吧。校长继续道：

"一二年级年纪还小，可以理解，五六年级做得相对较好，但是，三四年级最糟，尤其是四年级这几个班，那叫什么？乌合之众！"

莫名其妙间，洪雪看到两边的学生和老师都在朝这边张望，就连她班上的孩子也偷偷回头看她。洪雪左右扫视，同年级几个班主任都不在，她不成了众矢之的么？幸好校长点到为止，没有乘胜追击，他转到下个环节，讲健康的重要性，大谈广播体操与学校精神风貌、整体形象的内在联系，最后进入正题："这个月底要进行大课间比赛，我们一定要片内出线，进入决赛。具体安排是……"

上课预备铃响起，学生退场。几个班乱哄哄地排着长队，堵在楼梯口。六年级孩子仗着力气大，拨开小同学从队伍中穿插，本来还算像样的队伍被分割得七零八落，楼梯、走廊、教室，渐次响起噔噔的脚步声。

洪雪护送学生回教室，路过办公室门口，沈兰正看着手机吃吃笑。沈兰招呼洪雪，急着与她分享微信段子。洪雪懒懒地说：有什么值得开心的？沈兰说："今天早上'芋头'去幼儿园视察，问孩子，'你们认识我吗？'你猜，孩子说了什么？"

洪雪没兴趣追问。孩子说:"认识——你是光头强——"

洪雪嘴角略咧了一下,没有跟着沈兰放肆大笑。老师背后唤俞校长为俞头,叫着叫着,叫成了芋头,这倒符合他过早谢顶的形象。这一阵,电视里铺天盖地地播放《熊出没》,剧中的伐木工叫光头强。"童言无忌",洪雪省得扫了沈兰的兴,勉强挤出四个字。

"今天情绪不对呀!"沈兰问,"有什么事吗?"洪雪说:大课间比赛,为学校争光。沈兰说:"当我们弱智,还不是为他自己争光!干活儿是我们的,荣誉是他的。"洪雪告诉她四年级挨批了。沈兰说:"叫你待着陪我吃猕猴桃,就你假积极。"沈兰继续说:四年级五个班主任,捉差生的,吃早点的,上厕所的,都没下操场。分管校长、体育老师,操场上见过他们几回?

两人都是空课。"大课间活动的目的是什么?"洪雪自言自语,又似问沈兰。沈兰说:"咋问这?活动的目的就是活动,孩子不能总坐在教室里,得保证每天两小时活动量。"洪雪说:目的是动起来,那比什么?沈兰说:"比什么?比进场、退场快,比广播体操做得好,比分班活动花俏。哎,你今天怎么啦?净问些幼稚问题,又不是第一次折腾。"

电脑提醒有通知,是校长室群发的"飞鸽传书"。洪雪点开,浏览,刚想说什么,沈兰遽然大叫一声,"放他娘的屁!还要让班主任教广播体操?一个班语文兼班主任,以为我省力呒啥做。"洪雪说:问问俞头,教广播体操究竟是体育老师的事,还是语文老师的事。沈兰说:"副课老师都是宝贝疙瘩,不要招惹,人家把你毒得泛泡泡。"

洪雪无所谓,自认为说得在理。也真是奇葩,全校六个专职体育教师,居然只有两人会做广播体操。俩老头不说:从主学科转行的老屁股,期初拉高年级学生帮他们教操,自己倚在墙上抽烟,刷微信。"鸦片鬼",一个四十挂零精瘦的女体师,倒是科班出身,说年纪大了,不愿学第三套《希望风帆》。三个年轻老师,男的小丁,没理由不会;俩女的,会做操的正怀孕,剩下一个女孩学心理学出身,两次考编没进,通过关系走捷径进来的,教体育课属于过渡阶段,领导已承诺她转正后改任数学。

两人气咻咻说着,俞校长毫无预兆地出现在办公室。校长说:"特意过来,跟你们四年级班主任商量广播体操的事。"沈兰说:"俞校长,你知道我椎间盘突出,弯不下腰,不是我不愿意,实在心有余而力不足。"校长说:"你可以让副班主任教。"沈兰说:"我不是头儿,差遣不动。"校长说:"再想想办法么!洪老师,洪老师你会做的。"

"巴不得你找上门呢。"洪雪正指望跟沈兰一唱一和跟校长说说;突然觉得沈兰变了个调子,不是刚才的意思了,话到嘴边咽了回去。校长见洪雪没反应,继续说:"洪老师,你应该没问题的。"

等洪雪醒过神,校长的声音已经在隔壁办公室。沈兰埋怨道:"你刚才怎么不说话?"洪雪说:"我说脚疼蹲不下,还是说小产需要休息?"沈兰知道洪雪有潜台词,自嘲道:"他没惹老娘,暂且跟他客气点。"

第二天刚上班,校长室"飞鸽传书"通知,今天集体纠操,班主任全部下到操场督阵。第一节下课铃响,俞头在大喇叭里播送相同的通知。

司令台上站着俞校长和体育教师小丁。校长说:今天开始要一节一节过关。《希望风帆》起首叫预备节,四个八拍,每个八拍的动作都不一样。小丁对着一操场的学生,开始教分解动作。小丁腾不出手,俞头举着话筒,小丁说话时凑到他嘴边,小丁摆姿势时帮他喊口令,两人如演双簧。节奏很慢,像打太极拳。学生每一个动作定格几秒,班主任在队列中来回跑,纠正学生动作。一个八拍分解完成,学生连贯起来做又不整齐了,有的动作不到位,有的节拍跟不上。一个大课间40分钟,才纠了一个简简单单的预备节。

十分钟后,"飞鸽"又传书过来。俞头重新发布命令,各班由班主任牵头,务必在一周内完成纠操,并将广播体操与期末优秀班集体及优秀班主任评比挂钩。

洪雪说:做头忒容易了,发个"飞鸽"就完事,这么大的事,应该召集体育老师和班主任好好合计。沈兰说:"就你想得周到,还教领导做领导。"洪雪说:"我当领导的话,一个月前未雨绸缪,搞一次全校性的广播体操比赛,一举两得。"小戴去厕所吸奶回来,往冰袋箱里放奶水。小戴说:"这两天孩子咳嗽,老是惊厥,上课都吃不消,哪来精力干这事。"

洪雪给校长回"飞鸽",建议体育教师利用体育课纠操。沈兰问,俞头说什么?洪雪说:没喘气。沈兰说:"他不会答复你的,你净给他出难题,还得罪了体育老师。"洪雪说:对事不对人，要是都做好人，还怎么做事？

洪雪指望校长回应，好把自己的想法跟校长沟通，只要出发点是为学校大局，至于采纳与否，得罪什么人，她不管。事实上，她的建议很快被传播。下午，学校QQ群里在议论这个话题，几个体育老师吐苦水，不指名道姓攻击洪雪："咸吃萝卜淡操心，站着讲话不腰疼。""每月拿200元班主任补贴，想吃干饭。""一个小教师有什么资格说三道四，有什么权力差遣别人？"群里的班主任都不说话，领导潜水，任课老师打哈哈，没有人站出来说句话。后来，俞头踩刹车片，说不要闹了，都是为了工作。

洪雪郁闷，倒不是因为遭受攻击，是被误解，以为她推卸职责；是众人明哲保身，作壁上观，任凭那些人兴风作浪。细斟酌，未必是误解，那几个人明明知道她不是习惯推卸责任的人，就是因为她口无遮拦的正直触犯了他们，所以才将众人心思往歪处引。还有，她的话，那么快就传到体育老师耳中，传播者是谁？办公室的女同事显然不大可能，俞头？他巧借体育老师，堵住她的口，让她哑巴吃黄连。如果真是他的伎俩，是有水平还是没水平？至少，人品有问题。

四年级的体育老师，就是那个不太老的老女人"鸦片鬼"，对洪雪爱理不理，说她来晚了，仅有的几张图片给人拿走了。这老女人，一准故意刁难她。下午第一节体育课，老女人给小戴班纠操。她不亲自示范，把图解摊在地上，弯腰看一眼指挥一个动作，叫体育委员领操。轮到第二节洪雪班的课，老女人站在操场中间吹着哨子，让学生象征性跑了几圈，几个球一扔，放任学生自由活动。

洪雪心里冒火，却不能甩手不管。她从网上下载视频，装到教室电脑桌面上。

第三节是活动课，洪雪带学生把桌子挪到走廊，腾出地方，跟孩子纠操。教室不大，56个学生排成4列，施展不开。七碰八撞弄了半节课，决定带学生上操场。五年级五个班都在操场上，班主任压阵，小丁卖力地示范、讲解，已经纠到第三节"踢腿运动"。五年级班主任幸福，学生本来蛮熟练，小丁又好差遣。据说：二年级班主任捷足先登跟小丁达成协议，美女老师嗲声嗲气扭着屁股，特邀小丁给二年级开小灶。作为酬劳，二年级组提前动用办公室活动基金，就是卖报纸、考卷、作业本、练习册等破烂的钱，周五晚上请小丁撮一顿，地点就放在新开的"撮一顿"饭店。

洪雪把队伍傍在五年级边上，算是揩了二十分钟油，纠了一节操。

但时间不够用。一周五节活动课，分配给语、数、外老师，洪雪只能拿到两节。活动课结束到静堂大概有半个小时，马马虎虎能纠一节操。数学老师和英语老师也觊觎这半个小时，订正作业，捉几个差生，所以时间、出勤率大打折扣。她的班级，往往掐准了静堂铃声，才让家长接走。洪雪拖着疲惫的脚步回到办公室，一口气喝光一杯凉白开。沈兰对洪雪说：不要太迂腐，眼下广播体操是中心工作，重中之重。洪雪知道沈兰也在纠操，占用语文课，她君子动口不动手，坐着放视频。洪雪说：为了比赛，把正常的教学秩序搞乱了，学业跟比赛,究竟孰轻孰重?沈兰说:"好心提醒你,有本事跟俞头掰去。"

一个星期后,纠操效果阶段性检阅。确实有效,齐整程度跟一周前恍若隔世。不知其他班是利用什么时间,由谁去纠,怎么纠的。俞校长又一次提着话筒站到司令台,检阅手下千多号人马。这次,他破例没有训斥,一上来肯定成绩,用了"群策群力""焕然一新"等鼓舞士气的形容词,特别表扬二年级组,其他年级撒葱花一般点了几个班,唯独不提四年级。然后他话锋一转,指出问题说:第七节跳跃运动仍不够理想,有些班主任中心工作意识模糊,不够配合,推诿责任。

洪雪觉得,校长的每一句话都在敲打她。全校那么多班主任,有几个像她那样自己学会做操,老老实实跟孩子一起做?跳跃运动是所有操中难度、强度最大的,她连跳几次,心脏有些受不了。俞头说"不够配合",那好,不管说谁,言下之意承认班主任是配角,那主角是谁?沈兰也跟着发牢骚:"不就发发嗲劲,请人家撮了一顿。我屁股扭给谁看,人老珠黄,请不动人家。"

纠操告一段落,下来重点放在分班活动。

学校里活动器材有限,所有孩子不可能玩同一种游戏,再说过于单调,没有美感。以往,广播体操结束,各班分散到固定区域,一周五天,篮球、呼啦圈、山羊垫子、铁环、长短绳轮着玩。杂乱无序,基本处于"放汤"状态。

俞头提出,要让活动变无序为有序。比如说:播放乐曲,让学生跟着节拍运动,每段乐曲剪裁成三分钟,玩一种花样。

十八分钟，6段乐曲，玩出6种花样，变成固定程式。俞头说：具体编排，仍然由班主任负责。

QQ群里有人问校长，是不是要编排5套方案？俞头回应，只要1套！每个班天天玩同一种活动游戏，等比赛结束后恢复原来的安排。

不同器材编排难度大不相同。四年级五个班主任凑在一起，商量无果，最终抓阄决定。洪雪班篮球，沈兰班铁环，小戴班跳绳，小朱、小王分别抽到跳绳和呼啦圈。沈兰想跟洪雪交换，洪雪没答应。沈兰说：跟着铁环跑来跑去，编排个屁。

洪雪发动学生献计献策，开发玩球花样，最终优选出6种玩法：运球、垫球、投篮、滚球入门、单人带球行进、两人背部夹球行进。第一天初试，学生兴致高涨。洪雪给学生细细分组，互为啦啦队，轮不到玩的学生也不闲着，至少他们眼睛、嘴巴、注意力不闲着。

俞校长的视察从最边上的一年级开始，今天破天荒带着一男一女两个副校长。俞校长背着手，秃头下一双鹰隼般的眼睛警惕地巡视操场。俩副手一左一右亦步亦趋跟着他，构成一个移动的三角形。走到二年级那里，男副校长止步，跟美女老师说笑，洪雪跟男副校长隔着一段距离，听不到他们说话，从表情、姿态流露的信息看得出，他们相谈甚欢。行进间的女副校长忽然觉察异常，驻足观望。校长大概不知道尾巴掉了，边走边说着什么。

沈兰示意洪雪观察这三个最高首长的作态。洪雪说：其实俞头蛮可怜的，臂膀不硬，凡事都要亲力亲为。沈兰说：自作自受，还不是他来了以后一手提拔的，有多大本事，他比你清楚，他告诉谁去？洪雪当然知道沈兰说的是谁，女副校长发迹前，与她俩同轨、同办了好多年。女人就是怪，对同性的嫉妒远胜于对异性。女副校长胸脯凸出，本事不怎么突出，但为人低调，从不趾高气扬，难能可贵的是还带一个班语文。要说捣糨糊，倒是男副校长，娘娘兮兮的前朝遗老，比俞头小几岁，靠姐夫爬到这个位置，终日无所事事，专往花堆里钻，上几节副课还经常请人代课。

说话间，俞头已进入四年级区域。洪雪换了一个位置，继续指挥学生。抬头间，洪雪与站在她学生背后的俞头目光相遇了，不过零点几秒。俞头脸无表情，眼神是空洞的。

洪雪回到办公室时候，沈兰正在擦眼泪。"怎么啦？"洪雪问。这一问不要紧，沈兰嘤嘤有声。小戴告诉洪雪，沈兰受气了，刚才俞头走到她班，绷着脸说：乱糟糟的，这是哪个班，班主任呢。沈兰哽咽道："他明明看我站在那里，让我在学生面前坍台。"洪雪说：当作他发神经。沈兰说："他故意找茬，怀疑我们俩凑在一起说他坏话。"洪雪说：堵不住人家嘴的。沈兰说："他就是欺我软弱，撞不过石头船，撞豆腐船。"洪雪揶揄道："谁是豆腐船，你吗？"

沈兰只比洪雪大两岁，但社会经验不是两岁的差距。沈兰常跟洪雪说："在学校里，要么你拍足马屁，当个红人；要么谁都不怕，做足恶人。这两种人都不吃亏。你我这样老实做事、不会捣糨糊的人最遭人欺负。"沈兰当着小戴的面不便明说：以往背后常跟洪雪剖析办公室人员："代课教师小朱另当别论，小王是有背景的,惹不起。不要小看小戴,年纪虽轻,城府很深,背后很有一套,不时请头儿到山上喝茶吃饭攒蛋,节节坎坎不忘给头儿拎点什么。记得吧,她上回流产,离婚后单着呢,居然批她半个月特别假,没扣一分钱。你懂的。"洪雪不喜欢那些弯弯绕的事,但不管可信度几多,还是从这位大姐嘴里长了些见识。

沈兰大闹校长室的事,洪雪事后才得知。洪雪正好在教室上课,沈兰越想越不悦,冲到校长室,一进门号啕大哭,弄得俞头措手不及。沈兰连哭带诉,逼着俞头表态,同意她辞职不干班主任,或者让她改行当体育教师。俞头放下架子,隔壁的女副校长也闻声跑过来劝导了一节课,把她送回办公室。

沈兰一哭一闹一发飙,效果显著。"鸦片鬼"特地为她班增加了类似跨栏的障碍器材,仔仔细细帮她编排花样活动。沈兰在洪雪面前只承认哭过,闭口不谈细节。

三日连雨,演练不得不暂停。比赛进入倒计时。

第四日雨停,雾霾上来了。洪雪从走廊俯瞰,几个校工操着大扫把清扫操场积水。果不其然,下课后,久违的《运动员进行曲》响起。

停练了三天,加上双休,学生明显返生,广播体操和花样活动质量严重滑坡。俞头的脸色又不好看了,就像此时的天气。四十分钟的大课间结束后,俞头狠狠宣布,再来一遍!

又是四十分钟。按理说:学生只要不上课,总是非常乐意的。也不尽然。一操场疲惫的孩子,包裹在混沌的雾霾里。带着目的带着压力的活动,失却了活动的本意,未必能给学生带来欢愉。

一节课就这样给冲掉了。老师预设的教学任务落下了，尤其是数学老师，一天就这一节课，不得不跟副课老师商量。学生回到教室，趴坐着不动，只有几个精力充沛的，挤在净水机前盛水，喝水，玩水。校长在喇叭里播送通知，中午12点开始，继续演练。"啊——"全班学生同声惊呼。

中午演练的内容加了进出场，各班按照指定线路，落实到楼梯、楼层、走廊、班序，等等。为了从主楼梯分流，洪雪这班被排在最后，线路最复杂，从教学楼拐向天桥，转到综合楼下楼。楼梯又窄又陡，学生赶时间走得急，一不小心就弄出点事。

出楼梯口时，队伍后边学生急呼洪雪。一个男孩栽倒在平台上，磕破了嘴唇，嘴里吐出大口鲜血。男孩哭着，说被"妖怪"推倒的。"妖怪"是班上最调皮的男孩，根本不想读书，天天捣乱，惹事。开学时，他奶奶提着一根竹竿给洪雪，当着全班学生面说："老师你尽管打，打死都没事。"老妇连连叹气，说："我家怎么生了这么个妖怪呢，祖宗作的什么孽啊。"可气的是，此后孩子以"妖怪"自居，同学干脆不呼他大名唤他"妖怪"。

洪雪暴怒，狠骂一句："你尽给我添乱，真是个妖怪！"

洪雪送受伤孩子去医院，上车时，给家长打了电话。忙乎半天，回到学校。涉及不少的医药费，牙齿松动的诊断，可能带来的破相，等等。洪雪把双方家长请到校长室，三方协商解决。

受伤男孩的父母都来了。母亲搂着孩子,一把鼻涕一把眼泪,心肝宝贝地叫,声称一家人如何疼爱,如何不舍,不时问孩子疼不?男孩的父亲说:摔那么重,脑子是否摔坏,内脏是否受伤,智力是否受影响,谁都保不准。以后有什么事,反正找学校。

"妖怪"父亲早已习惯儿子惹是生非,习惯老师告状,习惯帮儿子买单。摊上这么个儿子也无奈,但他从不爽快掏钱。这次,他点准学校的软肋,说12点根本不是出操时间,学校违反作息制度造成的后果该由学校承担。

俞头自始至终赔笑脸,多抽烟少说话。偶尔对受伤学生家长安慰几句,免得事态扩大,或者对加害方提醒责任,以防到时赖账。这种纠纷见多了,别指望一次性解决。等孩子伤痛恢复,双方家长神思耗得差不多,进入谈钱环节再正式谈判,所谓火到猪头烂。

俞头客客气气把家长送到门口,说:有事找洪老师。俞头转身进去的刹那,满脸堆砌的笑肉很快耷拉了,他自始至终没跟洪雪说一句话,没有过一次眼神交流,哪怕是责备。最后那句话不像客套,似暗示家长少去烦他,班主任洪雪负主责。洪雪一直插不上嘴,怎么说呢,帮谁说话,帮俞头?堂堂校长不可能要小教师助阵,何况,学生一旦进入校园,学校是第一监护人,出了事脱不了干系。帮"妖怪"?不可能。帮受伤男孩?这孩子也不是什么好鸟,同情的天平暂时偏向他而已,天知道在被推倒之前发生过什么。洪雪不敢轻易发表看法,有苦衷,也有打算,明天有必要调查清前因后果。慢慢来,有些话只能跟家长个别交流。

比赛前一天，学校进入戒备状态。全校大扫除。总务处突击添置花草盆景，摆在校门到操场必经之路；标语牌更换了新内容；赶在比赛前，突击安置电子屏。喜庆色彩稍稍冲淡了学校紧张气氛。俞头又着腰巡视校园，走遍犄角旮旯，哪怕发现一张纸片，一个花盆位置偏差，一块瓷砖的脱落，都要操起电话问责。

这一天，基本不上课了。

上午第一节课，是赛前总动员。俞头又一次展示了他极好的口才。首先，他重申上次说过的重要意义；接着，对学生进行礼貌教育，比如看到客人、老师要鞠躬问好，下课不可追逐吵闹；最后，是明天的安排。进出场时班主任带队，副班主任断后，到达操场后分别站在队伍前后。各楼面、楼梯口、操场衔接处由中层干部定点维护秩序。

第二节课预演，下午第一节彩排，下午第三节模拟比赛，正副班主任、中层全员到位。

沈兰人高马大，本来就爱出汗，几个回合下来，身上汗水没干过。她今天喝了好多水，消耗了双份水果的定量。她说：一模、两模，还有三模，弄个大课间比赛比高考还紧张，今天晚上不用锻炼了。洪雪问沈兰："你班的'捣乱分子'怎么处理？"

"捣乱分子"的意思，只有俞头和班主任明白。

今天演练，俞头深入基层，用手机拍照，用一支笔记录着什么。下午彩排后，俞头通过筛选系统给班主任发"飞鸽"，说发现每个班都有几个捣乱分子，严重影响整体面貌，建议班主任排查；同时下发一张表格，标题叫"大课间情况排查表"。排查什么？标题中没有提示语。表目很简单，就姓名及情况两个栏目，也没有定性的词语。

三个小年轻讨论着，这表格怎么填呀？沈兰说：填上捣乱分子姓名，情况么？可以填弱智、做操不熟练、自我管理差、病假时间长，等等。小戴说："沈老师慢慢说：让我记一下，你咋知道填这些？"沈兰嘿嘿笑。小戴又问，填这表是什么意思？沈兰说：什么意思？就这意思。小年轻们把问号移向洪雪。洪雪说："俞头暗示你们不要让这些学生参加明天比赛。"小戴说："他直说么，害得我们猜谜。"沈兰说：他是一把手，落下话柄的话不会说：这叫高深，叫有水平。小戴说："我班做不像操的有三个人，明天不让他们上学，还是让他们来了藏厕所里？"沈兰说：虾有虾路，蟹有蟹路。三个小年轻将信将疑，问这个表要反馈吗？沈兰说："随你们。"小年轻仍不放心，又问沈兰和洪雪："你们怎么办？"洪雪说：明天看。沈兰说：明天再说。

大课间比赛分两个赛段，教学片选拔赛不评奖，总分第一名的学校出线，参加市级比赛。市级比赛是评奖的，最低三等奖，按奖级获得加分。不要小看两三分，对学校办学质量的评估是弥足珍贵的。

十点半，评委准点到达。俞头在门口迎候，引导他们停车。评委组由体育教研员带班，但教研员不参与打分。7名评委，是片内7校的体育组组长或体育教师，本校体育教师回避给本校打分。凡体育项目比赛都纳入重大赛事，不只俞头，其他学校头儿都很重视，对评委特别款待。赛序是抽签的，上午4校，下午3校。"鸦片鬼"去抽签时，俞头特意关照她，争取排在第4位，把评委拉到学校吃午饭。果然如愿。"鸦片鬼"跟俞头说：体育比赛的招待跟一般教学活动格子不一样，各校人手一包"中华"。俞头说：没问题。近年学校已废除香烟招待，即使大领导来了，也不例外。这条烟，俞头自掏腰包，还是有什么列支渠道，就不得而知了。

学生进场，做操，分班花样活动，整队，退场。整个过程行云流水，比以往任何一次都顺畅。俞头陪着教研员站在司令台边，一边观摩，一边说话。6个评委始终钉在6个点位，看得出，预先作了分工。

比赛结束，正好开饭时间。今天洪雪和沈兰负责看护，给学生分饭，舀汤，待学生吃完饭，课桌、地面清理结束，把餐具搬到走廊，让食堂阿姨收走，最快得半小时。

洪雪和沈兰结伴去食堂打饭。绝大部分教师餐毕离席，只有十几个负责看护的教师陆续进来。食堂人员揩台抹凳，教师餐厅最里边的一桌，就是原来校长坐的桌子上，叠放一张圆台面，台面上铺了一次性桌布，8个冷盘已布好。厨房里传出忙碌的锅铲声、蒸汽锅的哧哧声、煤气灶的呼呼声。跟声音一起飘过来的还有菜肴的香气，当然不是食堂菜大众化的香气。

洪雪和沈兰的座位对着圆台，能看到厨师端着菜从厨房跑进跑出。俞头在圆台边恭迎，伸手示意各位入座。作陪的还有两个副校长，男的开酒，女的为客人倒酒。俞头说：委屈各位，只能在食堂里粗茶淡饭将就。

宾主很快入席。俞头说：队长吹哨子了，开工！说着，端起满杯白酒，以杯底敲击台面，客人跟着胡乱敲几下。俞头说：尽在不言中！说完"滋"的一声，液面下降一半。俞头的热情，很快得到众人的热烈响应。

喝酒，吃菜，侃大山。主宾是教研员，主陪当然是俞头。洪雪和沈兰能清晰听到他们的谈话。都是瞎扯，从没涉及一句正题，拐到大课间比赛上去。所有的意思都包含在热情的招待中，如果非要把意思说出来，就显得俗气，没水平了。世上没有无缘无故的爱，投桃报李，彼此心知肚明。吃菜，吃菜！这些人平日不入俞头法眼，而今天，他们握着生杀大权。

俞头举起酒杯正想逐个敬酒，突然接到电话。开始时一个手还端着酒杯，说话间把酒杯放下，再说几句，离开席位走向食堂后门。俞头重新回到餐桌时，脸色阴郁，很尴尬。俞头把教研员叫到一边，两个男人像小女人一样咬着耳朵嘀咕。教研员回到桌边说：各位弟兄，出了点情况，酒改日喝吧，吃点便饭马上出发。

厨师端着大盘红烧鳜鱼过来，俞头一挥手说：不要烧了，先拿8份教师餐出来。厨师一时没反应过来，"怎，怎么啦？"俞头恼怒道："不要问了，快去弄！"

一桌人不明所以，离席坐到另一个桌子。突然中断的酒席上堆头满碗的菜肴还没动几筷子，一圈酒杯里茔着或多或少的剩酒。电扇兀自在半空转动，掀动塑料桌布边沿，发出窸窸窣窣的叹息。

8个客人吃着跟老师一模一样的饭菜,餐具也是不锈钢快餐盆。他们只顾闷头吃,吃得很潦草,与十分钟前的融融乐乐迥异。俞头和两个副校长没有陪客人一起用餐,后来有没有吃、吃的什么,洪雪和沈兰不知情,她俩先于客人放下筷子前离开了。不过,菜既然烧得差不多了,酒瓶也开了,便宜了食堂厨师、阿姨,他们的份饭都省给客人吃了。

大课间比赛的结果毫无悬念。俞头这个学校总分在7所学校中名列第二,比第一名只差了0.6分,也就是说:平均每个评委打低了0.1分,这0.6分耗在某一个评委,是互有参差中合计的巧合,还是6个人英雄所见略同?传言至少有三个版本,据说都源自"鸦片鬼"。

一说:评委当场不打分,待所有比赛结束,教研员召集众人商议。教研员本想把第一名给我们学校的,就算凭实力,我们学校当之无愧,但出了这码事,只能忍痛割爱。

二说:比赛之前,评委早就串通好。每个人打出的第一名都是后来出线的那所学校,给我们学校打的都是第二。

三说:因四年级几个捣乱分子,扣了大分。

洪雪怀疑最后一条的真伪,是"鸦片鬼"记仇,损阴节,因为只有洪雪班上没有剔除学生。天花乱坠,哄哄学生是很容易的事,然而心中有愧,愧在哪里,用脚趾都能想明白。孩子会长大,学生时代的某些记忆碎片,会如烙印一般刻在心里。种瓜得瓜,洪雪不想把功利种植到孩子的记忆中。

秩序回归正常。洪雪和沈兰踏着晚霞走出校门。校门口新安装的大型电子屏,滚动字幕是"热烈祝贺我校在大课间比赛中荣获第二名"！"自欺欺人！"沈兰撇嘴道，她夸张的嘴巴牵动鼻翼扭向一边，很生动。洪雪说：第二名跟第七名，有什么区别？也许含金量不一样。沈兰不知从谁嘴里掏到消息，告诉洪雪，喝酒是学校周边居民举报的，那家跟学校有积怨，从楼上能清楚地望见教师食堂。俞头正在排查、核实。俞头正设法通过第三者，缓解关系。

　　洪雪说："如果我说是我举报的，你相信吗？"

退居四办

一

秋季开学,董国昌退居二线。

退居二线,听上去挺牛。小学的狗屁中层,算哪门子领导?堂堂中心校长充其量正股,排不上组织部名册。中层与校长之间还隔着副校长,跟普通老师的落差,就是芦席上爬到地上。

领导没有采纳董国昌的建议,依然在期初教师大会上宣读红头文件。尔后展开话题,从董国昌任职经历,谈到站好最后一班岗,为新任教导编排课程表,主动要求任教主学科,等等。夹叙夹议,给予了很高评价。最后,以一句富有哲理的话总结:"看一个人,不仅看他怎么开始,而且要看他怎么结束。"

接班人盛情挽留董国昌继续坐在教导处,理由是刚接手,需要师傅带一段时间。董国昌说:"不妥,名不正言不顺,我坐那儿,你坐哪个位置?"

按惯例,董国昌应该到第十一办公室,所有退下来的中层都归到这里。总务处已把董国昌原来的办公桌搬过去。十一办位于行政楼二楼,离开三楼管理层又不脱离行政楼,在曾经的地位与现在的地位间不偏不倚。他们只需上几节副课,悠闲而自由,考勤也不怎么较真。董国昌要求任教四年级语文,说离正式退休还有三年,恰好把这班学生送毕业。领导正伤神于找不到合适的代课教师,又不好意思跟哪位商量顶一阵。董国昌自己跳出来,再好不过了。

董国昌搬到四年级对应的第四办公室。这意味着他彻底告别行政楼,成为一员普通教师。这没什么不合适,相反,办公室就在教室隔壁,很方便。

原来的办公桌是不能带过去了,放不下,放着也不协调。"委屈你了!"领导半开玩笑道。二十平方米的小办公室,已经放了六张桌子,再挤进一张柜呀,架呀什么的,都没地方放了。董国昌把所有家什装在一个纸箱里,落户四办。

"我坐哪里?"他问室友,同时在琢磨。六个人已经占好了位子,仅最前边靠窗那张桌子空着,明摆着怎么回事。一花一世界,几个人的小天地也不乏大心眼。似乎坐得越靠后越说明资格,右边与左边还有微妙的差异,直对和不直对门都有讲究。资格源自资历与资本的,还是自我感觉,还是靠着手捷脚快？自后往前，靠门一列三员女教师，依次是葛萍、叶向红、龚晴，右边男老师，依次为老翟、老朱、江晓峰。

"真让我坐江晓峰前边？外人还以为是临时代课呢。""坐这里么？"董国昌又问一句。他以明知故问隐晦地提醒室友，表达内心的不快与不满。董国昌一眼看过去，备课的，整理书桌的，刷手机的，似乎都忙碌而无暇应答。老翟的整个头部藏在电脑显示器后，不知道他在干什么。

"我跟你换个位子。"老朱站起身解围。董国昌说算了，这里亮堂。老朱让位给董国昌，自己前移一档，让江晓峰坐到最前边。

老朱后来跟董国昌说："三个女的正好一列，叫老翟让出来最合适，他是没资格占这个位子的——怎么说他呢？你以后慢慢感觉吧。反正我快滚蛋了，坐哪里无所谓。"以往教师不太紧缺时，像老朱这样退休边缘的老教师一般不安排主学科。

"老朱啊，你没吃过一天省力饭，确实不公平！"董国昌以感慨表达着感激，后半句本想说"领导心里有数"或者"我对不起你"，打官腔、说客套都不合适，出口变成一句了牢骚。怎么才坐到教师办公室，说话就不一样了？好在老朱没顺着话头往下展开，只笑道，不公平也是一种公平。

二

以前，不值班时，董国昌每天提早半小时到校，从教学楼底楼到四楼转一圈，再从天桥去办公室。现在不在岗位了，董国昌仍不由自主,拐到西楼梯起步,从过道转到东边,上楼转向西边。有几次过办公室门而不入。老朱问,去哪里?董国昌哑然止步。

老朱起早,六点半出门,七点不到就逛完菜市场,到校。老朱总是预留足够的时间,走路做事看似慢悠悠,却从不落下什么。老朱已经打好两瓶开水,每天对董国昌第一声招呼"泡茶吃",或者还会加一句"开水泡好了"。董国昌问,办公室没安排值班表?老朱说:有,没用。

同事陆续进门。

老翟轻提热水瓶,拉开瓶塞,顺手在瓶口一探。老翟有三个茶杯。透明双层玻璃杯泡绿茶;陶瓷杯泡糊,山药、黑麦片、葛根粉之类合研的粉,每天在放学前泡糊吃;还有一个超大的茶色玻璃杯,泡养生茶。董国昌识得枸杞、海马,其他红红绿绿的劳什子,大大小小的叶子就弄不懂了。老翟泡完茶,桶装方便面焐得正好,掀开盖子,搅动不锈钢叉,一阵异香随即弥漫开来。"唷,想不到垃圾食品这么香!"董国昌故意抽动鼻息。老翟只顾低头,嘬着弯弯曲曲的面条,吸溜吸溜的声响夸张着他的享受。

葛萍泡奶咖,加一匙蜂蜜,轻轻搅匀,慢慢呷着。葛萍说:好像水没开,影响口味。老朱说:等温度表显示100度才放的。董国昌说:87度咖啡口感最好。老翟接茬,关键是隔夜水有没放掉,千滚水等于毒药,亚硝酸盐含量高,赖汉炉不好,市里学校早用上直饮水了。葛萍搭话:"老翟先前待过的几所学校都划归城区了,你倒好,调一所,远一程,只能喝这里的千滚水。"葛萍喝完，开始自制水果沙拉，洗，切，苹果丁、火龙果块、圣女果什么的，堆在一个透明的玻璃碗中，淋上酸奶，用一把只有两个齿的小叉子叉着，慢慢享用。

叶向红和龚晴踩准点数，手里提着馒头、扯篷豆腐干，坐定，低头凑在包装袋上吧唧着。怎么都在学校吃早饭的？以前真没留意。每天这个时间段，董国昌特忙，从不去教师办公室。老朱打趣道："用上班时间吃自己的早饭，你这辈子学不会吧？等于用公家时间锻炼自己的身体，当下很盛行的。"

董国昌所在的四（5）班，班主任是英语老师，江晓峰同时教这班和四（4）班数学。不知怎么，小江基本上没有准点上班的。早读课老师缺堂，最怕学生弄点事出来。董国昌不得不帮他看护。葛萍却不太愿意。葛萍对董国昌说："你是领导，提醒他说呢，不要连带害我。"董国昌说："我现在名不正言不顺，以什么身份跟他说？值日行政每天检查早读，只查不通报有何用？"葛萍说："通报了又咋样？照样当他的老师，年底照样一文不少拿钱。哦，比我们还多拿三千，人家是学科带头人。"

课间，董国昌上厕所，撞见老翟躲在这里抽烟。老翟先前待过一段时间的综合办公室，有烟友，几支老枪集中在那里。老枪们不管不顾，开着空调依然吞云吐雾。好在大多是男的，两个女老师都五十挂零了，在家久经考验，实在受不了就逃出办公室，到其他地方转一会儿。后来老翟到低年级办公室做"党代表"，都是年轻女老师，且持续不断地生一胎二胎。老翟故伎重演，人家公开提出抗议。每犯烟瘾，老翟做贼一般钻叴昃，独处时又不甚识相只管抽，人家意见很大。老翟到四办后，又不怎么收敛了。每次打火机一啪嗒，叶向红条件反射般从凳子上弹起，拉窗，开门，弄出很大声响。

老翟抽烟有架子，经常咬着个黑色烟嘴，让人想起某些影视作品中一类人物。大概烟嘴没带身边，大众化的范式有些别扭。董国昌调侃道，到这里来吸毒了，不去吸烟室？两人说的是三楼最靠西的空教室。老翟摇头说太远，端着大茶杯出去了。

董国昌回办公室续茶水，一提热水瓶，发现都是空的。这帮人吃水蛮厉害！他提着热水瓶去打水。忽然记起，刚才老翟大茶杯是满满的。葛萍说老翟自私，宁可拿自己茶杯盛开水。事实上，董国昌也没见葛萍为办公室打过开水。有一次，董国昌当着全室人员跟老朱说：刚参加工作那会儿，每天生炉子，提井水，现在只需走几步路，水龙头一拧。董国昌用心良苦，提醒大家互相担当，年纪轻轻，就这么心安理得享受老头子的服务？老朱说：不如把话说给墙壁听，愿干就干，不要边干边有怨言。

老朱告诉董国昌，有个低年级办公室更不像话，从来没人打水，热水瓶盖干缩得从瓶口里掉下去。室主任排了班，硬生生规定值班老师每天必须打两瓶开水。那帮懒货居然差遣学生，那么小的孩子，走路尚且不稳，两手抱着瓶热水，看着就提心吊胆。孩子烫伤了，会出大事的。只要他遇上了，就帮孩子打好开水送过去。孩子跟着他，不敢擅自回教室。你猜那些人什么反应？毫无羞惭，最多说声，哦，开水来了。回头数落学生。

三

每星期五，董国昌值日。学校有两种吊牌，以前，他站南大门岗，挂"值日行政"。象征曾经身份的牌子依然留着，撇在抽屉角，他到总务处重新领了一个牌。才七点，董国昌就到了东门岗，提前了二十分钟，另一位老师没到岗，学生三三两两。胸口的吊牌在秋风中飘动，打转，牌两面都是正面，"值日教师"是竖写的宋体，上边一行校名行书，是本市著名书法家手迹，整体流畅，单看，小学的小像三个点，中间一竖很短还不带勾，越看越不像字。

保安问董国昌，东门岗值日老师时多时少，怎么有一天三个人？董国昌问哪天。保安说翟老师那一班。老翟？他是教学楼楼梯岗，怎么跑到门口？以前，老翟站门岗，从不正经维护秩序，一直钻在家长堆里瞎聊。一个早班，收获颇丰，两耳轮上架着香烟，手指缝夹满香烟，基本维持一天的吞吐量。家长生活境况迥异，烟品迥异，老翟优劣不拒，"中华""苏烟"收拾到烟盒，慢慢独享；"红杉树""南京"之类的放抽屉，课间急吼吼过把瘾；八元十元一盒的也不会扔掉，给看夜老头。

老翟确有过人之处。他熟悉多数校工，几个扫地阿姨家住哪里，老公干什么，子女怎么样，等等，都了如指掌。老翟还知道谁家有什么果树，养多少鸡鸭，菜园子用的什么基肥。董国昌徒有领导身份，从不与这个群体打交道，即便以前天天进出他办公室的扫地阿姨的姓名都叫不上。董国昌不时看到老翟喜滋滋地提着个袋子，往身后角落一塞，有时拿张报纸盖着；有时，老翟直接把袋子寄放到门卫传达室，放学时带走。这么干，多半是计划提早开溜，或者东西比较稀罕，怕别的老师效仿揩油使人为难。董国昌问，啥宝贝呀？老翟说：蔬菜，人家给的。老朱背后说：变相索要，别听他的——一个劲赞美乡下女人勤劳淳朴，种的菜绿色有机，吃着是一种放心的享受，那几个土包子女人何曾听过这等肉麻的赞美，晕头转向的，还好意思拿他钱？

同在一个办公室，平日里嘻嘻哈哈，人少的时候，却完全不是那么回事，人前背后，谁能保证。说起老翟的种种，老朱透彻，葛萍却大起大落。刚开学那会儿，秋丝瓜、秋茄子正旺，校工与家长不约而同孝敬老翟，老翟吃不了，借花献佛转送葛萍，葛萍恨不得在老翟脸上画朵花。秋后蔬菜渐稀，老翟只够自足，葛萍又把他说得狗屁不如。

葛萍这一阵迷上了养多肉植物。几年前她迷上了乐器，托人买了一把德制小提琴。正规的演奏琴，而非廉价的练习琴，至于琴价，她只说蛮贵，连家人都问不出确切的数。后来她不拉琴改收藏连环画了，到处搜罗旧书。她无意间透露，那把琴在两万以上。如今她天天研究多肉植物，网购了好几本书研究，午间或空课，溜到花鸟市场，每次搬回半车肉肉。家里已经有两百多盆多肉植物。与同事闲聊，她张口闭口把话题往那里拐，惜植、吉娃莲、玉米石……随口一大串。她手机储存海量"肉照"，如数家珍。董国昌难得凑热闹看她手机，宝石花有什么稀罕？葛萍嘴一撇："你就知道宝石花。"董国昌说还知道芦荟，知道碰碰香。葛萍说："跟你们不在一个频道。"葛萍翻动到一帧照片，说这也是芦荟，但不是普通芦荟，大名螺旋芦荟，一盆的价格，马马虎虎两三千，体量大品相好的过万呢。

董国昌一直以为葛萍家非富即贵，还是叶向红比较了解，说她男人没个正经工作，靠出租房子，靠父母的退休工资维护着体面的生活。老朱说：这女人发痴，玩物丧志。叶向红平日里与葛萍不咋的，唯这事向着葛萍："每个人都有自己的活法，葛萍享受的是过程，你们那种活法与我们有代沟。"叶向红也玩过肉肉，陪葛萍去过花市，说葛萍想买龟甲牡丹、白皮月界一类的顶级肉肉，价格暂时没谈拢，还准备买盆玉露作镇宅之宝呢。

四

转眼已期中。学校按惯例，每门学科抽两个年级调研。四年级语文处在转型阶段，几无悬念又轮上了。除了质量抽测，所有调研学科"七认真"全方位检查。葛萍以年级组长身份预告室友，抓紧自查，补缺。

葛萍发现叶向红备课太马虎，字迹潦草不说：都是简案，一课稀稀拉拉两三页，均无教后反思。葛萍请教董国昌，说怎么办？董国昌说：直说么，勒令重备。叶向红这学期频频迟到早退，空课不是趴在桌上睡觉，就是溜出去失踪几小时。葛萍说:"她的私生活咱不管,可这忒不像话,教导处检查,首先拿我这个组长问责,可本地辣椒不辣人,她会听我的吗?"

葛萍权衡再三,没有跟叶向红说:而是把备课本交与分管校长。叶向红从校长室回来,脸色难看,把备课本往桌上一拍。备课备课,哪个不在抄,多抄点少抄点而已,抄得多就是优秀?由于愤激,她的声音有些尖厉。就葛萍不在,同室知道大概,不便劝说。两个小青年借故出去,免得尴尬。

老翟故作惊讶:"美女,谁惹你了?"叶向红本来发几句牢骚准备收摊,有人接茬,重新拾起话题:"以为我是橡皮泥,要我长就长,要我圆就圆。让我重备?没这心情,看拿我怎样?啥叫亡认真,光备课行吗?抄得再细有什么用,上课不像上课,一天到晚让学生念'课课通',学生在她手里,算是倒了霉了。"

叶向红越说越明朗,视线一直没有离开那里,似让那方办公桌代受她的一腔怒气。每次六年级回到四年级,葛萍预先摸透三升四所有班级的学情,一次次到教导处提要求。如果不依她,抽签抽到差班,只接一年便撒手,哭闹撒泼,弄得校长头疼。厉害的角色总是不吃亏,她今年接手的班级,先前班风好,没有差生,每次单元测试基本没有八十分以下的;而董国昌的班,七字头六字头总在十个左右,甚至还有不及格的。同样三年,同轨老师不知比她多付出怎样的努力,赤着脚依然追不上。

天天路过四(4)班,董国昌从来没见过葛萍正儿八经讲课。她的学生确实乖,不是低头写,就是默读,基本上不出声。"课课通"是课本同步的教材解析，葛萍每次让学生划出重点，没完没了抄，没完没了背。至于练习册，葛萍先吩咐优秀学生解答，打出投影给学生抄。所以，她的语文课基本上都是自习课；她呢，弄弄手机，研究阶段性爱好。老朱背后调侃葛萍，谁说她的学生触霉头，无意间培养了自学能力，与终身学习接轨。董国昌说：语文重在阅读理解，需要反复训练思维和语用，不能都靠机械性识记。老朱说：她学生底子好，掉不到江海的。

董国昌和老朱一样顽固，不准学生使用"课课通"。这玩意儿什么都有标准答案，根本不需要动脑，久而久之，学生养成惰性。但是，他无意间却发现，班上好多学生书包里藏着"课课通"。此后，他特别留意学生回答问题，近乎完美接近标准答案的回答打个问号，倒是鼓励那些没答到点子而确实经过大脑思考的答案。他一直告诫学生，答案不是目的，宁可费些周折，寻求答案的过程，思维和组织语言才是学语文的根本。

董国昌对"课课通"的反感，不只在于它造就了学生的惰性。董国昌经常去新华书店。书店位于市区最繁华的方塔街，曾经是这个城市的文化名片；而今渐渐变味，底层出租卖手机，二楼、三楼铺天盖地的教辅材料，文学类、科技类被压缩在低矮逼仄的阁楼。每次开学，新华书店来学校摆摊，说是自愿，实际上很多教师对学生软强制。老翟常说老师不会算计，好端端的钱给新华书店赚，十足傻帽儿。他为班上学生网购，这种读物定价虚高，网购只需4.5折。他表面上让利一两元，实际每本能赚七八元差价，一个班到手三四百元利润。学生不买，他也有办法,上课不离"课课通",布置作业以它为模本。老翟尝到了甜头,居然把手伸到隔壁几个班,瞒着任课老师进班推销。有人捅到领导那里,要求查处。这得罪人的事得掂量一番,领导之间互相推诿,最终让董国昌出面与老翟谈话。老翟默认事实,搬出很多理由辩解。董国昌要求老翟退回所得,下不为例。事实上,老翟从中嗅到微妙,根本不拿董国昌当回事,毫不收敛对蝇头小利的追逐,大有变本加厉之势。董国昌要求领导处理老翟,并在大会上通报,领导说算了,家长没举报,也没造成恶劣影响。大领导都这样怕事,他这个教导主任也犯不着较真。

有老师提议,印几张老考卷练练。葛萍告诉董国昌,老翟不知从哪里弄来的复习卷,偷偷印了让学生做:"我们印的试卷,也不给他共享。"董国昌说:"他是他,你是你,不要跟他合作共享。"

抽测前两天,五个班统一进行模考。阅卷结束,几个人凑在一起大呼小叫,互相查看试卷。董国昌班九十分以上十二人,属于正常。葛萍班九十分以上不到十人,叶向红和老朱班都只有两人。叶向红说:老翟告诉她,他班有三十二人过九十分,相差那么多,叫人怎么活呀?董国昌不信,这太夸张了吧?叶向红说:老翟已经在家长群里发布了。老朱说:他总是这样,平时考试好得不得了,大考几无悬念垫底。吓死的多打死的少,别受蛊惑。葛萍说找个借口查看老翟班的试卷,看怎么批的。老朱说:"不看不看,你越看他越嘚瑟。"

五

  一个星期天，董国昌到菜市场闲逛。一中年女人叫住他，"你是四（5）班的语文老师？"董国昌说：是。女人摆豆腐摊，浑身脏兮兮的，她的儿子也脏兮兮，经常被老翟拎到办公室训话。女人说："这次考试，我儿子班得了第一。"董国昌说：第一？谁说的？女人说：家长都知道。哎，你考了第几？董国昌说："我们三个班差不多，有两个班稍微差一点。"女人说：翟老师厉害！女人以为他为自己找借口，董国昌本想说个明白，觉得没多大意思，换个方式反问："你儿子考了多少？"女子说："我儿子不行，没考满八十分。"董国昌说：可以了，班上排不到后十位。班级基础不一样，还要看有没有停课复习。女人肯定不会知道董国昌话里的意思，还以为他自我辩解。董国昌说：翟老师有没有把卷子让孩子带回家？女人说：听说教导处不让，翟老师还会教数学、英语，孩子投他手里有福……

  "是有福，福大了。"董国昌丢下半句话。

  这种低级透顶的东西，该称之为什么，冷幽默？够不上。董国昌本想把话烂在肚子里，最终忍不住跟老朱说了。老朱反应平淡："你呀，又不是第一天认识他，老吃老做，吹牛不打草稿。"董国昌不信，一个班的家长，不至于都像卖豆腐的那样傻了吧唧的吧。老朱说："你我学不来的，没这本事。"董国昌说：皮没他厚。

  再次回到办公室，老朱唉声叹气。刚才有家长找他，说他混退休了,班上学生语文考得一塌糊涂。家长咄咄逼人,字字句句,标点符号都带着质问。老朱一时蒙了,居然无言以对。

老朱班上确实有几个难弄的家长。听他们说话一套一套的,孩子的成绩都不咋样,甚至品学兼差。孩子不上进,总能从家庭里找出点原因。老朱感慨,八十岁老太遇到鬼子——晚节不保。说他拆烂污混退休,教到头发白还担一个班主课,犯得着么!

董国昌说:"叹什么气,你该毫不客气回应他。"老朱说:跟他吵架?他们吵架缺个对手。刚才那位,一上来掼派头,说刚从公司过来,为了女儿学业,硬是挤出一个小时来学校,还说:要联合家长去找校长。董国昌说:"你不用说什么,让他翻看班上所有的卷子,可是,这么弄似乎为自己证明什么,一个问心无愧的人落到为自己辩解的地步是可怜的。换了我,索性对他说:'啊呀,巴不得你联合家长弹劾我,我谢你一家子。'"

问题是"混退休"这句话,老朱确实说了,当着所有学生的面,而且说过不止一次。老朱这种人吃亏,嘴巴上促退,但说归说,落实到行动却不马虎。

才隔一日,领导真找老朱谈话了。领导拐弯抹角,先给老朱灌迷魂汤,说他顾大局,有老教师风范;接着询问健康状况,退休后打算;转而谈社会现象,如今学校和老师都弱势得一塌糊涂,做老师的说话做事踏准步子,切不可由着性子。老朱说:"我踏岔路了?体罚学生,还是敲家长竹杠?碰哪根线了?不就是跟学生说混退休,可那是有语境有前提的。"领导说:"善意的提醒,没有批评你的意思,只是……唉,不多说了。"

六

　　董国昌坚持运动已多年。顾忌早晨的空气质量和熬夜晚睡，来不及晨练，就每天晚饭后一小时暴走，大概六七千米。手机装上"咕咚运动"软件后，每天把运动成绩晒到朋友圈，引得不少点赞。运动线路就是一张地图，运动方式包括步行、跑步、爬楼，各自多少里程，明明白白。新手机功能更强大，自带计步器，也不知什么时候，谁把他拉入"QQ悦动圈"，圈中人数越来越多，每天排名。董国昌天天查看，发现办公室内除了叶向红，人人在运动。

　　虚拟的运动圈实际上是一个人的朋友圈，圈子中，葛萍每天稳居第一，都在两万步以上，足有十五千米。葛萍身躯粗壮，主要原因是能吃，水果、零食、小吃不断，游走于暴食的负罪感与美食的诱惑间，无法自拔。狂吃过后，疯狂锻炼，以此寻求心理的平衡。一时性起，她兀自上操场跑十圈二十圈，不管上课下课，不管时间段，不管众目睽睽，不管身体吃不吃得消。她这阵子对养肉肉兴味大减，开始对身上的肉肉十分讨厌，由是迷上"户外"。名牌运动装、运动鞋、登山杖、帐篷、帽子、水壶、背包、太阳镜，等等全套装备，不惜重金购置。短时间内，她邀集到一群户友折腾，节假日登山下山三四个来回。葛萍晒到朋友圈的照片，全副武装，如果忽略背景，不亚于攀登珠峰的登山队员。短短一月，她体重狂减十几斤。据她说：晚饭不吃主食，净吃些黄瓜、西红柿之类能量低又美容的蔬果。

葛萍现在把"户外"挂在嘴边，很多时髦玩意，都倚仗她扫盲，甚至给室友灌输了相当的知识。葛萍精力好，眼力也好。她第一个发现叶向红换车，并以此推断叶向红又换了男友。先前叶向红离婚后，绿色"雪佛兰"只开了一段时间，就换了驾白色"奥迪 A4"。葛萍马上断定叶向红交了男友。葛萍总能拐弯抹角从与叶向红交往密切的人物身上打探到有价值的信息。那个男的是个古董商，年龄与叶向红相当，这行人的资产，局外人永远点不够。正待调查论证，叶向红又回归"雪佛兰"了。这次换成红色"宝马 5 系"，档次明显提升。葛萍的探究欲再次被激起，确实有所收获，她说发现"宝马 5"不是新车，成色不像，款式也是老款。

是哪个男人的？男人不可能选择红色，莫非，是男人前妻留下的，或者是二手货。前妻的车还留着，似乎不近情理。估计女人过世了，他不是离婚男人。二手货？给女人买二手货，还不如买辆档次稍次的新车呢。老朱插话，二手女人配二手车，人车合一！

老朱背对着门，嗓门不小，对跨进门的叶向红毫无觉察。大家突然敛声静气，观察叶向红的反应。叶向红该听到些话，估计老朱那句一字未漏。好在没有指名道姓，没有前边的话铺底，难于牵扯到谁身上。可谁知道呢，某些特定处境，会让人变得敏感。不过，这叶向红脾气好，从不跟人正面冲突，心态也好，从没见她愁眉苦脸，最多几天不出声。叶向红反应平静，拉开抽屉捏着手机又出去了。

葛萍计划弄清拥有红色宝马车的男人的身份，否则，她会吃不香睡不踏实。董国昌说：何必远兜远转，直接问她最简单。葛萍说："她会告诉你实情？何况，让谁开口问她，你试试？"董国昌说："我对人隐私不感兴趣。哎，当我啥，叫作那个……那个窥什么癖？"

过了双休，葛萍说有重大发现。这两天，叶向红跟一个闺蜜，还有闺蜜的闺蜜，三家子去舟山了。叶向红微信圈晒出一组组照片，有海滩捡贝壳，有随渔船出海捕捞，有渔户家吃海鲜，有海上夜景……场景多了。"看不出什么啊？"龚晴难得参与一句话。老朱嘀咕，啥重大发现，几张照片能说明什么？董国昌笑笑，中央台有档节目看过吧，把一幅画分割成九块，让人选择局部猜诗句。聪明的人，不等全部展开，就凭一两块局部给出答案。说明什么？

老朱说：要看是不是画中最关键部分。董国昌说：对啊，她恰恰隐藏了关键部分。老朱还是一头雾水。葛萍说：照片上只有女人、孩子，谁拍的？老朱说：游客也行啊。葛萍说：舟山来回八百千米，至少两辆车，谁开的，这几个女人哪有这胆气？肯定是男人开的，但男人都没出现，连远景也处理得很干净，不是碰巧，而是刻意，刻意回避着什么。如果是正常的夫妻关系，晒恩爱晒天伦之乐很正常，何必刻意回避。老朱说：那她们带的都不是老公？葛萍说：至少不是名正言顺，或者不便公开。

龚晴听得一惊一乍。老朱感慨道："你们走错了庙门，该当侦探的。"

七

　　期末考试结束，离正式放假还有三四天。这几天，学校里没有学生，老师上班比较宽松，只要案头工作不落下，迟到早退，领导睁只眼闭只眼。

　　老师需要填写的表册特别多，成绩表、成绩册、学籍卡，等等，很多内容雷同，重复，学校明令手工书写，禁止打印粘贴，不给老师偷懒的余地。众人一边埋头写一边抱怨。葛萍和叶向红都叫了三个学生，帮着报成绩，帮着盖章，帮着领材料送材料。老翟自己不动手，指挥学生干。董国昌嘀咕，誊写不能出现学生字迹，看他怎么通过审核？老朱说：领导不是瞎子，怎么不知道，再说了，老翟那几个鸟字比学生好不到哪里。

　　董国昌在成绩册上手书"任课老师寄语"。这栏由班主任分配给任课老师，主学科、术科老师撒葱花一般各写几本。两个小青年凑过来瞅，"董教导写字又快又漂亮，帮个忙。"董国昌说：拿来便是。

　　老朱不习惯拖拉，早完成了大部分内容，只留考试才见分晓的一些项目空着，扫尾工作很快，这几天反倒闲着，这里坐坐，那里扯扯，几天中遍访各室，实际上是跟同事道个别。老朱刻意不提退休，至少不主动引入这个话题。

　　按照时间点，老朱两个月前到龄，留任的时间算作代课。退休批下来那天，老朱在农家乐饭店请客，大小领导都请了，四办全员出席，其他办公室有选择地请了一些，热热闹闹，总共四桌。老朱不愿悄悄地退休，花了一个月工资，自己祝贺自己。就两个肩头扛张嘴？当时，董国昌提议室友，该有所表示，每人凑一百元包个红包。提议多次，凑钱很费劲。老翟对董国昌说："我正好家里有事，去不了。"董国昌知道他的小九九，知道他背后怂恿两个小青年也不去，还说一百元够一大家子吃两天了。董国昌有些恼怒，说："你还有点人情味吗？"后来，老朱把钱奉还，董国昌又设想买一件价值相当的礼品，选来选去没合适的，把钱如数还给众人。大概老朱反复做了动员，老翟最终还是给了老朱面子。

收废品的胖子一个个办公室扫荡，报纸、旧书、簿册、试卷，可能还有一些网购的包装，说不出分类的垃圾。老师们暂停手头活儿，把没用的东西统统扔到中间空地。老翟的报纸隔一阵拿回家，只有几沓学生的练习册，大概不准备发给学生了，给他充公了。胖子天南海北胡扯，帮老师清理，归集，装入大大的蛇皮袋，用手提秤钩住袋口称重，扔下几个钱，拖着沉重的袋子，过走廊下楼梯，来来回回忙碌。胖子肉嘟嘟的圆脸上挂着汗水，挂着喜悦，也挂着小商人的狡黠。

单价和重量都由胖子说了算，老师一般不跟他计较。废纸不值钱，但很沉，居然卖了好几百元，再加上学期余款，撮一顿足矣。各人制造的垃圾有多少，贡献有大小，但这并不妨碍这笔共同财产移作请客资金的一致决议。哦，漏了老翟，这天他午饭后早早开溜。他的缺席动摇不了这个决议。

休业式后，正式进入寒假。这天学校食堂不开伙，四办回请老朱，还是在那个农家乐饭店。说无意，却是有意，同事谁都不曾提起午饭安排。出发前，葛萍才跟老翟说起这事。葛萍说："我们今天凑钱回请老朱，否则太不像话了。"葛萍态度郑重，老翟期期艾艾，不表态。一干人挤眉弄眼，静观老翟的反应。

昨天葛萍跟董国昌就此事打过赌，彩头是一个新疆西瓜，看来董国昌输定了。老朱窃笑，葛萍跟着偷乐。董国昌对老翟说："今天你家里该不会有事吧？别扫大家兴。"老翟仍不表态。

老朱作为这次活动的主角，最后一天做同事了，不想太为难老翟，试图暗示老翟，才吐出半个字，葛萍迅即用眼神制止。老翟眼珠子骨碌转，说："卖垃圾的钱我也有一份，你们吃的是公款。"

对对对，公款吃喝，四办全体腐败一次。董国昌对葛萍说："你从街上走，顺便买个西瓜，二三十斤的新疆西瓜，带饭店去。我请客！"

陪　考

　　六点刚过,卫东和女儿小娟就到达了考点,比规定进场的时间提早了整整一个小时。

　　女儿一路过关斩将,终于进入面试,按卫东的说法,是"造塔造到了塔尖头",只等面试出来,他第一时间就要通报家里的老婆,还有亲亲眷眷邻里朋友,让他们也分享这份喜悦。

　　考点设在职教中心,这是小城一所最大的职业教育学校,招聘单位都是全市成职教类的学校,五六个学校,招聘三十来个岗位,小娟报考的就是这所职教中心。时间太早,这里还是铁将军把门,门卫房亮着灯,估计保安还没起床。门口冷冷清清,毫无大战在即的气氛,只有电动门边竖立的一块小黑板依稀能佐证今天的使命。卫东在小黑板前徘徊良久,把不足五十字的通知从头到尾反复默读了几遍,点燃了一支烟,在门口踱步。女儿蹲在右侧花坛，翻看着一沓材料。

只一支烟的工夫，便有考生陆陆续续到达。考生没有放单的，都有家长陪同，大都是轿车，至少也是摩托车。家长们一脸的凝重，考生们也都是心事重重，彼此不大搭理，别说不认识的，就是平时熟识的也只淡淡地打个招呼。他们敌视的眼神，在不经意的接触中，虽则短暂，但心领神会。其实桥归桥，路归路，大多互不冲突，报考学校和专业都构不成对手。

门口聚集的人越来越多。按理说那么多人，早就该熙熙嚷嚷了，但今天真的很安静。考生们各自寻好了处所，在临时"抱佛脚"。家长们不自觉走到一起，焦虑写在他们的脸上，或许为了掩饰这种信息，便有一搭没一搭开始攀谈，话题大同小异，从孩子开始报名，谈到昨夜今晨。

卫东心想，哪个不是这样？昨天夜里，他和老婆为女儿面试的服装反复斟酌。老婆说：姑娘家，还是穿连衣裙好看。卫东说：不行，要穿职业装。他先前借来一身银行职员的夏季工装，白短袖、蓝西裤，成色很新，穿在女儿身上，活脱脱一个小白领。最后老婆拗不过他，只得征求女儿的意见，女儿说随便吧。老婆就开始熨烫工装。交通是个问题，他家没有汽车，最奢侈的交通工具是一辆电瓶车。卫东一整个晚上都没拔插头，电瓶车充电指示灯早就跳到绿色，他还舍不得拔下来。午夜时分他还听到女儿房里有轻微的声响，他想过去看看，又怕惊扰了女儿。一会儿清醒，一会儿迷糊，四点过后，他蹑手蹑脚起床，为女儿准备早餐，等他准备叫醒女儿时，老婆孩子也自觉起床了。早餐的气氛有点沉闷，卫东没话找话说试图寻找点话题，但她们不接话茬，显然觉得没趣。

卫东跨上电瓶车，等女儿在后座坐稳当，就开始向目的地进发。十来千米路程，之前卫东去踩过点，单车不过半小时，带个人，满打满算也就五十分钟。一个多小时的提前量，就算车子不争气，路上"插蜡烛"，步行去也不会误事。职校地处偏僻，班车没那么早，那可不是闹着玩的。

六点五十分的时候，电动门徐徐启动。"哎呀，开门了！"不知谁叫了声，人群一下子骚动起来，门口一下冒出许多保安，其间还有一两个警察。这些戴着平顶帽的，都是一脸警惕，他们告知考生还不准入内。接着，便有许多轿车鱼贯而入，灵通人士说是考官进去了。电动门又徐徐合拢，直到只容一人通过的时候，考生开始凭准考证入内。仿佛送儿送女上战场，家长不忘最后的嘱托，卫东也想在小娟入场时关照几句，无奈小娟早被蜂拥的人流卷入大门。他踮起脚在人群里用眼光寻找女儿，女儿也回头探寻父亲，在眼神短暂的碰撞中，他看到女儿微微一笑。就这一瞬间，他觉得此时的女儿坚定而自信，他想也应该是。

家长们不让进去，只得在门外等候。好在门口有一片很大的场地，场地呈喇叭状，离外面的大马路也有近百米路程。家长们开始安静下来，有的到汽车里养神，有的在树阴下抽烟，有的在边上打电话。他们对里边的情况一无所知，孩子抽到的什么序号，什么时候能够出来？所以不敢走远。等待的滋味是难受的，这些各怀心事的家长们三五成群聚集到一起，侃谈起来。从他们说话的神态和谈话的内容，看得出有几个是有些来头的。卫东插不上话，只在边上支着耳朵。他只知道什么专业，录取人数之类众所周知的常识，余外一无所知。其中一个女人逐渐成为中心人物，卫东细细端详她：衣着时尚，一脸福相，言语间透出傲气。这批考生中有某校长的儿子，某主任的千金，某领导的外甥……她都如数家珍。看得出，这女人带来的信息，对于这些苦苦等待的家长来说绝不是一个好消息。于是在一次次短暂的聚散之后，家长们又各怀心事地转悠开了。

　　卫东和他们不同。那女人说的那些有来头的考生，与女儿统统不"轧脚"。因为，女儿报考的专业，今天就小娟一个人参加面试！

　　从小学到初中，小娟一向学业优秀，中考时发挥失常，上省市中缺了几分，卫东和老婆犹豫再三，还是交了两万元的赞助费，让女儿进了市中。他心疼那两万块钱，为此，没少在女儿面前唠叨。高考时女儿考取二本，填报的志愿不大合适，最后调剂到广告专业。有人说这个专业将来很吃香的，谁知道四年以后热门行业的变化天翻地覆呢？卫东认为，只要真学真本事，还怕找不到好饭碗？他把这种理念灌输给女儿。女儿无论从思想或行动上都认同老爸，在同学浑浑噩噩疯玩的时候，小娟考了英语六级、会计证，还入了党。临近毕业的时候，眼瞅着就业形势愈发严峻，小娟寄出去的简历如石沉大海，好些单位有严格的专业限制，报考无门，卫东急得双脚跳。小娟别出心裁，与几个要好的同学考了教师资格证书，她说多考几个证，说不准就业的时候能派上用场。东方不亮西方亮，小娟果然盼来了机遇，职教中心招聘非师范类毕业生，其中广告专业一下招两个老师。

报名很顺利。按照招聘条件，小娟的硬件简直有些浪费，比如只要求本科，三本也照样可以，对英语更是没有限制。这样报名的人就会很多，卫东说：要是条件苛刻点，小娟就会减少很多竞争对手。小娟却很乐观，她说：那些外语考级都成问题的同学，能强到哪里？她只需要战胜一个对手——第三名。笔试择优录取，按三比一进入面试。但有个规定，笔试成绩一定要达到五十分，面试一定要六十分及格。笔试五十就算及格？卫东想不通。连五十都考不不满，岂不"弄白相"？小娟说："老爸，你放心。"女儿也真没让老爸失望，小娟的笔试考了七十六分。不可思议的是这个专业其他所有的考生均没有达到五十分，也就是说：小娟不再有竞争对手，她被提前录取了。这结果来得有些突然，爷俩反复研究网上的公示，一遍遍均证实无误。如今教师享受公务员待遇，尤其是女孩子，一当教师还不是香饽饽？他逢人便说："早不招晚不聘，我张家祖坟上冒烟，这个岗位就候我女儿毕业呢。"

卫东一个激动，约请久违的酒友。酒友提醒卫东，不要盲目乐观，还有面试一关呢。卫东思忖，六十分总没问题吧？女儿形象好，口才也好，只需正常发挥。考官又不是冤家。心里这么想，但再不敢怠慢。酒友说："你没听说过'笔试考子女，面试考家长'这句话吧？不要太笃定啦。"他问那位酒友，下一步该怎么操作？酒友说：找人辅导呗。卫东把自己的圈子统统捋了一遍，觉得没辙，让老婆出出主意。老婆说："你平日不是会吹吗？张三李四都认识，还有你那帮狐朋狗友，号称神

249

通广大，与某市长喝过酒，与某局长是铁哥们，夸海口拐几个弯能找到特朗普。"卫东觍着脸，说："你又不是不晓得我牛皮哄哄，还有这些朋友，喝酒时嗓门一个比一个大，真找他们办事，他们肯定说：哥们教育系统不熟啊，要是其他系统，那还好说。"

就奚落几句，老婆也没心思与卫东瞎掰。卫东突然想起住在楼下的张老师，那老头退休前曾当过校长，应该有些门道的，何况，他们一笔写不出两个张字。卫东下楼买了两包好烟，去敲张老师的门……张老师说："这个活儿我还真不会，你去找别人吧。"卫东一听凉了半截，要是在平日，他扭转屁股走人，但今天不行，还得磨着。就这样抽了几支烟，张老师说："不过我自己不会辅导，可以帮你找人辅导。"卫东要的就是这句话，就说："我心里有数，会好好谢你的。"张老师说："邻居嘛，别说外话，不过你要准备辅导费，大行大市，但谁也不能拍胸脯保证，你自己斟酌。"卫东说："哪能呢？你说要多少？"张老师说："我给个参考数，每个辅导老师都要给的。""还要几个老师辅导？"卫东不解。张老师摇摇头："卫东啊，你不拎世面。当然是越多越好！看着你也没啥门路，让孩子闭门造车，这可是关键的关键了。但我真不敢打包票，现在的世道，弄不透。"

张老师果然是有些人脉的，只几天工夫，他就带着卫东小娟找了好几个老师，老师们白天上班，只得在晚上辅导，有时一晚要走两家。也就一两个小时，老师跟小娟辅导的什么，卫东并不知道，就是知道，他也不懂。他听小娟说考试的范围很广的，这样走马观花，他怀疑辅导的效果，也惦记着那些钱，但不敢对张老师说。张老师似乎看透了卫东，他对卫东说："我早就不在岗了，出去也没人买我的账。仅仅是辅导还用得着找他们？他们都是相关学校的骨干，不是学科组长就是系里主任，以前几次招聘的评委，评委之间互相帮衬，这个社会是个熟人社会，哪怕找准一个，跟两眼一抹黑完全不一样。"

初夏的阳光暖洋洋的，叫人昏昏欲睡。都十二点了，卫东几乎忘了还没吃饭。卖盒饭的很有灵性，十一点不到就开始吆喝，卫东去察访过，一薄片排骨几根煮黄的青菜，也卖十五元，卫东觉得不合算。他想说不准什么时候小娟出来了，那就一起到对面的小饭馆吃上两菜一汤。不想的时候不觉得饿，一想还真不好对付。有考生陆陆续续走出来，当然成绩要等面试全部结束以后才公布。是两点、三点，还是四点？考场外的卫东和许多家长都在猜测。每有考生出来，总有家长迎上前，迫不及待打问，别的家长也试图从孩子的神情步态中揣测着。现在卫东面临着胃和心的两重折磨，他只得耐心挨着。卫东是个没有城府的人，刚才闲聊的时候，他就把自己的情况全暴露了，开始的时候，他还记着老婆的话，把好口风，但他看着那女人越吹越玄乎，终于忍不住也吹开了，吹得女人向他道喜，女人嘻嘻哈哈，说二院再见啊。二院是考生录取后体检的地方。满饭好吃，满话难说：这女人如此张狂，引得许多人侧目。一个家长冷冰冰地说：搭得够的家长哪个会等在门口？早就进去了，或者在家遥控，早就搞定了。

四点左右，电动门又一次启动。"结束了。"门口保安说：

"进去吧，进去吧，成绩公布了。"卫东三步并作两步冲进去。公示栏前已经围满了考生和家长，他在人墙外吃力地向橱窗里张望，攒动的人头将他的视线挡得严严实实，他急得捶胸顿足。无奈的是，此刻谁在乎他的举动呢？他试图寻找女儿，但没有女儿的身影。看到结果时，哭哭笑笑，人生百态在刹那间淋漓尽致得以展现，真正难于言述。孩子如此，连家长也是如此的脆弱。也难怪，考取，一步登天；考不取，不知还要走多少弯路。工作的好与孬，直接关系到找对象，关系到未来的生活层次，甚至影响到下一代。

　　卫东终于能看清橱窗里的公示了。女儿的准考证号他再熟悉不过，卫东不想去看成绩，他觉得最后一个备注栏目最实在，"进入体检"这四个字对于他来说是此时世上最幸福的文字。但很不幸，这个熟悉的号码备注栏中竟是一片无情的空白。卫东有点发懵，他把目光平移过去，成绩一栏中，小娟的面试成绩是五十九点四。怎么会呢？怎么会呢？卫东一个趔趄，脑袋瓜"嗡"的一声，身边的人群似梦境一样远去，看不见他们在干什么，也听不见他们说什么。几个月来，卫东从未睡过一个囫囵觉，说得更透彻点，他从未真正踏实地躺下过，整夜整夜靠着床把。像他这样的家庭，子女找个像样的工作，比登天还难。他带着小娟去过广告公司，老板开出待遇实在太差，如今大学生踢脚绊倒，能养活自己就不错了。女儿呢？小娟呢？卫东突然觉得作为一个父亲，该对小娟安慰安慰，但左右没有，身后也没有，他转到橱窗后面，小娟呆立着，怔怔地瞅着卫东，卫东叫她，她压根没反应。

卫东脑子一片空白，他不记得跟小娟说了什么，也不记得是如何回家的，连一家人有没有吃晚饭也没在意，那一晚是怎么过来的，他也真说不清。等天亮的时候，他觉得该去问问张老师。

张老师说："这样的结果我也很难过。昨晚就想过来，但你让我说什么好呢？今年的评委全部换了新人，有一半还跟外县市对调，场面上说应该是为了公正。"卫东心有不甘，他问张老师："我家小娟表现真的那么差？而且就是差那么零点几？他们不是要招收两个人吗？一个都没招到，不会缺老师吗？"张老师意味深长地苦笑："那么大一所学校，多一个少一个何妨？空缺的名额自然会留到明年。卫东啊，明年不要去考了。你脑子单纯，那么多的师范毕业生还安排不过来，他们偏偏要招收什么非师范类的？英语专业么一定要招旅游英语，机修专业一定要招车辆工程，你真以为这些岗位是为你女儿量身定做的？"卫东还是不甘，那面试有猫腻，笔试总会公正吧？张老师说："你女儿那么优秀，才考几分？人家也非什么名牌大学的，三本的，职业技术学院类的，照样能考八十几、九十几。你女儿高考时比少人家多几百分，但从报名开始到笔试，不足二十天的准备，谁有这本事？要是对录取对象有所了解，你就心瘪了。小娟刚踏上社会，后面的路还很长，不要什么话都跟她讲，让她自己慢慢去领会吧。"

卫东回到家，悄悄潜到女儿房里，他想看看女儿。小娟的床头灯还亮着，不清楚她什么时候入睡的。她斜着身子，手里还捏着一本翻开的书。"曾几何时，命运之神为她打开了一扇门，等她想跻身进去的时候，命运之门却倏然关上了，仿佛对她开了一个不大不小的玩笑。"卫东读过初中，他能看懂这段文字的大概。他想把书从女儿手中抽出，再扶着她躺下，女儿似乎不肯松手。他叹了口气，觉得应该爱抚一下女儿，就在他伸手抚摸小娟额头的时候，但见大滴的泪珠从女儿的脸颊上滚落下来。